L'ÀNGEL DE LA CIUTAT

EVA GARCÍA SÁENZ DE URTURI

L'ÀNGEL DE LA CIUTAT

Traducció de Núria Garcia Caldés i Mercè Ubach

Columna

COL·LECCIÓ CLÀSSICA
TÍTOL ORIGINAL: *EL ÁNGEL DE LA CIUDAD*
PRIMERA EDICIÓ: ABRIL DEL 2023

AV. DIAGONAL, 662-664 - 08034 BARCELONA
ISBN: 978-84-664-3049-4
DIPÒSIT LEGAL: B. 6.067-2023
FOTOCOMPOSICIÓ: GRUP62
IMPRÈS A CATALUNYA - *PRINTED IN CATALONIA*

www.columnaedicions.cat

PEFC
PEFC/14-38-00305
Certificat PEFC
Aquest llibre procedeix de boscos gestionats de forma sostenible i fonts controlades
www.pefc.es

La gent paga pel que ha fet
i per allò en què s'ha convertit.
I ho paga de manera senzilla:
amb la vida que fa.

EDITH WHARTON

I

«*Gau Beltza*», *La negra nit*

Unai

Villaverde, 31 d'octubre de 2022

La nit que Venècia va cremar jo encenia espelmes i les inseria en carabasses pels camins d'una fageda ja a les fosques, al davant del meu poblet de Villaverde, que ignorava l'incendi que més tard poblaria els meus malsons.

—Fill, estic intranquil, truca tu a l'Alistair, va —em va insistir l'avi mentre m'allargava el seu mòbil prehistòric una vegada més.

—L'Alistair és una mica despistat, avi. Segur que ens trucarà tan bon punt l'avió procedent de Venècia aterri —el vaig calmar per enèsima vegada—. A més a més, a la muntanya hi ha poca cobertura.

Vaig mirar de reüll l'Alba, que va aixecar la nostra filla Deba i se la va carregar a les espatlles. L'Alba em tenia molt preocupat, feia mesos que es despertava amb malsons cap a les quatre de la matinada.

Quan jo encenia el llum la trobava aterrida i muda, amb les mans fredes i poques ganes de donar-me cap explicació.

Rebutjava les abraçades de la mateixa manera que aquella nit es refusava que li donés la mà pel camí de les Tres

Cruces, mentre seguíem les seves instruccions intentant rescatar de l'oblit dels temps el vell costum de la *Gau Beltza*, «la negra nit », el Halloween basc, que —explicava l'avi— havia caigut en l'oblit devers els anys cinquanta del segle passat.

—Sempre ho fèiem d'amagat dels capellans, em penso que no era un costum gaire cristià —ens havia comentat al davant del foc de la vella cuineta—. Buidàvem les carabasses i després en fèiem cabell d'àngel amb els fils i molt de sucre. Els més traçuts retallaven els ulls i les boques esdentegades de les carabasses perquè fessin por als despistats que aquesta nit caminaven pels carrers. Quan era jove, abans de la guerra, posàvem al campanar una carabassa amb un ciri encès a dins i després anàvem deixant carabasses i naps buidats amb les espelmes corresponents pels ribassos del sender, des del cementiri, per les Tres Cruces, fins entrar a la fageda. Era perquè els morts trobessin el camí de tornada al cementiri, perquè es deia que aquesta nit podien sortir de les tombes i vagaven pel bosc. Això dels llums era perquè no es perdessin. I ens posàvem llençols per sobre perquè ens confonguessin amb ells si ens trobaven mentre col·locàvem les carabasses. Havien de ser llençols vells i tenir forats, no sé per què. En aquell temps no preguntaves res als grans —va recordar, amb la mirada perduda en una flama.

L'Alba s'havia entestat a rescatar les tradicions antigues de la zona des que estava al capdavant de l'hotel palau que la seva mare li havia llegat a Laguardia, i en uns llibres antics de gastronomia havia trobat que el 31 d'octubre se celebrava l'*Arimen Gaua* o nit de les ànimes.

També havia llegit que es coïen pans funeraris, *olatak*, que es col·locaven a les làpides perquè persistia la creença que els difunts aquesta nit necessitaven menjar per tenir forces per a la passejada pels boscos.

Els veïns afirmaven que els pans pesaven menys, l'endemà.

De manera que, fent cas a una tradició gairebé extinta, ens havíem vestit amb llençols vells i estripats.

Per ser francs, conformàvem un estrany seguici, en la foscor de la fageda. Quatre persones sota llençols blancs encenent espelmes i abandonant carabasses i naps als marges del camí del cementiri. Una Santa Compaña ben xocant.

Érem quatre llums en la immensa foscor de la muntanya, amb carabasses taronges que projectaven sobre el negre camí uns ulls ametllats i unes boques esdentegades gràcies a la llum d'unes espelmes que tremolaven amb el nostre vaivé.

Quatre fantasmes amb els llençols blancs anant cap al cementiri.

Un gegant, des del cim de la muntanya, hauria vist només quatre lluernes a la nit.

Aquella *Gau Beltza* estava descobrint que l'avi es preocupava no només perquè els vius estiguéssim ben alimentats, la seva forma d'expressar amor cap als seus nets i besneta, per a un home educat en el temps en què els homes no podien expressar amor, era atipar-nos cada setmana amb pots de peres al forn, pomes al forn, xoricets amb sidra i qualsevol aliment que segellés les artèries.

L'avi, a punt de bufar les cent espelmes, havia demanat al forner de Bernedo que li cogués unes *olatak*.

—Perquè el teu pare no passi gana, que en Gael sempre estava primet —va ser la seva succinta explicació, mentre es gratava un parell de cabells blancs sota la seva eterna boina d'Elosegui.

Quan vam deixar enrere l'espessor de la fageda, el camí es va convertir en fang i vam haver d'afluixar la marxa per no relliscar.

La humitat del vent, una vegada fora del bosc, ens va colpir en unes cares ja acostumades a una tardor més que crua.

El nostre objectiu era el cementiri de Villaverde.

Era allà on havíem de deixar, segons la tradició, les *ola-*

tak que el capellà ens havia beneït. Vam arribar embalbits i una mica cansats, amb la Deba adormida als meus braços.

Ens guiàvem per les espelmes de les carabasses, a penes hi havia fanals al camí que portava al cementiri.

Però, de sobte, vam sentir darrere nostre el soroll d'un motor. Ens vam girar, sobresaltats, i tant l'avi com l'Alba van saltar a l'herba que resseguia el camí.

Un cotxe fora de control baixava a tota velocitat pel pendent i no semblava que tingués intenció de frenar.

Jo em vaig enganxar a la paret del cementiri protegint la Deba amb el cos. El cotxe, per fi, va frenar.

—Ho sento, ho sento! —va cridar des de l'interior del vehicle l'Estíbaliz, la meva antiga companya a la Divisió Criminal de l'Ertzaintza—. M'estan arribant mil missatges al mòbil i per un segon he perdut el control del cotxe. Esteu bé?

—Esti, per l'amor de Déu! —vaig ser capaç de contestar. La Deba s'havia despertat amb l'escàndol i em mirava amb els seus ullassos de daina sense entendre res.

—Ja han tornat a la tomba, tots els morts? —va preguntar, somnolenta.

—És la teva tieta Estíbaliz, continua dormint —li vaig xiuxiuejar.

L'Esti no només era efectiva resolent casos, també era una crac en la teoria. Si estudiava el que fos en alguna formació, et repetia el paràgraf sencer amb totes les comes. Era útil si no tenies cobertura i no podies consultar la Viquipèdia.

—Què passa, Estíbaliz? Què hi ha de tan urgent perquè quasi t'hagis carregat quatre persones i el mur del cementiri? —vaig voler saber.

—Però és que no tens mòbil? Que no has vist el vídeo de l'incendi?

—Érem a la fageda, no hi arriba internet. Tan greu és? —li vaig preguntar.

—Val més que ho vegis. Avi, em sap greu dir que el teu amic Alistair demà no vindrà a visitar la tomba d'en Gael —li va dir mentre sortia del cotxe.

L'Estíbaliz Ruiz de Gauna era pèl-roja, un pes ploma que amb prou feines m'arribava als colzes, amb una aparent fragilitat que enganyava: l'havia vist abatre paios encara més alts i més amples d'esquena que jo en un cos a cos.

L'avi es va posar les ulleres de prop, va fer la seva millor cara de pòquer per no preocupar-nos i es va acostar per veure el mòbil de l'Estíbaliz.

En un vídeo de notícies internacionals, la imatge devastadora d'un *palazzo* cremant en la nit veneciana ens va hipnotitzar.

Igual que anys enrere el món s'havia estremit quan va ser testimoni de l'incendi de l'antiga Notre Dame, tots ens vam quedar sense alè.

Hi havia una certa bellesa sobrenatural, en aquell vermell sobre negre, en el poder d'un foc que arrasava segles d'esplendor.

—El *palazzo* de l'illa de Santa Cristina crema des de fa unes hores davant la desolada mirada del món. Malgrat que els bombers s'han desplaçat a la petita illa de la llacuna nord des del primer moment, no han pogut fer res davant la virulència d'un incendi que es creu intencionat. El *palazzo* havia de ser una de les seus d'exposició de la Fira Internacional del Llibre Antic que aquest any se celebra a Venècia i el tema de la qual són els llibres prohibits. Es dona la circumstància que diversos llibreters antiquaris procedents d'Espanya estaven reunits en aquell moment al *palazzo*, perquè eren els encarregats de custodiar la valuosa col·lecció de llibres prohibits de la Biblioteca Nacional de Madrid, tot i que almenys dos d'ells són de nacionalitat britànica, Alistair Morgan i Benedict Callaghan. Per les càmeres de seguretat també se sap que entre els reunits hi havia el subhastador de

Sotheby's de Madrid, Solomon Terranova, i Gaspar Abad, el propietari de les llibreries Némesis, Hubris i Hamartia, així com la propietària de la llibreria de vell La Maga, Alicia Lasarte, i una altra dona sense identificar.

2

«Index Librorum Prohibitorum»

Unai

Villaverde, 31 d'octubre de 2022

Vam pujar a la vella i sòlida casa de l'avi, enclavada al bell mig del poble des de feia dos segles —un menys que ell, m'agradava sempre bromejar amb la seva impressionant longevitat— i vam posar la Deba a dormir, que malgrat que només tenia cinc anys pesava com una àncora de vaixell.

L'Alba i l'Estíbaliz em van mirar amb cara de preocupació. Em penso que tots teníem la mateixa por.

L'avi va revifar per a nosaltres les brases que havia deixat a la llar de foc de la cuina vella al vespre, va bufar amb la manxa de fusta desgastada i l'estança es va il·luminar de vetes càlides.

Però estava molt callat, vaig suposar que assumint que l'Alistair Morgan, el que havia estat el millor amic del meu pare des dels seus esbojarrats temps de hippy de cabellera arrissada i pantalons de campana, no vindria l'1 de novembre a visitar-lo al cementiri.

L'Alistair era l'amo d'una llibreria molt peculiar de Madrid, en ple Barri de les Lletres: la Librería del Alma, una llibreria farmàcia on el bo de l'Alistair receptava novel·les als clients lectors per a totes les malalties que afligien l'esperit.

Els quatre adults ens vam arremolinar drets al voltant de la llar de foc, mirant d'escalfar-nos una mica les mans embalbides.

—Trucaré a la Mencía, ella té fil directe amb la meva mare —vaig aconseguir dir-los, mentre mirava les flames avivades del foc.

La Mencía Madariaga era inspectora de la Brigada de Patrimoni Històric. De trenta anys i albina, era una crac en la seva especialitat: obres d'art robades.

En el cas del *Llibre Negre de les Hores* m'havia ajudat a trobar-la. Respectava la petició de la meva mare, l'Ítaca Expósito, falsificadora de llibres antics per a més informació, de mantenir-me allunyat de la seva vida mentre es creava la seva següent identitat a l'ombra, però necessitava assegurar-me que ella no era una de les víctimes de l'incendi.

Vaig marcar el número a la mateixa cuineta vella, no tenia secrets per a l'avi, l'Alba o l'Esti.

—Mencía...

—Estava a punt d'enviar-te un missatge, Unai. Suposo que em truques per l'incendi. Estic a punt de pujar a un avió cap a Venècia. La teva mare no em contesta, i això no és gens habitual en ella. Tenim un sistema per posar-nos en contacte en cas d'urgència i no ha deixat de respondre'm mai quan ho he intentat.

—Què fas agafant un avió cap a Venècia?

—Solc col·laborar amb les autoritats de la ciutat. De tant en tant s'hi cometen delictes relacionats amb l'art. Si alguna cosa sobra a Venècia són museus, col·leccions, exposicions i pintures. I les víctimes, o possibles víctimes de l'incendi, són de nacionalitat espanyola o viuen aquí, a Madrid. Alguns, com en Gaspar, són col·laboradors habituals nostres. Mira, hi ha molts detalls que no encaixen, i s'intueix una investigació molt complexa. Tu podries venir en qualitat de col·laborador especialista en perfils criminals?

—Hauria de trucar a l'Acadèmia d'Arkaute per avisar que aquesta setmana no faré classes, però tinc pendents uns quants dies d'assumptes personals i comptava gastar-me'ls abans de Cap d'Any. Sí, podria. Però aleshores creus que no és només un incendi?

—Un incendi, Unai? La Biblioteca Nacional ha tret el millor de la seva col·lecció de l'*Index Librorum Prohibitorum* per a la Fira Internacional del Llibre Antic.

—Per parts, que soc un profà en bibliofília. Què és aquest índex?

—Un llibre publicat el 1559 per la Inquisició Espanyola. N'hi ha diverses edicions, en què la llista de llibres prohibits anava augmentant. Tot el que tingués a veure amb textos herètics o grimoris, però també amb Luter, Erasme, el que fos en contra de la religió. Per no parlar de les bíblies en llengües vernacles. Llavors l'Església no les permetia, com la famosa *Biblia del Oso* de la Complutense. La Biblioteca Nacional tenia tres exemplars dels dos mil tres-cents que se'n van editar. I a Venècia s'esperava un d'aquests exemplars. Pots imaginar tot el que s'ha perdut, si és que la col·lecció de la Biblioteca Nacional s'està cremant entre aquestes flames?

—Perquè ho entengui, els llibres prohibits eren en aquest *palazzo*?

—No en tinc ni idea, per això m'han trucat. L'Alistair Morgan i en Gaspar se n'encarregaven. A més, en Benedict, com a propietari de The Fisher King, portava dos facsímils de luxe d'*El llibre de l'àngel Raziel* i del *Picatrix*. Era la primera vegada que es facsimilaven. Tens idea del preu a què podrien arribar, a Venècia?

—Molts zeros, suposo —em vaig avançar.

—Espanya competia amb la seva col·lecció de llibres prohibits de la Biblioteca Nacional, però corrien rumors que la Reial Biblioteca Nacional d'Estocolm cediria per uns dies el famós *Codex Gigas*, un llibre de setanta quilos, també considerat sacríleg pel seu contingut i pel dibuix del dimoni que conté en el foli 209. Per això és conegut també com la *Bíblia del Diable*. La biblioteca la custodia des de fa uns quants segles, si és veritat que viatjava a Venècia per a aquesta fira, era la primera vegada que en sortia des del 2007, en què la van cedir per a una expo a Praga. El que et vull dir és que l'expectació aquest any era màxima.

—El que vulguis, Mencía, però el que m'interessa saber és si la meva mare és en aquest *palazzo* i si l'Alistair, en Gaspar i els altres s'han pogut salvar de les flames. Dona'm unes hores i et diré el que he decidit. Si finalment vinc, he de solucionar això de la feina i comprar el bitllet d'avió a Venècia, suposo que hauré de sortir de Madrid.

Vaig penjar i vaig fer un gest a l'Alba perquè ens fiquéssim a la meva habitació.

—No tinc clar si anar-hi, Alba —li vaig dir mentre tancava la porta a la meva esquena.

—Ho dius per mi?

—Estaves millorant, has deixat enrere els malsons i els flashbacks, oi?

—Sí —va admetre—. Fa gairebé un mes i mig que no tinc obsessions, ni pensaments intrusius. La doctora Leiva em va dir que, si tornaven els símptomes, programaríem una altra sessió d'EMDR, però no ha calgut.

Vaig sospirar, indecís.

L'Alba havia començat el quadre d'estrès posttraumàtic a l'estiu, després del cas d'*El Llibre Negre de les Hores*.

Es despertava freda, amb un crit ofegat, i es negava que jo l'abracés o a tenir qualsevol contacte amb la meva pell, aterrida. Sempre el mateix malson, el moment en què, anys enrere, quan ella era sotscomissària a Vitòria, l'assassí que s'havia carregat unes quantes parelles de Vitòria ho va intentar amb ella, després de segrestar-la.

L'Alba va deixar la feina, va deixar el cos, va deixar Vitòria. Va canviar de paisatge i de vida. Va tornar a Laguardia, a regentar l'hotel palau que la seva mare havia aixecat amb molt d'esforç.

Jo també em vaig allunyar del servei actiu i em vaig reinventar pel que fa a la vida professional, malgrat que era jove i que amb poc més de quaranta anys em trobava al cim de la meva carrera. Entrenat en cos i ment per donar el millor com a perfilador.

En el meu cas, encara havia necessitat que unes quantes morts i quasi morts afectessin la gent que estimava per convèncer-me que portava el petó de la mort al front i l'encomanava al meu cercle més íntim.

Vaig optar per la docència, perquè tot el meu bagatge pràctic en perfilació criminal adquirit amb la sang dels meus no es perdés en el no-res.

Només havia acceptat involucrar-me altre cop en un cas quan un tal Calibà va segrestar la meva mare, a qui jo creia morta, i em va exigir com a tracte un antic llibre mític a canvi de la seva vida.

Calibà havia agafat el nom del personatge de *La tempesta* de Shakespeare, i simbolitzava l'arquetip de l'home salvatge. Vaig aprendre tot això i més al llarg d'un cas en què la bibliofília ho va vertebrar tot.

I llavors va començar el calvari per a l'Alba.

Al principi, estoica i forta com era, m'ho va amagar.

Després va arribar la confessió, només quan per fi vaig trobar la meva mare i quan l'Estíbaliz, la Mencía i un servidor vam resoldre el cas i vam enviar Calibà a la presó, amb la inestimable ajuda dels llibreters del gremi d'antiquaris que ara eren a Venècia.

Només llavors m'ho va explicar, l'Alba. La seva teràpia va ser molt específica. EMDR. Dessensibilització i reprocessament del trauma mitjançant moviments oculars. Va acudir amb una mica de prevenció a la doctora Marina

Leiva, una psiquiatra amiga meva que també impartia classes a l'Acadèmia d'Arkaute de l'Ertzaintza.

El primer dia, després de la sessió en què van aïllar cadascun dels records del trauma que somiava i els van treballar movent els ulls d'un costat a l'altre, com si matés marcianets amb la mirada, va tornar cansada i silenciosa. Tan cansada que es va quedar adormida a mitja tarda durant unes quantes hores, exhausta.

Aquella nit va ser la primera al llarg de molts mesos que no va tenir cap malson a les quatre de la matinada.

Jo no l'hi vaig dir mai, però vaig tenir insomni, al seu costat, amb els ulls oberts tota la nit mirant a les fosques cap on hi devia haver el sostre del nostre dormitori.

Es va despertar alleujada, amb molta cautela al rostre.

També van cessar els flashbacks, els pensaments recurrents, la hipervigilància. Ja no feia un bot quan la sorprenia a la cuina d'esquena i no m'havia sentit arribar.

Massa bonic, sí, ho sé.

Però qui érem nosaltres per demanar explicacions a la vida quan es portava bé?

Va continuar fulminant records traumàtics amb la mirada durant un parell de mesos a la consulta de la doctora. Els va eliminar tots. La Marina li va donar l'alta.

Vaig deixar de sentir-me culpable, de pensar que l'estrès posttraumàtic se li havia desencadenat per un cas que m'havia fet tornar a la vida de policia i que, sent sincers, m'hauria costat molt rebutjar. Era la meva mare morta, o la meva mare suposadament morta, i va resultar que sí ho era i, que estava viva.

—Unai, és un incendi, probablement provocat —em va recordar l'Alba—, amb Patrimoni i Homicidis involucrats, amb sis possibles víctimes espanyoles en sòl italià. Hi haurà molts fils per estirar. I et conec, et pots quedar aquí per mi, però és impossible que no estiguis pendent de les novetats del cas i del que et vagi explicant la inspectora

Madariaga. Si una de les víctimes és la teva mare, sigues realista, ella te'n mantindrà informat i tu no suportaràs abstreure-te'n. El que et vull dir és que no té cap sentit que te'n quedis al marge per evitar-me una recaiguda. No n'estàs al marge. És la teva mare.

«No t'ho mereixes, això», vaig callar.

L'Alba havia triat deixar enrere la seva vida a l'Ertzaintza. No volia estar en contacte diari amb assassinats ni històries sòrdides. Tots tenim un topall, un límit. Ningú no sap quin és, en quin cas et comences a cremar i et comença a pesar massa veure el pitjor de la gent. Pocs aguantaven a Homicidis fins a la jubilació.

Jo hauria suportat uns anys més, uns quants serials més, si això suposava salvar les següents víctimes d'una sèrie. Em compensava. Però ho vaig deixar perquè vaig veure massa dolor en els meus.

Alguns dels casos els havien pagat amb la seva pròpia vida. Amics de la colla, d'aquells amb qui jugues al pati des de petit. Morts. L'avi, apallissat. La Deba, segrestada. L'Esti, estimbada per una escala... i un llarg etcètera.

—Si m'ha demanat ajuda és perquè coneix el terreny i creu que li podré ser útil —vaig dir en veu alta, em penso que per convèncer-me del que em disposava a fer—. I no oblido que ella sent estima per la meva mare. El seu interès pel cas, més enllà d'aquests llibres herètics, és tan personal com el meu. I això és bo. Per a la meva mare és bo.

L'Alba va assentir.

—Val més que hi vagis, hi estic d'acord. Però no em posis al corrent de tots els detalls, llevat que sigui imprescindible. M'estimo més no submergir-me altre cop en el dia a dia d'una investigació, no vull tornar a aquesta vida.

«I si és l'única vida que soc capaç de donar-te?», vaig callar, massa culpable per pronunciar la frase en veu alta.

3

«El llibre d'or de la noblesa veneciana»

ÍTACA

Venècia, gener del 1992

Et fas dir Jimena Garay. No és el teu nom verdader, n'has tingut uns quants. El primer, el que no vols que et marqui, va ser Ítaca Expósito. Als divuit anys et vas desfer del cognom que exposava el teu origen —vas ser un nadó abandonat i exposat a les portes d'un internat—, després del teu primer canvi d'identitat i de ciutat.

Pocs saben el teu nom, i molts menys l'han fet servir per adreçar-se a tu.

Ja l'has fet servir abans, l'ham de presentar-te com a Jimena Garay, a la Costa Est, a Nova York, tot i que això és una altra història i avui estàs concentrada a ser l'esquer perfecte.

Has arribat a la ciutat de les gòndoles i els ponts amb un pla ordit des de fa temps. T'has preparat i documentat a fons. És el teu últim encàrrec, esperes que sigui el que et retiri de la vida a l'ombra i de fugir mirant sempre endarrere, a la recerca d'una ombra que persegueixi el que ets i et detingui.

Primera llei de les Egèries: «Una Egèria no permet que l'atrapin mai».

Cap Egèria no ha passat ni una nit a comissaria, d'això n'esteu orgulloses.

Una altra prova, van començar a pesar-te ja fa anys. Les teves germanes, les altres cinc Egèries, ho saben, però fan veure que no s'adonen que vols deixar aquesta vida de pelegrina.

Una altra feina per a la millor falsificadora. Aquí, a Venècia, on ulls experts observaran la teva feina, serà complicat enganyar-los, una revàlida. Un repte intel·lectual dels que et mantenen viva, encara que el preu desgasti tant.

No t'hi has sentit mai inclinada, a obeir sense preguntar, peó d'una partida les metes més elevades de la qual ignores. Ets una mercenària de les falsificacions, t'incomoda treballar per a altres persones, però de vegades saps que necessites sentir que formes part d'alguna cosa, i aquesta necessitat de pertinença es cobra el seu preu.

L'has de pagar.

En passa alguna, a la seu del cercle de les Egèries, a la Costa Est. Les notes intranquil·les, nervioses.

No era el millor moment per abandonar-les. Has après que, malgrat les lleialtats, quan acceptes un encàrrec al marge de la llei, qui te l'encarrega et té a les seves mans.

N'ets l'executora. La part que deixa més rastre. La teva obra.

I, tot amb tot, canvies de continent i de passaport per enèsima vegada, eterna nòmada experta en nous començaments malgrat la teva ambulant trentena.

Un nou desafiament.

Un altre idioma, un altre niu temporal, una altra aparença.

Ara ets una morena amb un serrell recte tallat a mig front i amb la melena fins a la barbeta. No resultes gens dolça, en aquesta nova identitat.

D'acord, som-hi, et dius.

Has arribat amb antelació al palau inacabat, el Palazzo

Venier dei Leoni, seu del Museu Guggenheim. L'únic del Gran Canal que es va quedar a mig construir durant dècades i que exhibeix sense complexos una sola alçada.

Aquí, a Dorsoduro, l'hereva d'un magnat americà que va morir al *Titanic* va invertir la seva fortuna en la compra de l'art contemporani que ara s'ensenya a les facultats de belles arts d'arreu del món.

El jardí Nasher ja apunta maneres, salpebrat amb escultures de Giacometti i Miró que mereixen més temps del que els dediques.

L'interior de l'edifici no és un lloc ampli. Les sales estaven destinades a ser habitades per persones, no per quadres, i això els aporta una proximitat necessària, però no és el millor per a les teves falsificacions, preveus amb ull crític de cirurgiana davant la seva pròxima intervenció.

Surts a la terrassa Marino Marini, que dona al Gran Canal. És on has quedat amb la persona que t'obrirà les portes de la ciutat, confies.

Una altra escultura, aquesta vegada de bronze, d'un genet a cavall amb els braços oberts, acapara l'atenció dels escassos visitants del museu.

Avances en direcció al canal i t'adones del motiu: el genet ostenta un fal·lus de bronze molt poc discret.

Somrius davant l'audàcia de Peggy Guggenheim.

Vas llegir que el penis de metall es cargolava i descargolava a voluntat de la propietària, que gaudia escandalitzant les monges quan passaven cada dia amb les llanxes per davant del museu. Saps que el fal·lus ara està enganxat, després d'uns quants intents de robatori, de vàndals o simples bromistes, qui ho sap.

—Es titula *L'àngel de la ciutat* —diu una veu darrere teu. Parla en anglès amb l'accent tancat dels venecians, dansant entre les esses sonores i unes erres molt suaus.

—*Lo sapevo già. Mi sembra un nome molto adatto* —respons, et ve de gust practicar l'italià.

Et gires, diries que és una mica més jove que tu, no ha fet els trenta. Durant un parell de segons observes, sorpresa, un tret físic inusual.

Se li nota que està acostumat a l'escrutini. Té els pòmuls alts, de gat, i la barbeta punxeguda, inquisidora. El vestit blanc sembla dissenyat per camuflar-se entre el marbre del museu.

—Suposo que és la Jimena Garay —continua en italià—. L'esperàvem.

Mires al teu voltant, no hi veus ningú més.

—En realitat, havia quedat amb la Pietra da Riva, la directora del museu —li aclareixes en la seva llengua.

—Leone da Riva —t'allarga la mà, tan estilitzada com la resta del seu físic—. Soc el seu fill, advocat. Treballo amb ella. M'encarrego dels tràmits legals. Podem començar, és una dona ocupada.

Et clava els ulls i espera amb paciència que li venguis la teva mercaderia, el teu missatge, el que sigui que t'hagi portat a oferir-los.

Sembla acostumat a les propostes.

Hauràs d'improvisar, no et servirà de res haver fet els deures amb bona lletra: la Pietra da Riva és una de les matriarques de l'art a Venècia.

Descendent dels llinatges nobles de la Sereníssima.

És una ND, una *nobile donna*. El seu cognom i els seus avantpassats figuren des de l'edat mitjana en el *Libro d'Oro*, el registre d'aristòcrates custodiat al Palazzo Ducale.

Casas velles: Barozzi, Corner, Zorzi...

Casas noves: Venier, Trevisan, Arimondo... i Da Riva.

Has estudiat els cognoms, has llegit les poques entrevistes que concedeix en les revistes especialitzades, coneixes els seus gustos artístics.

Volies impressionar-la. Però ara tens al davant el seu fill i no en saps res, d'ell. Si és fill únic, el petit de set o el gran de dos.

Només saps que és advocat, cosa que no t'afavoreix. Tot i que, per l'edat, suposes que acabat de llicenciar.

—Soc historiadora de l'art, freelance. Col·laboro amb museus de tot el món organitzant mostres i exhibicions temàtiques.

—Bé, l'escolto —t'anima, si bé saps que totes les propostes que li arriben comencen exactament com la teva, encara no li has donat res.

—Ha sorgit una oportunitat molt interessant al voltant d'un quadre de Millet.

Arruga el nas fi.

—Jean-François Millet?

—Això mateix, coneix *L'àngelus*?

—Un matrimoni de pagesos resant en un camp, al davant de les seves eines de treball. Podem... ens podem dir de tu? Som molt joves per tractar-nos de vostè —et prega.

Assenteixes i somrius, et sembla correcte, però continues centrada en la venda.

—Això mateix, a l'hora de l'àngelus. Sembla un quadre costumista, pintat per vendre a la burgesia, però va ser impossible vendre'l en la primera versió —li expliques.

Alça aquesta cella tan inusual, no havies vist mai unes celles semblants en algú de la seva edat.

—Per quin motiu encara no era un artista consagrat? El segle XIX, com et pots imaginar, no és la nostra especialitat.

—Ho sé. Però el que ve ara sí que interessarà al museu. *L'àngelus* va ser una tela que va obsessionar Salvador Dalí. La història és fascinant, i una mica macabra, molt pròpia de Dalí, la veritat.

—Endavant. Dalí ara mateix és el més mediàtic dels surrealistes. Tenim dues obres seves al museu, i tant l'una com l'altra són de les més visitades —diu, mentre et convida a sortir al balcó que dona al Gran Canal.

—*Dona dormint en un paisatge* i el *Naixement dels desitjos líquids* —li confirmes.

Baixeu junts les escales mentre l'il·lustres.

—No sé si ho saps —continues la teva història—, però Salvador Dalí va tenir un germà gran que va morir als cinc anys, de meningitis. També es deia Salvador Dalí. El dia que van portar el futur artista a veure la tomba del seu germà mort va ser el més tràgic de la seva vida. El seu pare, un home amb qui Dalí no es va entendre mai, li va dir que ell era la còpia del seu germà mort. Això li va provocar tota la vida moltes crisis d'identitat i es va obsessionar amb els nadons difunts. Una cosa que poca gent sap és que Dalí una vegada va enviar al seu pare un pot d'esperma amb un missatge: «Ja no et dec res».

En Leone da Riva s'asseu en un dels bancs de pedra blancs al costat de la riba, davant dels pals de fusta de roure pintats de ratlles blanques i blaves.

S'aparta el serrell llarg de la cara —el típic tall de cabells que porten tots els actors—, diries que la teva història l'ha impressionat. En realitat, aquesta última dada no està contrastada, pot ser una història apòcrifa, una llegenda urbana. Però fa l'efecte que buscaves.

—Realment és tràgic, teatral, fascinant... i molt trist. Però què té a veure amb el quadre de Millet?

—Ara ve el punt interessant, i també pertorbador d'aquesta història —continues parlant, com Xahrazad, però en aquests moments la veus.

La Pietra da Riva, ulleres de sol tigrades, un vestit vermell anys cinquanta, tan cenyit que li queda femení, poderós. Diries que vesteix com la seva antecessora, Peggy Guggenheim, i que busca assemblar-s'hi de manera voluntària.

Venia somrient, però el somriure se li congela quan veu el seu fill. T'adones que tenen la cara idèntica, allargada i pàl·lida, però no ha estat ella qui li ha llegat aquests gens gairebé sobrenaturals. Ella és morena i porta els cabells arrissats, amb un tall que et recorda les *flappers* dels anys vint.

—És la Jimena Garay, suposo —et diu, directament en italià—. Arribo tard o havíem quedat ara, a les deu?

—Mare, m'agradaria explic...

—*Dopo* —el talla. I és un *després* que té regust de *mai*.

En Leone aixeca les mans i fa un gest de frustració, que, tot i que resulta educat i contingut, no és un silenci capficat de submissió.

—Jimena Garay... espanyola? —et sondeja.

—Sí, si bé formada als Estats Units.

—Quants anys té, jove?

—Trenta-cinc. —Ara la Pietra t'observa amb més atenció.

La coneixia? La Jimena Garay original ara tindria uns vuitanta anys. Està calculant si pots ser la seva filla o la seva neta homònimes?

Aquest nom fins ara t'ha obert portes, només per la previsible curiositat de si tens alguna cosa a veure amb la mítica monja falsificadora d'incunables.

La Pietra da Riva t'escruta i, si ha tret conclusions, se les guarda, perquè mira el rellotge de polsera en forma de serp cargolada de Bulgari i et constreny amb la mirada.

—Comencem, doncs. A què dec la seva visita al Guggenheim?

—Millet —se t'avança el seu fill—. Però abans que...

—Millet? Un costumista francès del XIX?

—Permeti'm que l'hi expliqui —comences—. En realitat...

—No era historiadora de l'art, vostè?

Assenteixes, sospites que no et deixarà acabar la frase.

—Miri al voltant. Fa dotze anys que ocupo el meu càrrec, des de la mort de la Peggy. I no s'ha exposat mai cap obra que no sigui d'art contemporani.

—Precisament per això —insisteixes. Et disposes a començar la teva història de Salvador Dalí, però, en aquest moment, un jove tan ben vestit com en Leone apareix per les escales. Li assenyala el rellotge, la Pietra assenteix i, per primera vegada, et somriu, tot i que és un somriure social, professional.

—Sento que hagi començat pel Guggenheim, estic segura que a Venècia trobarà sens dubte un lloc més adequat per al seu Millet. —T'allarga la mà, l'hi estrenys amb força. Vols obrir la boca altre cop, però ja ha desaparegut darrere *L'àngel de la ciutat.*

Ha reclamat en Leone amb la mirada, ell també s'allunya, però abans es treu una targeta de visita d'un targeter platejat.

Tu t'afanyes a donar-n'hi una de teva, amb el nom fals imprès i les dades del taller que t'han buscat les Egèries escrit a mà, en cursiva, amb la teva ploma.

Observes la seva targeta de visita, Leone da Riva.

A més de les lletres, un dibuix d'un lleó blanc en una *riva*, una d'aquestes ribes esglaonades de Venècia. Té sentit.

La seva actitud té un punt de vigilant, gairebé protector, et fa l'efecte.

Però tornes a la realitat, amb el teu pla Z destrossat. O sigui que passes al pla Y. Amb els anys i els encàrrecs has après a aplicar la creativitat també fora dels quadres, i et repeteixes el teu mantra: «Trobaré la manera». Solament és un repte més.

Hi ha molts més museus, sales i *palazzi* on exhibir el Millet i els Dalís: el Museu Correr, Ca'Pesaro, el Grassi, la Galleria di Palazzo Cini...

Encara no saps —com saber-ho—, durant aquells primers dies ingenus, que la mà del destí ja havia començat a tancar el cercle. Encara no saps que t'atraparà i que ho lamentaràs la resta de la teva vida.

4

L'hostal San Lio

Unai

Venècia, 1 de novembre de 2022

Vaig arribar a l'aeroport Marco Polo a l'hora de la posta de sol, amb el primer vol que vaig trobar. Havia parlat amb el director de l'Acadèmia d'Arkaute i vam moure els horaris de les classes amb algunes companyes perquè em pogués absentar uns dies.

No sabia quants dies em quedaria a Venècia, com sempre que es tractava de la meva mare em veia empès a deixar en suspens la meva vida i a improvisar.

Un taxi em va traslladar de l'aeroport a la ciutat. Vam travessar una carretera envoltada d'aigua i salpebrada d'illes. A l'horitzó, a més de núvols ataronjats, es podia veure una columna vertical de fum gris fosc, més enllà de la ciutat.

Era el rastre que l'incendi havia deixat al cel.

La Mencía m'havia facilitat l'adreça d'un hostal cèntric amb un nom estrany, San Lio, i el taxista, quan em va deixar a l'estació de Santa Lucia i em va dir que no podia seguir per terra, em va aconsellar que agafés un taxi aquàtic en comptes d'un *vaporetto* quan va comprendre que tenia pressa.

És el que vaig fer, amb una maleta de rodes minúscula on portava el mínim i que havia tancat mentre m'acomiadava d'una Deba endormiscada. Li havia deixat tres cors vermells dibuixats amb retolador a la mà perquè se'n recordés quan es despertés. L'Alba, la Deba i jo, al dors de la seva mà petita i molsuda, com a recordatori indeleble i difícil d'esborrar.

Vaig pujar al taxi aquàtic i li vaig indicar l'adreça, a Castello, a prop del pont de Rialto.

La ciutat, a la llum dels fanals, em va semblar d'una bellesa sobrenatural. Em vaig asseure a la popa, al costat d'una bandereta d'Itàlia, i vam avançar entre façanes ataronjades i daurades, que en altres temps devien haver estat magnífiques. Arcs blancs de mig punt que li donaven un cert aire oriental i portals amb embarcadors de fusta on recalaven les llanxes particulars.

Em vaig haver d'ajupir uns quants cops quan vam passar per sota de diversos ponts, de tan baixos com eren alguns.

El taxista em va deixar per fi al costat d'una riba, va amarrar la soga en un pal i em va ajudar a saltar a terra ferma. Vaig pagar una quantitat gens menyspreable i vaig buscar amb el mòbil la ubicació de l'hostal.

No hi havia gaire gent pel carrer, els carrerons de Castello eren estrets, i les botiguetes d'alimentació, disseminades aquí i allà, ajudaven a il·luminar l'empedrat.

Pel que es veia, al novembre la ciutat no estava plena de turistes. Fins i tot en un dia festiu de Tutti i Santi com aquell, la majoria dels carrers estaven deserts, de vegades semblava una ciutat abandonada, era com passejar per Pompeia.

Venècia tenia el pòsit desgastat de ciutat molt viscuda, molt usada, que només aporten els segles. La sentia càlida, malgrat el fred humit de l'hivern, vaig suposar que pels colors de les façanes, vermells, taronges i grocs.

Vaig travessar uns quants ponts. Sota els peus avançaven lentament algunes gòndoles amb turistes que gravaven els gondolers i les seves complicades maniobres per no xocar entre ells.

N'hi havia que clavaven un cop de peu a la façana més propera i que es donaven impuls amb la cama per obligar la gòndola a girar.

Era un nou ecosistema digne d'observar, però jo seguia la marca diminuta del GPS del mòbil, a la recerca de l'hostal, arrossegant la petita maleta.

Al cap de poca estona, vaig haver de parar a la part més alta d'un pontet de pedra i reconèixer que m'havia perdut: tots els carrers em semblaven el mateix. Les façanes, tan a prop les unes de les altres que de vegades en fregava els maons desgastats amb les espatlles, creaven corredors estretíssims no aptes per a claustrofòbics.

Avançava en la foscor, refiant-me que apareixeria algun fanal al cap del carrer per il·luminar-me, o recorria a la llanterna del mòbil, i en aquest cas perdia de vista el navegador i m'extraviava una altra vegada.

O sigui que em vaig dir: «Atura't i troba't, Unai». La Mencía estava esperant que deixés l'equipatge a l'hostal i li truqués perquè m'enviés una llanxa de la policia que em conduiria a l'illa, a l'illa de Santa Cristina, on ja havien acordonat la zona des de la nit anterior i només deixaven passar el personal d'emergències.

Estava concentrat en la pantalla del mòbil, al punt més elevat del pont, quan algú em va empènyer per l'esquena.

Algú fort, de manera intencionada. Vaig perdre l'equilibri i vaig caure al canal. L'aigua, al novembre, estava tan freda com un es pugui imaginar. Al cap d'un parell de segons de commoció, en què em vaig veure sota l'aigua sense entendre res, em vaig propulsar cap a la superfície.

—Eh, escolti! —vaig cridar en el meu idioma, per pur instint—. Ajudi'm!

Però vaig mirar enlaire i només vaig poder distingir un individu, el que m'havia empès.

Era jove, estava molt musculat, i, quan es va tombar per fugir i em va donar l'esquena, des de la meva precària posició, xipollejant a l'aigua del canal per mantenir-me surant, només vaig poder distingir sota la llum del fanal de la cantonada unes escandaloses ulleres de pasta blava.

5
El «palazzo» de foc
Unai

Venècia, 1 de novembre de 2022

Vaig tardar dues hores més a arribar a l'illa incendiada. El temps que em va caldre per trobar el diminut hostal que finalment era en un carreró estretíssim al costat d'un *campo* del mateix nom, San Lio, i registrar-me a la recepció, on em va atendre un noi anomenat Marcantonio, que ajudava en el negoci familiar mentre estudiava la carrera d'Història.

Una vegada al meu allotjament, una habitació amb un llit verd, capçal daurat i les parets grises, em vaig treure la roba xopa de l'aigua gèlida del canal, vaig fer entrar en calor el meu cos nu entumit i vaig trucar a la Mencía perquè em vinguessin a buscar.

Del paio que m'havia empentat no n'havia quedat ni rastre.

Quan vaig sortir del canal, després de nedar fins a les escales d'un embarcador pròxim, al pont només hi quedava, dreta com una bandera, la meva maleteta.

No havia estat un robatori, l'individu que m'havia tirat a l'aigua no ho havia fet per prendre'm l'equipatge. Però m'havia empentat, per l'esquena, amb totes dues mans.

M'havia tirat al canal de manera premeditada. Qui ho feia, això, a Venècia?

Poc després una llanxa de la policia, amb un parell d'agents uniformats de blau, m'esperava en un petit canal transversal i vam sortir a la llacuna oberta.

Vam deixar enrere el perfil de Venècia i, uns quaranta minuts més tard, la petita embarcació va amarrar a l'embarcador de l'illa cremada, al costat d'una altra llanxa vermella amb les lletres impreses de *Vigili del fuoco,* on uns quants bombers, amb uniformes negres i grocs reflectants i cascos també negres, descarregaven material.

La Mencía es va afanyar a venir a rebre'm.

—Unai, quina rebuda que t'ha dispensat Venècia —va dir, sense cap indici d'ironia.

Va allargar el braç i em va donar la mà. La llarga i llisa cabellera blanca de la Mencía Madariaga irradiava llum enmig de tanta foscor. En aquell lloc de clarobscurs fins i tot li destacaven les pestanyes, que sempre semblaven gebrades.

—És normal llançar la gent pels ponts? —vaig voler saber.

—Em sembla que no. Series capaç de descriure el paio que ho ha fet?

—Només una mica. En tot cas —vaig dir, mirant l'edifici socarrimat que teníem al davant—, això és prioritari. Què me'n pots avançar?

La Mencía va sospirar i em va fer un gest perquè la seguís.

—Els bombers ja han extingit tots els focus. El fet que el foc comencés en diverses estances alhora és el millor indicador que ha estat intencionat. Una atrocitat. Carregar-se aquest patrimoni històric amb sis persones a dins va més enllà de la barbàrie.

Tots dos callàvem el que tots dos temíem: la meva mare i la seva mentora, l'Ítaca Expósito, eren entre les restes de l'incendi?

Però, per experiència, ajudàvem més donant a tot aquell afer una pàtina professional.

Vaig mirar al voltant, era un lloc que, malgrat la foscor, s'endevinava cuidat, amb bardisses, gespa, un embarcador i el que havia estat un magnífic *palazzo* de tres plantes, tan típic de la zona, amb la façana ara ennegrida que havia estat de color salmó. Les finestres tenien els típics finestrons verds de la zona del Vènet i una teulada de dos aiguavessos de teules vermelles. Hi havia un parell de xiprers custodiant l'entrada que, per sort, no havien cremat.

—Et presentaré en Renzo Scarpa, un cognom molt venecià, com comprovaràs si et quedes aquí prou temps. És l'inspector d'Homicidis al capdavant de la investigació. Molt bon tio, molt bon professional, aquí esmentar-lo t'obre les portes més difícils. Anem a l'embarcador, ara ve amb una altra llanxa. Vols una màscara? —em va oferir mentre caminàvem—. No és imprescindible, però l'olor de cremat mareja algunes persones. No ens traurem la pudor de la roba encara que passin molts dies.

Li vaig somriure i vaig refusar l'oferiment. El que sí que venia amb una màscara era un paio amb ulleres que en aquell moment saltava a terra des de la coberta de l'última llanxa que havia arribat.

Se la va treure i se'ns va acostar.

Era jove per ser inspector, d'uns trenta anys, corpulent, i portava unes ulleres de pasta vermelles i blanques, com la samarreta típica dels gondolers.

Vaig imaginar que era una picada d'ullet a la seva ciutat, però durant uns segons em vaig quedar una mica trasbalsat... Era el mateix que m'havia empentat, feia un parell d'hores?

Les ulleres eren diferents, però podia haver-se-les canviat. En una roda de reconeixement no sé si m'hauria inclinat per ell.

La veritat, a pesar meu, era que podria haver estat ell perfectament.

—Benvingut —em va dir en anglès—. Tota ajuda és poca.

Em va allargar el seu braç poderós i em va somriure, crec que amb franquesa. Jo també vaig somriure, dissimulant el desconcert.

—*Puoi parlarmi in italiano* —li vaig dir—. Fa uns anys vaig col·laborar en un *campo di lavoro* per a una ONG durant un parell de mesos a Pieve Emanuele, al costat de Milà. Així refresco el meu italià.

—Perfecte doncs —em va contestar, amb un somriure.

—Què tenim, Renzo? —li va preguntar la inspectora Madariaga.

Em va semblar detectar una certa confiança per part de la Mencía. Era evident que havien treballat junts abans, però es notava que tenien bastanta química i molta complicitat, malgrat les circumstàncies. Es tractaven com vells coneguts, o com vells amics.

—Anem a parlar amb en Silvano, ja han acabat d'assegurar algunes de les estances i l'equip científic ha entrat a l'ala est per fer les inspeccions tècniques oculars —va dir mentre ens assenyalava l'entrada del *palazzo*.

—Silvano Scarpa, cap de bombers —em va anar xiuxiuejant la Mencía mentre el seguíem—. És el seu germà, dos anys més jove. El seu pare va ser inspector d'Homicidis fins que es va jubilar. Una llegenda, diuen que els Scarpa sempre han treballat protegint la ciutat des de fa més de mil anys. Els seus avantpassats han estat persones líders en qualsevol ofici que estigués al costat de la llei. Aquests són dues feres, motivats i molt col·laboradors.

Vaig assentir, prenent nota mental de tot el que veia al meu voltant. Fins llavors, no m'havia preguntat per la vida de la inspectora Madariaga fora de la comissaria.

La meva mare l'havia triat com a futura Egèria i era la seva protegida.

Era una eterna pelegrina, com ella?

Tenia família, pares, fills, parella?

Vida més enllà de la Brigada de Patrimoni Històric?

Una vegada algú em va dir que no tothom podia ser una Egèria.

Què feia que la Mencía ho pogués ser?

En Silvano es va girar i es va treure el casc negre. S'assemblava molt al seu germà, tret que se'l veia encara més corpulent embotit en l'uniforme de bomber. Després d'eixugar-se la suor del front amb l'avantbraç, es va col·locar unes ulleres, també de pasta, com en Renzo. En aquest cas, del tot vermelles. Rectangulars, grosses, molt excèntriques.

També podria haver estat ell qui m'havia tirat pont avall, si no fos que se'l pressuposava apagant incendis a la mateixa hora en què em llançaven al canal.

En aquesta ocasió, em vaig avançar jo i li vaig donar la mà.

—Unai López de Ayala, perfilador. Vinc en qualitat de perit, no sé si us podré ajudar. Poseu-nos al dia, sisplau. S'han trobat els cossos? —li vaig preguntar en italià.

En Silvano va mirar el seu germà amb un gest de frustració.

—No hi ha ni un cos, ni rastre d'ells, no quadra. No quadra res.

—Explica't —el va comminar en Renzo.

—Has dit que heu revisat la càmera de seguretat de l'embarcador —va dir en Silvano.

—D'això venia, d'una primera visió ràpida a l'oficina.

—I? —va preguntar la Mencía.

—S'hi veuen sis persones —ens va explicar en Renzo—. Sis, sortint d'un taxi aquàtic i dirigint-se per l'embarcador cap a l'entrada del *palazzo*. Però ningú no abandona aquesta illa durant les vint-i-quatre hores següents, ni durant l'incendi, ni abans ni després, i d'aquesta illa és impossible sortir-ne si no és per aquest moll. Cap llanxa no pot atracar a la riba, està envoltada d'una barrera de pedres de més de dos metres perquè no passi. No és possible maniobrar ni atracar a aquesta distància.

—*Ispettore* Scarpa —el vaig interrompre—. Hauríem de visionar aquests vídeos per comprovar la identitat de les sis persones.

—Millor Renzo, aquí no em diuen *ispettore* Scarpa per evitar confusions, perquè és com era conegut el nostre pare, i també perquè a Venècia ens coneixem tots i no fan falta tantes formalitats; a mi em pots dir Renzo i ja està. Pel que fa al visionament de les càmeres, si us plau, quan sortim de l'illa, estan a la vostra disposició.

Vaig assentir, el tal Renzo em queia bé, anava al gra i no posava traves administratives.

—Vosaltres coneixeu el terreny —va intervenir la Mencía—. Quines opcions considereu?

En Renzo i en Silvano es van mirar, seriosos.

—No hem tingut temps, però podem improvisar una posada en comú. *Dai*, endavant —va dir en Silvano, amb el casc a la mà.

—Quan va començar l'incendi hi havia sis persones al *palazzo*. Cap d'elles no va trucar a Urgències, els bombers van venir perquè havien donat l'avís els veïns d'altres illes en veure les flamarades i el fum, però en l'allau de trucades que tenim gravades ningú no demana ajuda des de l'illa —va començar en Renzo.

—Com a possibilitats reals: n'han llençat els cadàvers a la llacuna, o sigui que hauries d'engegar un dispositiu amb bussos perquè pentinin tot el perímetre subaquàtic de l'illa —va dir el bomber.

—El que és evident és que no s'han pogut emportar els cadàvers i que ells no se n'han anat pels seus propis mitjans, perquè no ha sortit cap llanxa després que arribessin amb taxi —va insistir el seu germà.

—I a l'illa? —vaig preguntar—. No m'hi veig, en aquesta foscor, i no la conec de dia, però no hi ha cap edifici auxiliar on haver-los amagat o on ells s'hagin pogut refugiar de les flames i de la intoxicació pel fum?

Els germans em van mirar amb un gest derrotat.

—No, no hi ha res —va dir en Silvano.

—Bé, excepte el Laberint de l'Hexàgon —va intervenir el policia.

—Quin laberint?

—Un laberint vegetal, de bardisses altes, plantades fa trenta anys pels propietaris —va dir en Renzo.

En Silvano va acalar la mirada a terra i va donar una puntada de peu a un còdol.

—Digue'ls-ho, això és Venècia. Tard o d'hora se n'assabentaran. Per no parlar de la premsa —va dir al seu germà.

—Dir-nos el què? —vaig preguntar.

—En diuen el Laberint de l'Hexàgon, és un homenatge a les sis dames que van morir en aquest mateix *palazzo* fa tres dècades.

—Com van morir, Renzo? —va preguntar la Mencía.

—La ruleta veneciana —van murmurar alhora entre dents, com si haguessin esmentat el Diable.

6

Treball de camp

Ítaca

Venècia, gener del 1992

El reflex dels fanals al Gran Canal crea un efecte càlid, que quasi crema. Sembla una foguera d'aigua, sembla que els dos elements, aigua i foc, facin l'amor sovint, aquí a Venècia.

Has après la primera lliçó de les moltes que t'oferirà la ciutat i aquesta mateixa nit planifiques el pròxim pas: treball de camp.

Les Egèries t'han proporcionat un taller a San Marco amb un jardí quadrat, no gaire cuidat, una mica assilvestrat, al costat del *campo* de San Vidal. Però totes aquestes heures et van bé perquè t'aporten privacitat i t'acostumes a sortir cada matí amb un jersei de llana gruixut a fer un volt pel jardí i trepitjar l'herba, encara que estigui enrigidida de gebre.

Serà una sensació de contacte amb la terra que després buscaràs la resta de la teva vida, en altres llocs més hostils.

El teu nou cau té alguna cosa de fortí inexpugnable, perquè fa cantonada amb el Gran Canal i, al seu torn, el circumda el petit riu San Vidal que fa de fossat, de manera que cal travessar un pontet des del *campo* per trucar a la porta enreixada del jardí.

Ara vius en un edifici amb un taller diàfan, ampli, on als matins la llum entra en abundància. Des del primer moment adores aquesta llum, donarà una pàtina de calidesa a les teves teles.

El dormitori, que de seguida et fas teu, té una llar de foc que fa cantonada al costat del llit. T'emociona comprovar que funciona i que els troncs no són per decorar. La cuina té rajoles blanques i paelles de coure penjades com reus, qui hi vivia abans tenia afició per les espècies, n'hi ha mil potets que no saps diferenciar. Els sostres són absurdament alts, les cortines, granats algunes, blaves en altres habitacions, pesen massa per moure-les. Ho deixes tot tal com està. Per primera vegada no fas canvis al teu niu temporal, t'encanta el que has trobat, serà una llar que t'acollirà des del primer moment, un refugi on perdre't i donar l'esquena al món mentre llegeixes o pintes.

Arran de la visita fallida al Guggenheim comprens que a Venècia necessitaràs contactes locals, que un conegut et presenti com una coneguda.

T'acostumes a observar els venecians i les seves rutes habituals. Els imites, al matí vas al mercat del costat de Rialto, on els turistes a penes compren, només fotografien i toquegen. Fruita, peix, embotits, paquets de pasta casolana.

Et fas amiga d'un vell *pescivendolo*, en Nicola.

El tries per les seves mans nuoses. L'artrosi li deforma els artells, dècades d'ofici, de subjectar peixos glaçats durant hores, li han provocat la malaltia que, ja ho saps, l'acabarà incapacitant per exercir una professió que es negarà a abandonar.

Té edat de sobres per haver-se jubilat fa anys, però es desperta de fosc com ho ha fet els últims seixanta anys, compra el peix a la llotja i l'ofereix als seus veïns amb el típic accent tancat.

Sempre porta una bufanda de quadres grisos i marrons per protegir-se el coll.

Encara no ho sap, però quan te'n vagis de Venècia, ell es quedarà un quinze per cent de la transacció.

No sabrà, per descomptat, que els bitllets els hi has deixat tu. Ho has fet abans, no suportes que algú passi fred al carrer.

Una vegada, fa dècades, vas ser una nena que va sobreviure descalça i en camisa de dormir a una nit de neu en un pati d'escola. El càstig va ser excessiu, no hi havia pedagogia, en les intencions de la directora de la Veracruz, només un desplegament innecessari i bastant sàdic de poder.

Així va sancionar la teva primera incursió a una biblioteca per mutilar la il·lustració d'un antic llibre de viatges. No va saber mai que gràcies a aquella nit molts captaires, a molts llocs de diferents continents, han deixat enrere les nits fredes i els dits blaus.

De seguida que arribes a una ciutat amb un encàrrec nou, busques algú de mans o peus glaçats i comproves si et deixa acostar a la seva vida. N'hi ha que ho permeten, d'altres són impermeables a un somriure.

Al principi, quan donaves grans sumes, vas aprendre que als homes els costava acceptar diners d'una noia jove, per orgull.

Les dones eren més agraïdes i assenyades. Sempre hi havia algú a qui cuidar darrere de la seva pròpia misèria, i per això acceptaven els teus diners amb una abraçada o amb una llàgrima d'incredulitat. Però uns quants vells van refusar la teva ajuda.

De manera que saps que val més conèixer en Nicola, aprendre els seus costums i, quan te'n vagis, deixar un sobre gruixut amb milers de lires en un lloc discret que només ell pugui trobar. L'anonimat, esperes, ajudarà a fer que ho accepti i per fi pugui traspassar la parada de peix.

En Nicola és com una guia telefònica. En menys d'una

setmana et posa al dia de tots els acudits dels veïns, els Rossi, els Constantini i els Ballarini.

Qui es vendrà a una cadena estrangera i tancarà la botiga de queviures, una traïció que molt probablement li costarà l'ostracisme.

Qui s'està rumiant si anar-se'n de Venècia perquè els fills estudiïn en tal o tal altra universitat perquè no volen que es dediquin al turisme.

Qui es casa, qui es mor, qui es bateja.

També t'ensenya, amb paciència de mestre d'escola, entre llobarros i sardines, que a Venècia no hi ha barris ni districtes, sinó sis *sestieri*. Que Cannaregio era pràcticament un pantà ple de jonqueres, anomenats *canneti*. Que Dorsoduro deu el seu nom a les dunes de sorra compacta, que a Castello hi havia un castell i a Santa Croce una església anomenada així, que Napoleó va demolir.

Aprens que hi ha *sotoporteghi* tan baixos que t'has d'ajupir quan una drecera t'hi fa passar, que molts porten als *corti*, els patis on es reuneixen els veïns a xerrar a les tardes, un dels passatemps més celebrats.

Que *le fondamenta* són els molls que discorren al llarg dels canals, que els esglaons de pedra són d'Ístria, i que tota la ciutat descansa miraculosament sobre milions de puntals que no es podreixen i que molts d'ells s'han fossilitzat amb els segles.

Et fascina comprovar que tota una ciutat es mantingui dempeus sobre l'improbable, però en Nicola ho atribueix tot a les múltiples marededeus i sants als quals resa.

Té un fill que és el seu orgull. Es diu Gennaro i és gondoler, quan no passeja turistes et porta per trams silenciosos, on, si et quedes quiet prou temps, pots veure peixos nedant en formació. És l'oposat del bulliciós i expressiu Nicola. En Gennaro és, sorprenentment, tan mut i discret com una estàtua de les que abunden a la ciutat.

També coneixes en Filippo, un llibreter inseparable del

seu gat, una immensa criatura jaspiada, la verdadera mestressa de la llibreria. El cervell d'en Filippo està cablejat d'una manera diferent del d'altres éssers humans, per això a la seva llibreria els volums descansen lliurement desordenats en una banyera, en una vella gòndola que li va proporcionar el fill d'en Nicola, i en prestatgeries anàrquicament disposades que els veïns li han anat portant cada vegada que els amos d'algun *palazzo* es traslladaven.

T'acostumes a acostar-te cada dia a la llibreria. Al començament, com a clienta, compres uns quants llibres d'art del segle XX. Tot i que ja no comptes amb el pla Z, el Guggenheim és una espina que tens clavada i vols estar preparada per si el vent del destí bufés algun dia a favor teu.

Els dies següents t'acostes a donar-li conversa. Devers la segona setmana, l'ajudes a recol·locar col·leccions senceres. Tens bon ull per detectar lloms o potser una mirada nova com la teva els troba abans.

En Filippo, amb la seva calba frontal i els seus rínxols esbojarrats a banda i banda del crani, t'explica que va estar a punt de deixar el local, tip que cada tardor l'*acqua alta* inundés tots els llibres. Però un dia va pensar: «Com ho puc fer perquè això, el pitjor que m'ha passat, es converteixi en el millor?».

En Filippo odiava l'*acqua alta*, la pujada de l'aigua durava a penes unes hores, i només es formava si coincidien diverses circumstàncies: lluna plena, vent del sud-est, pressió atmosfèrica baixa... però sabia que era un fenomen cíclic i inevitable.

—Em vaig adonar que la seva fortalesa radicava en el fet que era inevitable, i també que era un fenomen molt únic, molt nostre, molt venecià. O sigui que em vaig estimar més convertir la llibreria en la seva banderera. Li vaig canviar el nom, vaig posar un cartell a l'entrada ben gran: Libreria Acqua Alta.

Et porta a un racó de la llibreria i t'ensenya la marca que hi va deixar una antiga inundació.

—Mira, aquesta va ser la més alta, gairebé un metre i vint centímetres. Vaig aconseguir unes quantes banyeres i les vaig carregar amb els llibres de butxaca. Així estaven fora de perill. Després vaig veure la vella gòndola, aquí hi ha cabut gairebé tres-cents volums. Tots d'història veneciana.

Et fa sortir al pati, la seva gran genialitat.

—Aquí anava guardant, desolat, totes les pèrdues. Els llibres irrecuperables, els que es quedaven al fang tan xops que, quan s'eixugaven, quedaven amb les pàgines soldades. De manera que els vaig tornar a mullar i vaig construir aquesta escala, des del pati fins al carrer, una nova entrada amb una escala única al món: una escala d'esglaons fets de llibres.

—I això et va salvar el negoci —conclous.

—Va venir la premsa, vaig començar a aparèixer a totes les guies. Els turistes van venir a fer-se fotos, els vaig deixar entrar, els vaig deixar tafanejar, alguns compraven, d'altres només miraven, però, des de llavors, la llibreria està plena i és una parada obligada per a tothom que visita la ciutat. Els clients de tota la vida ho van entendre i ho van aplaudir. Hi ha alguna cosa molt veneciana en la utilització dels elements de la natura a favor nostre.

En Filippo també et parla dels vicis dels habitants locals. Pel que sembla, l'ancestral perdició dels seus veïns eren els *ridotti*, els reductes, primer de carrer, on es reunien per jugar a daus i a altres jocs d'atzar.

Una tarda, després d'ajudar-lo a entrar totes les taules exteriors de la llibreria, plenes a vessar de postals velles i il·lustracions, en Filippo et porta a conèixer on es va organitzar segles enrere el primer *ridotto*, a la Piazzetta, davant de l'estany de San Marco.

T'assenyala les columnes del lleó alat i sant Teodor i somriu quan dos turistes es col·loquen al mig i us demanen que els feu una foto amb la seva enorme Kodak.

Te n'encarregues tu, t'encanta fer fotos, i Venècia s'hi presta, inabastable.

Quan la parella de turistes es perden entre moixaines, se'ls queda mirant i et diu:

—No veuràs mai cap venecià entre aquestes dues columnes.

—Per què?

—Porten mala sort. En aquest lloc, exactament en aquest lloc, executaven els reus quan el càstig era la pena capital.

I t'arrenca d'allà agafant-te de bracet, rialler.

—Però tu, estimada Jimena, sé que no ho faràs mai. I ara ha arribat el moment que coneguis on ens reunim els venecians per continuar practicant el nostre vici. I t'anirà bé, et presentaré el director del Museu Correr i l'encarregat de les exposicions de la Ca d'Oro.

Li has parlat de les exposicions que organitzes, sap que treballes en el món de l'art, tot i que no sap que trafiques ni el que estàs preparant al taller.

El teu pla Y va agafant forma, a les dotze de la nit et cita en un portal del *sestiere* de San Marco.

Al principi tens la impressió que s'ha equivocat, perquè l'adreça correspon a la seu de l'Aliança Francesa, però truques al timbre de llautó daurat i sents un *avanti*.

Puges les escales, el local sembla una oficina, on, darrere del taulell, les parets anuncien classes de francès i activitats culturals, però en Filippo apareix amb un vestit fosc i un llacet, com si fos a l'òpera.

Per sort t'has posat un vestit negre i, per primera vegada a Venècia, talons.

En Filippo et fa passar a una sala lateral amb un fresc: —*El triomf de Bacus* —murmura.

És un casino clandestí, el supervivent de la prohibició ancestral, mai complerta, de no jugar a daus ni a cartes.

—Les penes eren terribles: als empleats del casino se'ls

tallava el nas i les orelles. Als veïns se'ls desterrava deu anys. I als nobles, a més dels tres-cents ducats de multa, se'ls prohibia ostentar càrrecs públics durant una dècada.

—... i, tot i això —conclous.

—En efecte i, tot i això, aquí estem, disposats a passar una altra nit d'atzar.

És llavors que sents una veu que ja has sentit abans en dos idiomes i que se't fica a l'orella.

—Li he demanat a en Filippo que et portés —et diu en Leone, l'únic dels homes que porta un vestit blanc i no negre—. Et vull compensar pel comportament inacceptable de la meva mare.

7
El Laberint de l'Hexàgon

Unai

Venècia, 1 de novembre de 2022

—La ruleta veneciana? Sembla un joc d'atzar sàdic —vaig pensar en veu alta.

Els germans es van aguantar la mirada durant uns segons, com si estiguessin valorant fins on explicar-se.

—Era una neteja d'honor llegendària pròpia de la zona del Vènet. Hi ha textos que l'esmenten ja al segle XVIII, però no s'ha provat mai, amb noms i cognoms dels difunts —ens va explicar en Renzo.

—És a dir que implica morts —vaig dir.

—Unes quantes persones, un mínim de sis, es col·loquen formant una figura, un hexàgon, un decàgon, un dodecàgon... la que correspongui —va continuar l'*ispettore*—. Totes amb una arma de foc, sempre carregada.

El seu germà va prendre la paraula i va continuar:

—Són persones que ja han decidit morir per honor, per protegir la família d'un escàndol, per pagar un deute, per posar fi a una rivalitat de generacions...

—«A Venècia s'hereta tot, també els greuges i els deutes» —van recitar tots dos alhora, com un mantra.

—... i, en el nostre cas, també les investigacions —va murmurar en Renzo per a ell mateix, en un to de veu quasi inaudible.

Es va escurar el coll i va tornar a l'illa, amb nosaltres, des d'on fos que hagués fugit amb el cap.

—El delicte de suïcidi —va prosseguir— implicava no ser enterrat al cementiri de San Michele, i això era un greuge per a un llinatge, de manera que un primer vèrtex dispara al cap del vèrtex que té al davant, després, a aquest primer, li dispara el vèrtex que té al darrere, i així, successivament, cap enrere. En el cas d'un hexàgon, el segon dispara al primer tirador, el tercer al segon i el quart al tercer.

—Però el cinquè no pot disparar al quart i continuar la cadena, perquè el sisè és el primer mort i, per motius obvis, no pot disparar. I si no es vol quedar sol i suïcidar-se... Deixa-m'ho endevinar —em vaig avançar—: el quart i el cinquè vèrtexs es disparen alhora.

—A la cara —va puntualitzar—. És sagnant, però era un ritual i a Venècia les formes sempre han tingut molta importància. Fins i tot l'estètica de la mort. Era important esborrar el rostre dels vèrtexs, pel que té de *damnatio memoriae*.

—*Scusa?* —va preguntar la Mencía, sense entendre-ho.

—Era una fórmula utilitzada a l'antiga Roma, l'«oblit de la memòria». Quan es publicava un decret contra un emperador o una figura pública, es destruïen les pintures i els frescos amb la seva imatge, els esborraven a cops de cisell i martell els trets dels rostres de les escultures, i es cremaven tots els documents en què fossin esmentats. La idea era pretendre que aquella persona no havia nascut mai i no havia deixat mai cap empremta de la seva existència: *damnatio memoriae* —va repetir en Renzo, mentre s'arronsava d'espatlles, com si fos el més obvi del món—. La resta dels vèrtexs —va continuar—, encara que no rebessin un tret a la cara, també resultaven esborrats d'un tret al cap. Les distàncies eren curtes, de manera que el crani solia esclatar en mil bocins.

—Queda clar —el vaig tallar.

—Llavors, fa trenta anys, aquí mateix, en aquest mateix escenari, hi va haver una carnisseria —va concloure la Mencía.

—És un cas fred, sense conclusions —va dir en Renzo—. Hermetisme total pel que fa a les motivacions de les víctimes i, alhora, autores. Sobre la seva identitat, no les va reclamar mai ningú i no es va arribar a saber qui eren. Com investigues sis suïcidis si totes les persones que hi han intervingut són mortes? El nostre pare va portar el cas, va rebre molta pressió per part de la premsa perquè es resolgués, però cap ajuda de les institucions perquè fes més esbrinaments. I és cert que hi va haver un incendi, i la hipòtesi va ser que elles mateixes l'havien provocat abans de disparar-se per cremar els cadàvers i perquè no les poguessin identificar, però els bombers van arribar aviat i resulta que només es va cremar el rebedor. El cas es va enquistar, no hi va haver avenços. I quan dic que no hi va haver avenços, vull dir que no hi va haver cap fil per estirar i moltes presses per passar pàgina. I ell s'hi va obsessionar.

—Sol passar amb els casos no resolts —se'm va escapar. No vaig poder evitar la meva... confessió?

—Quan ha vist les notícies s'ha alterat molt, és gran i estem una mica preocupats per ell, no crec que avui hagi dormit. Quan acabi tot això, m'arribaré a casa seva per calmar-lo —va dir en Silvano.

«Els fantasmes», vaig pensar. «Han passat trenta anys i encara li reclamen explicacions».

—D'acord —vaig intervenir—, però, tret que tingueu més dades que no hagueu compartit, com a perfilador només puc dir que, deixant de banda el fet que l'escenari és el mateix, que hi ha un incendi i que el nombre de suposades víctimes coincideix, no hi ha més elements comuns ni tenen per què estar relacionats. El marge temporal és molt dilatat, tres dècades. I aquest sol ser el límit per relacionar casos, no només de serials, sinó de qualsevol afer delictiu. El cas de les dames de l'hexàgon va ser un suïcidi col·lectiu, pactat prèviament. L'incendi sembla secundari. Però en el cas que ara ens ocupa, l'incendi, que probablement ha estat intencionat, és tot el que tenim, amb sis individus que, de moment, i fins que no en trobem els cadàvers, oficialment són persones desaparegudes. D'altra banda, no hi ha restes dels llibres? En aquest palau hi havia reunits sis bibliòfils per organitzar una Fira de Llibres Antics. Ja eren aquí, havien arribat els volums?

—El meu equip no ha trobat llibres cremats, pel que m'han dit, ni restes que ens facin suposar que hi fossin —va negar en Silvano amb el cap—, però és una tasca dels tècnics que estan revisant totes les sales. Ells ens ho diran.

—Mencía, què t'han dit a la Biblioteca Nacional? —li vaig preguntar.

—Com que avui és festiu, demà podré parlar-ne amb més calma, però, per descomptat, els llibres van sortir de la Biblioteca Nacional i se'ls suposa aquí. L'Alistair i en Gaspar n'eren els responsables i eren els contactes amb l'equip de Madrid. I els seus mòbils no estan operatius des d'ahir —va dir ella.

—Podeu triangular els mòbils fins abans de l'incendi? —vaig preguntar a en Renzo.

—Demà enviarem a les operadores una petició dels últims moviments i trucades, almenys dels cinc identificats per la càmera, però la informació trigarà uns quants dies.

—I el laberint, el podem veure?

—És clar —va dir en Renzo—. Anem-hi.

Tots quatre ens vam acostar a la part del darrere de l'edifici, resseguint-ne el perímetre.

No es veia gaire res, les bardisses eren altes, feien prop de metre vuitanta, s'endevinaven camins estrets, però suficients per amagar-s'hi o amagar-hi un cadàver, o fins i tot sis.

—I aquestes estàtues? —vaig preguntar.

Als angles que formaven els límits del laberint es perfilaven les siluetes de diverses estàtues de marbre, d'estil clàssic. Estàtues d'escala natural dreçades sobre columnes.

—Són les Cariàtides, oi? Ho dic pel nombre. Les Cariàtides eren sis —es va avançar la Mencía.

—La veritat és que no —la va corregir en Renzo, tot i que li va somriure amb complicitat—, les Cariàtides fan la funció de columnes, suporten el sostre d'un edifici, i no és el cas. Són les Muses, cadascuna porta el seu atribut.

—No poden ser les Muses, Renzo —va intervenir en Silvano—. Les Muses originàries eren nou, finalment van ser set. En faltaria una.

—Doncs aquesta és Talia, la musa de la comèdia. Porta la màscara i el bastó a l'altra mà. Euterpe, aquesta de l'esquerra —va assenyalar el seu germà—, la musa de la música, porta una corona de flors. Urània, la de l'astronomia, va amb un globus terraqüi i un compàs.

—I si ens centrem, és tan important? —els vaig pregar.

—Tens raó, perdona. Deia que si ara muntem una inspecció tècnica ocular hauria d'enviar agents a buscar focus i aquest laberint està ple de racons i amagatalls. Ens hi estaríem tota la nit i se'ns faria de dia. Enviaré dos dels meus agents amb llanternes perquè facin una primera pentinada per tot el laberint, per si hi hagués algun cos o algú amagat, o fins i tot inconscient si ha inhalat el fum de l'incendi. Però siguem realistes i resolutius, el primer escenari és el palau i tan bon punt el teu equip acabi —va dir al seu germà—, entraran els tècnics a escorcollar la resta de les estances i a buscar-hi indicis.

—D'acord —vam dir tots, i ens vam encaminar cap a l'entrada del *palazzo*, on encara hi havia bombers que entraven i sortien retirant material.

—Renzo, si vas a veure el teu pare, estaria bé que li preguntessis com rescatar l'expedient de fa trenta anys, en tot cas. Tot i que no crec que hi tingui relació, ens anirà bé, només per descartar la naturalesa dels dos sinistres —li vaig dir.

—Deu ser a l'arxiu de l'oficina, no hi ha hagut canvis ni trasllats en aquestes dècades, demà us el passaré —va contestar.

Però en aquell moment va sortir un dels tècnics amb la granota blava i se'ns va acostar.

—Renzo, he trobat alguna cosa a la sala de l'entrada, sobre un moble rebedor que està gairebé carbonitzat. Hi he posat els testimonis i n'he fet fotos, la ficaré al sobre i l'enviaré a analitzar, és de vidre, segurament d'aquí mateix, de Murano. Hi he aplicat pols magnètica, però sembla neta d'empremtes. En tot cas, ara no insistiré més amb el pinzell, me l'emporto al laboratori i et redactaré l'informe amb tot el que trobem. Però t'ho comento ara perquè la vegis, per si t'ajuda a avançar en la investigació.

En Renzo ens va fer un gest amb la mà perquè el seguíssim.

Es va acostar a un tècnic i ens van facilitar uns peücs, tot i que de seguida ens vam embrutar molt, perquè el terra estava xop per l'aigua de les mànegues que havia extingit l'incendi a penes feia unes hores.

Vam entrar al *palazzo* cremat guiant-nos pels focus que teníem més endavant i per les llanternes dels mòbils.

El que havia estat una magnífica sala que feia de recepció i distribuïdor de les altres estances, amb frescos de nimfes perseguides per faunes, ara tenia un aspecte desolat, amb els escassos mobles ennegrits per la devastació del foc.

Fins i tot les cortines encara fumejaven.

El tècnic ens va guiar fins a un aparador que havia estat d'estil Imperi, o Tudor, o el que fos, una peça elegant i cara, amb fustes portades de ben lluny.

I allà, sota els focus, impol·luta, descansava una figura blanca de vidre.

L'efecte, per descomptat, era teatral.

Un àngel ens mirava, burleta.

Devia fer uns set centímetres i era de factura preciosista, vull dir que no era un *souvenir* a granel de tres euros per a turistes.

El que resultava inquietant d'aquell àngel era que, malgrat les ales, l'aurèola, sota la seva prístina i brillant túnica blanca ensenyava amb un somriure irònic una peülla negra.

Però el que era veritablement torbador de la figura, deixant de banda la incongruència amb el negre escenari carbonitzat que l'envoltava, era que no hi havia ni rastre de les empremtes que un incendi hi hauria d'haver deixat.

Algú l'havia col·locat allà, i ho havia fet un cop extingit el foc.

Com a perfilador, ja tenia la signatura del responsable.

I una signatura sempre és l'inici d'un diàleg.

Aquell àngel venecià era la seva presentació.

Ja teníem escenari del crim, encara que no hagués aparegut cap cos.

De manera que vaig mirar de reüll les portes obertes de la sala que feia de distribuïdor i vaig buscar-ne una altra on no hi hagués ningú.

Allà no coneixien les meves rutines de perfilador i no volia donar explicacions.

Vaig entrar en una de les sales, una estança de parets verdes, on, a les fosques i a soles, em vaig agenollar i vaig recitar murmurant la meva pregària:

«Aquí acaba la teva cacera, aquí comença la meva».

8

«No-go»

Unai

Venècia, 1 de novembre de 2022

Estava cansat del viatge, el dia havia estat molt llarg, un d'aquests dies amb un començament que ja no recordes, i vaig preferir picar alguna cosa pel camí i tornar directament a l'hostal San Lio.

Vaig trucar a l'Alba per parlar amb ella i amb la Deba, però no me'l va agafar. Vaig suposar que estava banyant-la o llegint-li un conte.

Tenia una dotzena de trucades de l'Estíbaliz, però m'havia estimat més ignorar-les durant la visita a l'illa i li vaig fer una videotrucada en un *campo* solitari que vaig trobar.

Ja havia après que a Venècia les places es diuen *campi*, excepte la Piazza San Marco. I que quasi totes tenien un pou al mig, ja en desús, d'on els veïns, en el passat, extreien l'aigua de pluja per a ús propi.

Em vaig asseure en un banc sota uns arbres i vaig esperar que la seva cabellera pèl-roja aparegués a la pantalla del mòbil.

—Kraken, no me'l podies haver agafat abans? Fa hores que et truco —em va recriminar.

En el seu estat natural, l'Estíbaliz era, més que nerviosa, un esquirol amb cafeïna, però aquell dia semblava a punt de sortir de la pantalla.

Em sabia de memòria tots els seus tics, i no deixava de llepar-se el penjoll amb un *eguzkilore* que no es treia mai del coll. No havia sabut mai si el portava com a homenatge al seu germà, a qui havien posat aquest malnom per les seves rastes pèl-roges, o perquè en la cultura basca aquest card autòcton en forma de sol amb punxes era un símbol ancestral de protecció que es col·locava a les portes de les cases de pagès per impedir l'entrada dels *gauekos*, els esperits malignes de la nit.

Darrere d'ella es veia la finestra del seu despatx a la comissaria de Lakua.

En aquell moment em va agafar un rampell de nostàlgia i vaig enyorar aquell despatx i tots els nostres anys de camaraderia resolent casos mà a mà.

—Què fas al despatx un 1 de novembre? És que no tens casa? —li vaig preguntar.

—He passat per la planta de l'Alzheimer de la residència de Txagorritxu a veure el meu pare. Encara que no toqui ni quarts ni hores i no m'acompanyi a portar flors a la mare, em sento malament si no el veig un dia com avui. I després m'he acostat al despatx, no tenia plans amb ningú, avui tothom està en família, no ens enganyem.

Tenia mèrit que l'Estíbaliz visités religiosament el seu pare després d'haver passat tota la infància rebent-ne maltractaments. No hi havia res de síndrome d'Estocolm en la seva decisió: l'Estíbaliz havia superat el trauma a base de teràpia i treball interior, però deia molt de la seva ànima noble, que jo admirava tant.

—Doncs jo sí que he estat ocupat des que he arribat a Venècia —li vaig dir—. M'han tirat a l'aigua des d'un pont, he visitat palaus abrasats... I, per cert, l'incendiari hi ha deixat la seva signatura: un elegant àngel de vidre de Murano.

M'he acostat a les botiguetes que hi ha al costat del pont de Rialto i les peces semblants costen cent deu euros. No és una signatura barata, com pots veure.

—Maniobra d'intimidació territorial? —va preguntar.

—Com?

—Això que t'hagin tirat daltabaix d'un pont el primer dia és com si algú t'estigués marcant el territori, el seu territori, perquè no li toquis el voraviu. Sol passar en barris *no-go* de grans ciutats. Des del primeríssim moment reben els policies infiltrats amb tota mena de petites agressions, estirades, empentes, els roben el mòbil, la cartera...

—Això sí que és curiós. No ha estat cap furt. M'han tirat al canal, però han deixat la maleta sense tocar.

—En tot cas, Venècia té un índex de criminalitat ben baix. A penes hi ha robatoris a turistes perquè la mateixa fisonomia de la ciutat és una ratera per a un delinqüent. Vull dir que és una península amb un sol punt de connexió amb terra ferma, una operació gàbia deu ser bufar i fer ampolles, en aquesta ciutat. I qui tingui llanxa per fugir és de la zona i deu estar més que fitxat. No és un bon lloc per a reincidents ni per a sospitosos habituals. Com que no tenia paperassa endarrerida, t'he cuidat des de lluny i he accedit a les estadístiques del Vènet, per si et podia ser útil. Tampoc no tenen homicidis. De res —em va informar.

Vaig somriure per a mi, agraït per tenir-la en la meva vida com a companya.

L'Estíbaliz ho feia molt sovint, això de cuidar-me encara que no l'hi demanés.

—Pot ser que no en tinguin últimament, però fa trenta anys van tenir un sèxtuple suïcidi amb conat d'incendi al mateix escenari que avui. Tot i que n'he de veure els informes, aviam si trobo algun nexe entre els dos casos. Però no podré rastrejar la identitat de les víctimes, perquè, ja en el seu moment, no van aconseguir identificar-les. No crec que hi hagi més paral·lelisme, en trenta anys les motivacions que poguessin tenir aquelles persones suïcides no es deuen haver mantingut —vaig descartar.

Després li vaig resumir totes les hipòtesis d'en Renzo i en Silvano sobre què podria haver passat amb els cossos de les sis persones que havien desaparegut.

—Llavors, els bombers no han trobat restes dels cadàvers —va concloure.

—No. O sigui que, o algú els ha retirat, o els han tirat a l'aigua o se'ls han emportat amb llanxa, cosa impossible perquè la càmera de l'embarcador, segons l'*ispettore* Scarpa, descarta que ningú entrés o sortís de l'illa. Una altra possibilitat pot ser que els cossos estiguin enterrats en un laberint vegetal que té el palau al pati del darrere, com aquests de Versalles, però no es posaran a buscar res fins demà, amb llum de dia.

—No te'n vagis tan lluny, tornem al palau i a l'incendi —em va interrompre—. Que l'incendi aquesta vegada prosperés, que hi hagi focus en diversos punts, vol dir que l'incendiari possiblement va utilitzar accelerants.

—Sí, els tècnics han agafat mostres de tots els teixits, imagino que buscaran gasolina o algun producte semblant.

—També pot haver volatilitzat els cossos amb l'ús d'algun químic —em va dir.

—Per convertir un cadàver en cendres sota les flames es necessita un forn crematori o, si no n'hi ha cap, aconseguir una temperatura elevadíssima, i fer-ho de manera casolana és una feinada —li vaig recordar.

—Estic pensant en una conversa que vaig tenir al setembre amb una amiga, la directora de Magialdia, el Festival Internacional de Màgia. Em va parlar d'un truc que estava arrasant als Estats Units. Saps que els màgics de primer nivell gasten molt en investigació i que compren i venen les patents dels seus trucs per autèntiques milionades. Pel que sembla, han desenvolupat un compost químic que volatilitza qualsevol sòlid en cosa de segons, un llibre, per exemple. Després hi ha l'ofici i el teatre que el màgic posi al número, però aquest compost fa que no quedin residus de materials que siguin relativament tous. Vull dir que no serveix amb metalls, però ho han provat amb ossos d'animals i els volatilitza. M'imagino que la carn també. És una probabilitat remota, però t'ho dic perquè no descartis que aquestes sis persones hagin pogut morir en l'incendi i no deixar rastre.

—Saps si aquest compost es pot rastrejar? —vaig voler saber.

—Ni idea, no em vaig posar científica amb ella, però li puc demanar que m'ampliï la informació i em doni el nom del compost per si necessiteu descartar-lo. El que ha passat en aquesta illa ha de tenir una explicació. Només intento aportar més punts de vista.

—I jo t'ho agraeixo. Parla amb ella, a veure si aconsegueixes donar-me un nom o una fórmula química i jo ho comentaré al cap de bombers, per si ell ha sentit a parlar abans del tema —li vaig dir.

Vaig mirar l'hora, el dia havia estat massa llarg i començava a pesar-me i vaig decidir que valia més que posés rumb a l'hostal San Lio. Trobava tots els carrerons molt semblants, de manera que em vaig guiar per les botiguetes que recordava.

—I ara, em pots explicar això de les teves vint trucades? —li vaig preguntar.

L'Estíbaliz va sospirar i em va mirar amb cara de circumstàncies.

—Doncs he dubtat si explicar-t'ho mentre ets a un mar de distància, ficat en qualsevol altre cas, però ets tu i m'ho retrauràs quan tornis, o sigui que m'estimo més comptar amb la teva ampla esquena i carregar-t'hi una altra preocupació més. Vet aquí: aquesta tarda s'ha presentat un paio a comissaria preguntant per en Kraken.

Això de Kraken era un malnom que m'havien posat d'adolescent els de la colla, quan vaig començar a créixer cap amunt i en amplada, i les espatlles i els braços se'm veien tan desmesurats que em comparaven amb aquests calamars gegants mitològics de la cultura nòrdica. A mi m'agradava com a tòtem: era un animal flexible que no pots abatre a cops de puny.

—Vaja, un altre —la vaig interrompre.

—Sí, un altre. Aquí ens estem plantejant posar una finestreta amb el teu nom —va contestar amb ironia—. El cas és que no sabia que ara exerceixes de professor de perfilació a l'Acadèmia d'Arkaute i que no treballes aquí. Es negava a parlar amb ningú que no fossis tu, avui només hi eren els de guàrdia, però deia que es tractava d'un afèr personal i molt confidencial, de manera que finalment me l'han passat a mi perquè els ha escamnat que vingués amb tanta insistència un dia festiu. És net d'en Ricardo Ruiz de Azúa.

—De què em sona, aquest nom?

—Va ser vicerector del Campus d'Àlaba, catedràtic jubiladíssim, deu tenir més de noranta anys.

—El dec haver vist als diaris, suposo —vaig dir—. I què vol de mi?

—Ahir va gravar el seu avi amb el mòbil, a petició del mateix senyor. Deia que s'ha fet gran, que sent que es pot morir en qualsevol moment, i que li pesa molt un secret que ha guardat durant dècades. El net, en Markel, volia que veiessis la gravació, o sigui que te l'envio després de posar-te en situació.

—I digue'm, què diu l'home? —vaig preguntar, sense gaire convicció.

Des que el cas del «doble crims del dolmen» em va projectar als titulars de la premsa de mig món i el meu malnom va deixar de ser territori privat per al meu entorn més íntim m'havia acostumat amb penes i treballs a una fama que no havia buscat mai.

Era més que habitual que a Vitòria gent desconeguda

em parés pel carrer per explicar-me mil afers familiars o laborals.

Quan això passava, era perquè els resolgués donant-me tres pistes, com si fos una mena de Sherlock Holmes autòcton i tingués una mena d'interruptor amb el do de la deducció encès les vint-i-quatre hores.

Molts em plantaven al davant les seves endevinalles vitals com qui et dona un sudoku i espera un parell de minuts que l'hi tornis resolt.

Estava acostumat a tota mena de reaccions quan s'adonaven que simplement era humà i que havien projectat en mi unes esperances tan falses com estèrils.

D'altres, en canvi, acudien a la comissaria de Lakua, on havia treballat tota la vida.

Quan això passava, i solia passar un parell de vegades al mes, era per a afers més seriosos i més fonamentats, de manera que l'Estíbaliz els solia donar més credibilitat.

—Diu que ell sap per què van matar el teu pare.

9

El Casino Venier

ÍTACA

Venècia, gener del 1992

Et gires, en Filippo ha desaparegut, el maleït.

—I, a més a més —prossegueix en Leone—, sento que aquests dies m'ha imbuït l'esperit de Dalí, perquè realment m'he obsessionat amb el quadre de Millet, però no arribo a entendre per què em desassossega tant.

—El quadre amaga un secret sota l'última capa de pintura —li contestes, mentre tots dos observeu com els seus veïns juguen, guanyen i perden amb tanta alegria que és difícil distingir quan passa què.

—Quin secret? —insisteix.

—El cistell de fruita, als peus dels pagesos. És un últim afegitó. Una capa que no estava prevista.

—No ho entenc.

—Dalí tampoc, però intuïa que passava alguna cosa, amb aquell cistell. Com a pintor, observava que la perspectiva i les mirades desolades de tots dos camperols es dirigien al cistell.

—Té poc sentit.

—Calia treure unes quantes capes a la tela per entendre-ho —prossegueixes—. Dalí s'hi va obsessionar tant que va arribar fins a buscar entre els descendents vius de Millet algun que sabés del quadre. I el va trobar. Aquest li va confessar que el quadre original havia estat un fracàs, que torbava massa els que el miraven, i que va haver de pintar un cistell amb verdura per poder-lo vendre finalment.

—I què amagava, el cistell?

—Dalí va demanar als tècnics del Museu del Louvre que passessin la tela per rajos X, i llavors van descobrir que el cistell tapava un petit taüt negre. El matrimoni de pagesos estava resant pel seu fill nascut mort. L'Església no permetia que els nounats no batejats fossin enterrats en un cementiri, en terra sagrada, de manera que els camperols el van haver d'enterrar en aquell sembrat. Però quan es veu el quadre des d'aquesta nova perspectiva i es comprèn, el dolor que expressen els pares és tan profund i tan torbador que s'entén que ningú no es vulgui emportar aquest testimoni a casa.

Mires de reüll en Leone, que aguanta un vas que sembla ple d'aigua, i no de spritz o campari com els altres.

—Dalí va quedar molt impressionat quan va descobrir que aquell quadre connectava amb la seva vella obsessió pels nens morts, i va dedicar uns quants olis a la pintura de Millet. Vuit, concretament. Les teles estan repartides entre la National Gallery del Canadà, l'acabat d'estrenar Reina Sofia de Madrid, el Museu Dalí de Saint Petersburg, Florida, la Fundació Dalí de Figueres, el Museu Ludwig de Colònia —recites de memòria—, però tinc el permís dels seus directors per muntar una exposició que expliqui l'origen d'aquestes pintures de Dalí. Les vuit teles no han estat reunides mai de la vida, i també he aconseguit el permís del Museu d'Orsay, a París, perquè cedeixin per un parell de setmanes el quadre de Millet.

En Leone assaboreix, ara sí, la proposta.

—Això s'ha d'exposar a Venècia. És massa bo per deixar-ho passar.

Prens nota mental que ha dit «Venècia», i no el Guggenheim, per al qual, en principi, treballa.

—La meva mare escolta poc, com has pogut comprovar, i a molt pocs. Permet-me que la convenci, et prego que encara no facis la proposta ni a la Ca d'Oro ni a la Galleria —diu, mentre n'assenyala els directors amb el vas.

—Tinc unes dates, i temo que la teva mare va ser molt categòrica. No sé si podré perdre més temps a Venècia.

El Guggenheim et tempta. A més a més, és l'encàrrec que t'han demanat les Egèries.

No saps per què volen aquest museu en concret, però pensaves aconseguir igualment un altre lloc on exposar els quadres i executar el que havies vingut a fer.

El pla és elaborat, el cercle de les Egèries és un mecanisme molt ben greixat i ja ho heu dut a terme abans amb bons resultats.

La Charlotte és qui negocia les cessions temporals de museus o sales amb algun pintor que estigui de moda entre els col·leccionistes privats.

Tu aconsegueixes que un altre museu molt mediàtic, però sense gaire seguretat, accepti la teva proposta d'exposar els quadres.

L'Ava s'encarrega dels titulars de la premsa que atreuen aquests col·leccionistes.

La Madison es posa en contacte i tempta els que té en el seu radar. Coneix els seus gustos i les seves aspiracions. Els ronda, ja ha treballat amb molts d'ells, té una bona reputació. Els proposa la peça estrella, que en aquest cas no és el Millet, sinó els Dalís, molt més desitjables en una col·lecció particular. Fixen la xifra, parlen dels milions.

La Kora s'encarrega dels afers mundans, com ara bitllets, documents.

Després la Harper rentarà tots els diners bruts perquè no tot entri en el sistema legal.

Els col·leccionistes es passegen per l'exposició que tu has dissenyat, comproven l'autenticitat i l'origen de les teles.

La Madison els ven la temptació de penjar el quadre original a les sales dels seus tríplexs de la Cinquena Avinguda o dels seus *palazzi* al llac Como.

Ells es pensen que les teves falsificacions tornaran als museus d'origen.

Tots, si s'hi decideixen, gaudeixen de la sensació de pensar que faràs el canvi el dia que s'acabi l'exposició temporal, en el moment d'embalar els quadres.

No és així, és un doble engany.

Les peces originals tornen als museus, i als col·leccionistes a l'ombra els arriben les teves falsificacions, tan perfeccionades després de tota una vida d'imitació que no arriba a sospitar-ho mai ningú.

L'avantatge d'estafar estafadors és que cap no comprovarà amb tecnologia avançada l'edat dels pigments.

—Dona'm fins al final d'aquesta setmana per convencela. Si no me'n surto, i no ho sé, perquè és terriblement tossuda i orgullosa, em comprometo a acompanyar-te personalment a trucar a totes les portes on es pot trucar a tot el Vènet.

—Fet. —Li dones la mà.

Ell l'estreny, tan ferm com la seva mare.

—Tu no jugues —observo en veu alta.

—No, recapto.

Davant la teva mirada, respon:

—Em fico a la partida quan fa hores que dura, han begut, o estan desconcentrats. Però no em jutgis, els diners que en trec es queden a la ciutat, per i per a la ciutat. Hi ha unes quantes gòndoles que necessiten reparació, la recaptació d'aquesta nit contribuirà a pagar unes quantes factures. I és important que es continuï celebrant la Regata Històrica, no ha deixat de celebrar-se mai en l'últim mil·lenni, però hi ha anys que no hi ha diners per als vestits i les embarcacions.

—Leone —us interromp una de les poques dones de la sala. Té la teva edat, és morena, amb els cabells llargs, un nas igualment llarg i vestit pantaló negre.

—*Come stai?* Et presento la Jimena Garay, historiadora de l'art. Ella és la Chiara Corner, directora de l'Hospital Civil, una molt bona amiga. Tenim una petita epidèmia de grip aquest hivern, em fa l'efecte.

—Desbordats. Estem desbordats —confirma ella—. Hi ha dies que sembla la Gran Pesta. O *La mort a Venècia*, quan els turistes abandonaven el Lido. És una grip estacional. L'any passat ja va començar a ser preocupant, però no sabem per què aquest hivern la mortalitat és tan elevada. És veritat que hi ha molta humitat i que el fred no ajuda, però, creu-me, Leone, feia anys que no veia una cosa igual.

—Aquest hivern està sent terrible, ho llegeixo a les esqueles —comenta ell—. Entre l'èxode de venecians i els que s'estan morint, la ciutat acabarà deserta d'habitants locals.

La directora s'acomiada de tots dos, a tu també se't fa tard, però en Leone té una conversa fluida, a estones hipnòtica.

—Tant la meva mare com els seus pares estan entestats a casar-nos des que érem unes criatures —et confessa—, però ni la Chiara em veu d'aquesta manera ni jo la veig a ella de *fidanzata*. Em penso que es confonen perquè és el més semblant a una germana que he tingut. Ella em cuida a mi, jo la cuido a ella, i tots dos cuidem la ciutat, dins les nostres possibilitats. Has vist tots aquests *palazzi* que jalonen el Gran Canal?

—Qui no —contestes—. Per fotografiar aquestes façanes ve gent de tot el món, oi?

—Carcasses buides, però orgulloses.

—No hi viu ningú, darrere d'aquestes façanes? —t'estranyes.

—Heretem els llocs, però el manteniment és tan car

que porta a la ruïna qualsevol economia. Americans rics, empresaris francesos, britànics... Són la gent que ens els compren. Després venen dues setmanes el primer any, quatre dies el següent i potser el tercer any conviden els socis per Carnestoltes, amb les seves amants. Odio les amants. No suporto la mentida i no suporto les multituds. Una esposa i una amant són multitud i són mentida. Pel que fa als *palazzi* comprats, en menys d'un lustre, ningú, absolutament ningú, els visita i habita. Els seus propietaris volen a llocs més exòtics o es posa de moda una illa en algun mar llunyà. I el que no es veu, no s'estima. —I et clava els ulls.

Et saps el cicle del galanteig de memòria: confessions, intimitat física, fugida o compromís.

No t'han faltat ocasions. Molts homes cultes troben atractives les dones cultes.

Però a la teva eterna maleta no t'hi caben més amors que els que, boirosos, es van quedar a Vitòria fa més de tres lustres.

L'Unai i en Gael.

Fantasmes que fan mal, que tornen en somnis per recriminar-te la teva absència. La teva millor amiga d'aquella època vitoriana, la Goya, es mostra cada cop menys inclinada a donar-te informació o a enviar-te fotos de l'Unai des de la distància.

Pel que fa a en Gael, la Goya et contesta sempre amb un vague «tot bé, sense novetats».

Assumeixes que fa una vida monòtona, res que la Goya et pugui ressenyar.

És feliç amb la seva dona i els seus dos fills?

Continua regentant la llibreria?

Assumeixes que sí. Que el seu passaport, si és que en té, no suporta els encunys de mil duanes. Que la seva vida és estàtica i predicible, no com la teva.

La teva ment torna al Casino Venier, en Leone s'ha acomiadat suaument de tu per acostar-se a la primera taula.

Observes com juga.

Totes les taules li fan un lloc, malgrat que totes les taules, al cap d'una estona, perden i ell guanya. Petites quantitats. Sempre es retira en ratxa. En efecte, sembla més un recaptador que un ludòpata, a diferència de la resta dels jugadors.

En Filippo t'acompanya a casa.

Deuen ser les tres de la matinada.

Podries passar la nit deambulant pels carrerons, cada vegada més estrets, i tornar al punt de partida una vegada i una altra, però no estàs segura que encara sàpigues tornar al taller pels teus propis mitjans.

—Em sap greu l'emboscada —et comenta, i el mires i saps que és sincer—. Necessitaves un aliat —diu—. Als sis *sestieri* no passa res que la Pietra no permeti. La Pietra és més controladora, en Leone és més benefactor. La mà dura i la mà caritativa de la ciutat. Però t'has d'avenir amb tots dos.

10

La Librería de la Almendra

Unai

Venècia, 1 de novembre de 2022

Em vaig quedar clavat en una cruïlla de carrers i uns quants turistes van xocar amb mi. Em vaig disculpar i me'n vaig apartar, després de buscar un lloc més íntim on poder parlar amb més tranquil·litat. Em vaig asseure a les escales d'un embarcador solitari, no sense abans assegurar-me que no em seguia cap individu d'ulleres extremades.

El meu pare...

Però llavors els vaig veure, només podia ser la Mencía, els seus cabells blancs eren tan recognoscibles com un semàfor entre les ombres. A la vorera del davant, darrere d'un pont, la Mencía i... era en Renzo o era en Silvano? S'assemblaven tant que em vaig ajupir i em vaig acostar al pont, que en aquest cas m'afavoria i m'amagava.

—Esti, et truco ara mateix —vaig dir, i vaig penjar.

—Però, has sentit el que t'he...?

No vaig sentir el que seguia perquè volia fer una foto per després poder ampliar-la i assegurar-me'n. Vaig alçar el braç i vaig fer una ràfega.

Després, vaig ampliar la imatge i la vaig aclarir. Les ulleres eren vermelles i blanques. Era en Renzo. Vaig tornar a alçar el mòbil amb el braç i vaig gravar en la seva direcció, procurant que no em veiessin.

Tot i que per la distància seria impossible recuperar el so i la conversa, en Renzo i la Mencía discutien entre ells. Però no era una discussió entre professionals que havien treballat plegats. O potser s'assemblava molt a la confiança que jo podia tenir amb l'Estíbaliz al cap de dècades de ser amics i companys.

Jo no era ningú per ficar-me en la vida privada de la Mencía, però volia descartar d'una vegada en Renzo o en Silvano com a sospitosos d'haver-me tirat a l'aigua. Després es van allunyar, cadascú pel seu cantó, em vaig ajupir darrere el sòlid arc del pont i em vaig quedar sol altre cop.

—M'has penjat? —va preguntar l'Estíbaliz, una mica atònita quan vaig tornar a parlar amb ella a través d'una videotrucada.

—Em sap greu, de debò, necessitava el mòbil per gravar una cosa que he vist.

—El paio que t'ha tirat a l'aigua?

—No, o sí..., no ho sé. Podria ser ell, per descomptat, no em quadren les ulleres, però se les podria haver canviat. Aquesta ciutat està plena d'òptiques de disseny i m'he fixat que tothom porta muntures cridaneres. No ho sé, m'estimo més ser prudent. Sobre el que em deies... de veritat has dit que el vicerector afirma que al meu pare el van assassinar, amb aquestes paraules?

—Sí, ara et passo la gravació, a mi també em va estranyar. L'avi sempre t'ha explicat que la policia li va dir que havia estat un atracament amb resultat d'homicidi; és el que sempre m'has explicat.

Em vaig fregar el front, era massa per a un dia. La meva mare, el meu pare... Tants anys al cementiri, descansant sense fer soroll, i últimament tot dos s'aixecaven de la tomba i em reclamaven amb urgència.

—Què més diu, Esti?

—Aporta dades concretes, com el dia de l'atracament i l'hora. També parla de la Librería de la Almendra, i en dona l'adreça i la porta, al Cantón de la Soledad, 5.

—Aquesta dada sí que concorda, l'avi no en recordava l'adreça exacta, i en Germán la va buscar al Registre de la Propietat. És al costat del Caño de los Tejos.

En Germán era el meu germà, cinc anys més jove, i com a advocat sempre m'ajudava quan necessitava que indagués entre el paperam de les institucions de la ciutat, que dominava com ningú. La seva acondroplàsia no l'havia acovardit mai. Molt sociable i molt estimat a Vitòria, també era el meu confident.

—Això mateix, al costat del Caño de los Tejos —va confirmar l'Estíbaliz—. En dona més detalls, com que hi havia un cartell de fusta amb la forma de l'ametlla medieval.

—El va tallar l'avi —li vaig dir—, però és cert que tots els veïns de Vitòria de l'època ho devien saber. M'escamna més que recordi el dia i l'hora, tot i que imagino que en aquells temps un robatori d'una llibreria amb un mort devia ser l'enraonia principal de la ciutat, tots aquests detalls devien ser del domini públic.

—Ho sé, però esmenta el «vell Olivier». I això no era del domini públic. La relació del teu pare amb l'Ítaca Expósito, amb la teva mare, va ser secreta, i no hi ha manera de relacionar el teu pare, en Gael López de Ayala, amb en Casto Olivier, excepte perquè el seu net Diego i ell van ser amics de joves, abans de la mort d'en Diego. Per això hi dono credibilitat, i penso que seria interessant anar a parlar amb el vell vicerector. Hi puc anar demà, si és que em dius que vols investigar el tema. Com a inspectora, tinc clar que amb la gravació no n'hi ha prou per obrir cap cas, i més quan han passat unes quantes dècades. Digue'm, Unai, em poso a investigar o ho deixo córrer?

Em vaig quedar pensatiu, el meu pare era mort des que jo tenia cinc anys.

I encara que hagués passat tant de temps, no, per descomptat que no era igual que hagués perdut la vida en un atracament que va sortir malament o per altres causes, i més relacionades amb el «vell Olivier», el totpoderós empresari de la famosa fàbrica de naips vitorians que havia enfonsat la vida de la meva mare.

El sentit comú em deia: «És mort, no el farà ressuscitar res».

Però una veu que portava a dins de feia dècades clamava justícia.

La meva obsessió per ser perfilador i frenar morts tenia una llavor que s'havia plantat el dia que el vaig perdre, i va ser l'avi qui va venir a buscar-me al col·legi en comptes d'ell.

—I el papa? —vaig preguntar.

—A partir d'ara et vindré a buscar jo, fill —em va contestar, i em va aixecar a pols i em va fer una abraçada que no vaig entendre perquè era un home criat en una cultura sense abraçades i aquella, em va semblar recordar, va ser la primera.

Ho vaig entendre molt més tard.

Aquella abraçada era un condol.

Aquella abraçada era una declaració d'intencions, un «jo no em penso morir abans que tu», que l'avi estava complint al peu de la lletra.

El meu pare era mort. I tot i que l'hipotètic assassí probablement també, no era just per al meu pare que no ho investigués ningú.

—No sé quants dies m'entretindrà aquesta investigació a Venècia, però intentaré tornar a Vitòria al més aviat possible —li vaig contestar, per no dir que em sentia molt culpable per involucrar-me en casos actius i provocar que els símptomes de l'estrès posttraumàtic de l'Alba no remetessin—. Però sí, Esti. T'agrairia molt que t'acostessis a preguntar. El que m'escamna més és que parli del «vell Olivier». O sigui que, quan hi parlis, centra't a preguntar com ha establert una relació entre el meu pare i l'empresari. I que què vol dir això que se sent culpable. Per sentir-se culpable has hagut de fer alguna cosa dolenta, algun mal a algú, per acció o per encobriment.

—D'acord, llavors demà m'hi acosto a primera hora. Viu al carrer Postas, al davant de la plaça de los Fueros. Parlaré amb en Markel, el net, i aniré a veure el seu avi amb ell. Odio aquesta feina —em va dir, picant-me l'ullet—. Si estic activa, vol dir que algú ha mort i, si m'avorreixo, vol dir que tot està bé i que no hi ha assassins a la ciutat, pura paradoxa.

«Per aquesta paradoxa vaig deixar el servei actiu», vaig callar.

II

A l'altra ciutat del nord

Ítaca

Venècia, gener del 1992

Al cap de dos dies, la Pietra da Riva dona el vistiplau a l'exposició.

Et cita altre cop al Guggenheim. Aquesta vegada no hi arribes abans d'hora, sinó que ets estrictament puntual. Just al precís instant en què entres per la porta, que és en si mateixa una altra obra d'art modern, amb els seus enreixats negres que atrapen grans pedres de colors, la Pietra surt a rebre't a un jardí que ja coneixies. Hi ha un tron buit que ja has vist abans i diverses escultures en forma humana que durant la primera visita et vas perdre. Giacomettis i Moores viuen entre l'heura i alguna sequoia.

—Aquesta vegada et deixaré parlar —diu, a tall de disculpa.

En tot cas, prefereixes ser concreta i centrar-te en els llenços de Dalí que les Egèries han aconseguit treure dels museus respectius.

Després la Pietra accedeix a escoltar la teva història, tot i que saps que ha estat en Leone qui l'hi ha explicat primer i la decisió ja estava presa abans de la trobada.

Aconseguit el Guggenheim, truques a la Charlotte en l'estat d'eufòria que ja coneixes per encàrrecs anteriors i fas els preparatius per traslladar el Millet i els altres quadres a Itàlia.

També tu tens feina, truques als teus proveïdors habituals i els demanes que t'enviïn les teles en blanc. Les has triat molt abans.

En aquestes teles pintaràs les falsificacions de Dalí, però és important que els llenços siguin de l'època del pintor. Els aconsegueixes als tallers de restauració dels soterranis dels museus grans i antics, com el Louvre o el Prado. Material d'enderroc. Has estudiat Dalí i coneixes els pigments que manejava, has fet mil proves abans fins a trobar els tons exactes. Saps que passarien la prova d'un colorímetre.

Els teus dies transcorren entre les compres matutines i les xerrades amb el vell Nicola al mercat de Rialto. Els migdies s'escolen plàcids mentre descobreixes la gastronomia més allunyada de les guies als restaurants que ell i en Filippo et recomanen. De vegades dines a l'Antica Sacrestia amb el llibreter. Deambules amb la teva Canon mentre escoltes Nirvana i Bryan Adams, però també et fas amb Gabibbo i Marco Masini.

Has represès els teus costums fotogràfics i trobes que molts timbres tenen forma de cara. Saps que tens tendència a la pareidolia i que veus cares i figures humanes on només hi ha canonades i portes amb forats, però et permets, per una vegada, fantasiejar que muntes una exposició, «Els rostres ocults de Venècia», amb totes les imatges de bústies que et somriuen.

Venècia et comença a donar alguna cosa que no havies tingut mai: rutines que t'agraden. Tot està per descobrir i els amagatalls són inenarrables. Hi ha alguna cosa de vella dama, robusta i bellíssima, en aquesta ciutat, i ho amara tot.

Per primera vegada després de tants viatges, et planteges

deixar les maletes i omplir un armari d'un dels teus nius transitoris amb roba de més d'una temporada.

Però el passat tira cap a l'oest, cap a una altra ciutat del nord de lletres semblants. Un dia t'hi decideixes i truques a la Goya.

Estàs acostumada a les seves evasives, fa uns quants anys que respon a les teves preguntes amb vaguetats.

—Sé que no tinc dret a continuar demanant-te favors al cap de tants anys, és només que necessito saber com estan l'Unai i en Gael. Me'n podries enviar alguna foto actual? —li insisteixes.

—A on, Ítaca? —respon; sembla cansada del tema—. Aquesta vegada em pots dir on vius?

—Saps que no et puc implicar. Saps que val més que no ho sàpigues.

—Llavors estàs ficada en el mateix de sempre. No ho penses deixar mai?

«Cada dia», calles. «A totes hores».

—És un últim encàrrec.

—Parles com un addicte.

—I com parla un addicte?

—De manera poc creïble —respon, rotunda.

Canvies de tema, tornes a ells.

—Si us plau, em podries enviar fotos seves?

A l'altre costat de la línia sents un llarg silenci. Com qui s'està decidint a trencar una vida.

—Què passa? —preguntes, ara estàs inquieta.

—Suposo que no t'ho puc amagar tota la vida —diu per fi.

—Amagar-me què?

—En Gael es va morir.

És una frase molt breu, però triga a arribar-te al cervell, per inesperada i perquè resulta inversemblant.

—En Gael es va morir —repeteixes.

No «en Gael s'ha mort», en passat recent.

«En Gael es va morir», en un passat clausurat.

—Quan?

—Gairebé fa deu anys, al vuitanta-dos, em penso.

—Què?

No respon, no hi ha res a repetir. Continuaries preguntant: «Per què?». Però tems que et pengi, i tries una altra pregunta:

—Com?

—Un atracament, a la llibreria.

Davant del teu silenci, ella reprèn el fil.

—No hi donis més voltes, no van descobrir qui ho va fer. L'Unai era molt petit, la família se les va arreglar i van tirar endavant.

—Encara viu a Vitòria? —vols saber.

—Sí. No tornis, Ítaca. Ja ha passat per massa. Ell i tota la família. No tornis a Vitòria.

12

«Ognissanti»

Unai

Venècia, 1 de novembre de 2022

L'Estíbaliz em va enviar el vídeo i ens vam acomiadar.

La gravació no durava gaire, estava feta en horitzontal. Al centre s'hi podia veure un vell de cara xuclada per l'edat, amb moltes taques al front i la calvície que atorga el temps als que s'acosten als cent.

Estava assegut, tot i que al seu davant, a l'altura del pit, es veia un taca-taca. Però per molt que l'home digués que es moriria al cap de poc, el cas era que se'l veia àgil de ment i que tenia una veu ben ferma.

Darrere seu hi havia una llibreria de noguera amb prestatgeries farcides de llibres i de maquetes de fusta de petites esglésies. A les parets hi havia penjats uns quants títols emmarcats. Vaig suposar que parlava des del seu despatx, a casa seva mateix.

En tot cas, no donava més detalls dels que l'Estíbaliz m'acabava de proporcionar.

Dia i hora de l'atracament, adreça de la llibreria, i esmentava, amb tensió al rostre i una ganyota d'amargura, o de desgrat, d'entrada no ho vaig saber, el «vell Olivier».

Volia parlar amb mi, li urgia conversar amb mi, afirmava amb resolució.

Parlava de «càrregues» i «comptes enrere».

Vaig respirar fondo, el cap m'explotava. Cadascun dels meus progenitors m'estirava en un sentit oposat.

Vitòria. Venècia.

Finalment vaig abandonar les escales de l'embarcador i em vaig dirigir a l'hostal San Lio. Vaig haver de seguir les indicacions del mòbil, de nit era molt fàcil perdre's i allunyar-se d'una zona si no estaves atent.

Quan per fi vaig trobar el portal, vaig mirar l'hora. S'havia fet tard i volia parlar amb l'Alba i amb la Deba, de manera que els vaig fer una videotrucada.

—Per fi, com esteu? —vaig preguntar quan les vaig veure aparèixer a la pantalla.

Eren a la cuina de l'hotel palau de l'Alba, a Laguardia. Quan va abandonar el seu pis de Vitòria va decidir installar-se a la planta baixa del mateix edifici on treballava i havia habilitat una cuina i un parell de dormitoris per a nosaltres i per a la Deba.

La nostra filla guixava uns folis amb dedicació, era la seva activitat preferida abans de dormir. Em va saludar amb un somriure de conte, es va abocar a la pantalla i hi va fer un petó, com si jo el pogués rebre en dues dimensions.

Em va explicar que aquell dia no havia tingut classe, que l'avi els havia portat castanyes torrades, que havia passat la resta del dia amb la seva mare a Laguardia.

Després, distreta, va tornar a les pintures i va continuar dibuixant com si res.

—Tot bé per aquí, Unai. Hem anat a veure la meva mare al cementiri i li hem deixat la corona que vam encarregar tots tres. Explica'm —em va dir l'Alba quan va recuperar el mòbil, però se la notava cansada i feia unes ulleres molt marcades.

—Estic arribant a l'habitació de l'hostal —li vaig dir

mentre pujava les estretes escales després de saludar en Marcantonio, que estava distret amb el mòbil—. En aquestes dates Venècia no està plena de turistes i, a aquestes hores, la veritat, la ciutat es queda bastant buida. Fins i tot avui, que aquí és el dia de Tutti i Santi o d'Ognissanti. Això està ple de pastisseries, he vist uns *crozzi í mottu*, són com els ossos de sant. Demà per a ells és el Dia dels Morts, el Giorno dei Morti, i és quan els italians van a missa dels difunts i porten rams de flors als cementiris. Com a curiositat, et diré que hi ha un munt de farmàcies antigues que anuncien remeis venecians ancestrals. L'oli d'escorpí i també la triaga, que diuen que servia per contrarestar els efectes de qualsevol verí. D'altra banda, fa fred, més aviat per la humitat dels canals.

La vaig anar posant al dia dels mil i un detalls turístics de la ciutat, com si hagués comprat un bitllet a Venècia per gaudir d'un pont d'hivern, i no perquè la meva mare pogués ser morta.

Em resultava antinatural no explicar els detalls de la investigació a l'Alba, però no volia que els seus malsons, aquella nit, estiguessin poblats d'àngels amb peülles i de cossos calcinats.

Vaig arribar al replà i vaig obrir la porta mentre continuava la videotrucada.

Durant un parell de segons em vaig quedar congelat, tot i que vaig aconseguir dissimular.

La finestra estava oberta.

La meva habitació era al primer pis i estava segur que l'havia deixat tancada. Això ho recordava malgrat que havia arribat xop, m'havia canviat amb presses i me n'havia anat de seguida que la Mencía m'havia avisat que la llanxa m'esperava.

A l'ampit de la finestra algú havia deixat un objecte que, quan jo havia tancat l'habitació amb clau, no hi era.

13
Torcello
ÍTACA

Venècia, gener del 1992

El telèfon emet uns tons, fa estona, de fet. T'has quedat amb l'auricular enganxat a l'orella. Deu anys. Fa gairebé deu anys que en Gael és mort. No ha arribat a complir els trenta, serà un etern noi de poc més de vint anys.

Sempre t'has considerat casada, per algun motiu, malgrat que li vas insistir que busqués una mare per a l'Unai i que ell no recordés cap absència.

En Gael et va obeir, a contracor, però l'Unai va tenir la família que es mereixia.

Surts al jardí de casa teva, aquest dia no t'adones que fa setmanes que en dius «casa» i no «taller», ni «residència temporal», ni «allotjament».

No saps a on mirar, de manera que avances amb la mirada perduda en algun punt de l'horitzó, una mica per instint primari. Necessites sortir a fora i passejar, que la bellesa i la novetat t'abstreguin de tant de dolor.

Així es deu veure la vida des de la teva nova mirada de viuda.

Moguda, borrosa, irreal.

Travesses el pont que et separa de terra ferma i surts al *campo* del davant de casa teva, fas unes passes.

No la veus venir, però t'atura una figura blanca.

—Estàs bé, Jimena?

Enfoques i comprens que és en Leone da Riva. Et mira, diries que preocupat.

—Sí. Tot bé —respons, i continues caminant, més enllà d'ell.

—Jimena! —ha de cridar a la teva esquena. Tu continues avançant, només et vols perdre al laberint que tens al davant. Ficar-te en el vòrtex. Que no et trobi ningú—. T'has deixat la porta de casa oberta!

És veritat, et mires la mà i hi apareix una clau.

No saps com ha arribat fins aquí.

T'obligues a tornar i a semblar humana.

—És veritat —dius, i somrius.

Travesses el pont de l'estret riu de San Vidal.

En Leone t'observa en silenci, amb el cap una mica decantat i els llavis estrets, guardant-se les seves conclusions, com ja has après que sol fer.

Tanques la porta darrere teu, amb dues voltes de clau.

Tornes al *campo*, on t'espera en Leone.

—Em vas donar una targeta teva amb aquesta adreça, disculpa que hagi estat tan expeditiu i m'hagi presentat així, però t'he trucat uns quants cops al telèfon de la targeta i no contesta ningú. El temps s'acaba, la meva mare té mil qüestions pendents i ha delegat això de Millet en mi. Hauríem de reunir-nos i tancar tots els serrells —et constreny—. T'estimes més que parlem aquí?

—No, eh... Aquí no, coneixes algun lloc per dinar?

No pot entrar per res del món al taller, on ja ha arribat un dels quadres de Dalí. Estàs treballant en una de les teves falsificacions, que tens a mig acabar.

—Sí, sí. Per descomptat, no pretenia entrar a casa teva amb una bona excusa —diu, escurant-se el coll—. Podem fer una reunió de feina a Torcello, a la llacuna, en una *osteria* on entre setmana s'hi està molt tranquil.

—Endavant, anem-hi —dius, i et poses a caminar.

—No... no tindràs fred, així?

—No, he viscut a Nova York —entre molts altres llocs, li vols dir—. Això no és fred.

Mitja hora més tard desembarqueu a Torcello.

És un poblet, se't posa bé veure la vegetació, fa temps vas descobrir que caminar en un paisatge verd et calma i t'alleuja.

Coneixes la Goya des que va entrar al col·legi la Veracruz als cinc anys.

Va ser cruel amb tu al començament, és veritat, però des que li vas salvar la cara amb una carta falsificada del seu pare i li vas evitar el predicible càstig en forma d'allisada paterna t'ha fet tants favors que n'has perdut el compte.

Això d'avui no ha estat crueltat gratuïta.

L'omissió d'aquests deu anys, tampoc.

«No tornis a Vitòria». No saps què passa, però el teu instint l'obeeix. Sense preguntes.

Perquè l'has escoltat entre línies i has comprès la seva súplica muda: «Res de preguntes».

Qui està en perill? Ella, l'Unai o tu?

14

La llegenda del Diable i el pont

Unai

Venècia, 1 de novembre de 2022

Malgrat tot, vaig fingir un somriure amb la feble esperança que fos creïble.

—L'habitació és petita i molt normal, mira —vaig dir a l'Alba, i vaig fer un escombrat per la cambra procurant que no veiés la petita escultura de la finestra.

—I tens la finestra oberta, boig? —va dir, rient.

—L'aire estava una mica carregat quan he arribat. Ara la tanco, no et preocupis. Alba...

—Què?

—Com has dormit? Vull dir...

—Vols saber si he tingut malsons a altes hores de la matinada?

—Sí, és el que et volia preguntar.

Va callar un breu moment, com si encara no hagués decidit què dir.

—Doncs sí. Han tornat, però no t'ho volia dir. També els pensaments intrusius. Estic en bucle. Suposo que visitar cementiris no ajuda, és un dels meus detonants, em torna al moment del trauma. Demà demanaré cita altre cop amb la doctora Leiva per a una altra sessió d'EMDR.

Valia la pena, aquella investigació? Seguir els passos de la meva mare, comprovar si era viva, si fer-ho es carregava la salut metall de l'Alba?

—Vols que torni?

—No vull res, Unai —va dir, com si estigués tipa del tema—. O sí. Vull que els símptomes parin, això no és manera de viure. Però no té sentit que siguis aquí si tens el cap allà. Encara que siguis a Vitòria seguiràs pendent del cas, la inspectora Madariaga et posarà al dia si hi ha novetats de la teva mare. I ho compartiràs amb mi, com no fer-ho?

I, llavors, vaig fer el pas. Les mentides, les omissions, el «tot bé».

No li vaig dir que m'havien llançat per un pont.

No li vaig parlar de la inspecció tècnica ocular ni de les meves reticències amb en Renzo Scarpa, com ho hauria fet en el passat, quan era la meva sotscomissària, el meu superior, abans de ser la meva parella.

No li vaig parlar de cossos enterrats en un laberint de xiprers ni d'àngels de Murano convertits en la signatura d'un incendiari.

No li vaig dir tampoc que, a Vitòria, l'Estíbaliz havia trobat un vell que afirmava que el meu pare no havia estat només la víctima col·lateral d'un atracament.

Em cremaven les galtes quan em vaig posar d'esquena a la figura que algú havia col·locat a la finestra oberta.

No la volia tocar, havia de passar per una exploració lofoscòpica.

—Aquí estic al dia, aportaré el que pugui com a perfilador per agilitzar la investigació, però de seguida que sàpiga què li ha passat a la meva mare, me'n torno a Vitòria, si no abans —li vaig dir.

—Ho sé. Anem a dormir, d'acord? —gairebé em va pregar.

—És clar. Un petó. *Maite zaitut.*

—Jo també t'estimo, Unai. —I la pantalla va quedar en negre.

Volia asseure'm al llit, però em vaig estimar més no tocar res.

Em vaig acostar a la finestra, la humitat i el fred entraven sense res que els aturés.

La figura era un àngel, també blanc, amb peülles negres. Ballava feliç sobre un pontet, clarament venecià.

Devia fer uns deu centímetres, tot el conjunt era més gran que el del *palazzo*, però semblaven obres sortides de la mà del mateix artesà, o almenys, del mateix taller.

Vaig trucar a la Mencía i la vaig posar al corrent. Al cap de menys de deu minuts es va presentar a l'hostal.

Mentrestant, vaig baixar a recepció, on en Marcantonio, que continuava distret amb el mòbil, va aixecar el cap, sobresaltat.

—Tot bé? —em va preguntar en italià. Tenia la veu ronca i els cabells tenyits d'un groc molt *centennial*.

—Ha entrat algú a la meva habitació?

—No, impossible. No m'he mogut d'aquí en tot el dia i has estat l'únic hoste. Al novembre no ve gaire gent, de vegades fins i tot tanquem. I avui és festiu, però una data molt familiar.

Vaig mirar el vestíbul i les escales. Era un local molt estret, el taulell de recepció ocupava un espai guanyat a l'entresol, de manera que si algú entrava passava per davant del noi.

—I hi ha alguna altra manera de pujar a l'habitació que no sigui entrant per la porta?

—No, no hi ha cap altra manera. Però què ha passat? T'han entrat, t'han robat? He de trucar a la policia?

—Sí, m'han entrat. I no, no cal que truquis a la policia, ja hi he trucat jo —li vaig contestar.

—De debò que em sap greu. Anem a veure-ho —va dir, es va aixecar i el vaig seguir escales amunt.

Va mirar al voltant i va fer cara d'estranyesa quan va veure l'àngel.

—Això és un *souvenir* que has comprat i l'han deixat a la

finestra? Que estrany, no són barats. Si haguessin entrat a robar, o buscant objectes de valor, se l'haurien emportat. Per la mida, deu costar uns dos-cents euros, oi?

—No, no l'he comprat jo. Per això sé que han entrat. Algú l'ha posat aquí. O l'hoste anterior se'l va descuidar en un armari o a sota el llit i el que ha entrat l'ha col·locat aquí —vaig especular.

—No, no quadra, fa setmanes que no s'hi allotja ningú, aquí, i no hi havia res. Qui fa la neteja és la meva *ragazza*, i sempre obre els armaris i ho mira tot. Molta gent es deixa les guies de Venècia en paper perquè pesen a la maleta de tornada, i ella les col·lecciona.

—Potser li hauràs de trucar perquè la policia li prengui les empremtes i la descarti —li vaig comentar.

—Però hi ha hagut un robatori? —va insistir—. Saps si t'han pres alguna cosa de la maleta?

Ho havia comprovat abans de baixar. El cadenat estava intacte, l'havia obert i no hi faltava res; tampoc no l'havia carregat gaire, havia sortit de casa de manera precipitada.

Vaig fer que no amb el cap. El noi es va acostar a la finestra.

—No entenc per què han deixat aquesta figura. No l'havia vist abans. El normal és el Diable i el Rialto. Ja saps, el Diable de la llegenda.

—Quina llegenda? —vaig voler saber.

—A Venècia sobren les llegendes sobre el dimoni. No és que els venecians siguem especialment supersticiosos, però ens encanten els contes truculents. El del Diable i el pont de Rialto és una de les llegendes més conegudes, per això me la sé.

—Aquest pont és el de Rialto?

—N'és una versió força esquematitzada. Hi ha figures, a les fàbriques de Murano, molt més grans amb el Diable, el pont de Rialto amb els tretze arcs, l'arquitecte i el gall.

—Doncs m'ho hauràs d'explicar.

—Diuen que quan es va construir el pont de Rialto, al segle XVI, el Diable va exigir a l'arquitecte, que a més a més tenia nom de pont, Antonio del Ponte, que li lliurés l'ànima del primer ésser viu que el travessés. Si no, amenaçava amb tota mena de desgràcies per impedir que s'acabés la construcció. És molt comú, a Venècia, això dels edificis inacabats, com el *palazzo* on ara hi ha el Guggenheim. O sigui que l'arquitecte va haver d'acceptar el pacte amb el Diable, però durant molt de temps va rumiar la manera que ningú perdés la vida per acabar la seva obra. Finalment, un dia va baixar al mercat del costat i va comprar un gall viu. Pensava fer-lo passar pel pont el dia de la inauguració, però per aquí sempre s'ha dit que el Diable té orelles a tota la ciutat i que és impossible que es faci cap transacció sense que ell se n'assabenti. I, efectivament, el Diable va tenir coneixement del que l'arquitecte pretenia fer. Poc abans de la inauguració del pont de Rialto, el mateix Diable, adoptant forma humana, es va presentar a casa de l'arquitecte, on descansava la seva dona, a punt de donar a llum. Li va dir que el seu marit l'esperava al capdamunt del pont perquè fos la primera veneciana a observar el Gran Canal des d'aquella vista privilegiada. La dona hi va anar i va ser el primer ésser viu que va travessar el pont.

—Vaja —vaig murmurar.

—L'arquitecte va suplicar el Diable que perdonés la vida a la seva dona i el Diable ho va fer, volia avenir-se amb els venecians, però també volia que li tinguessin respecte, i per això es va cobrar la vida del nadó nascut mort de la parella. Els meus avis expliquen que els seus avis sentien sempre el plor d'una criatura quan travessaven el Rialto. Sempre s'ha dit que, si no hi ha ningú al pont, la remor que se sent no és la de l'aigua, sinó el lament d'un nadó. També diuen que, al cap d'un temps, un gondoler, que no va poder suportar la pena de sentir l'infant cada vegada que passava per sota el pont, va preferir immolar-se i suïcidar-se just a sota per acontentar el Diable i emportar-se l'ànima de la criatura perquè descansés eternament, i també la ciutat.

—Més llegendes, Marcantonio? —ens va sorprendre una veu darrere nostre.

—Mencía! *Se non è vero è ben trovato*, ja ho saps —va farfallejar, com disculpant-se.

—És el que diuen per aquí quan es marquen una llegenda urbana. «Si no és veritat, s'hauria d'inventar». Més o menys —em va aclarir—. Què ha passat?

—No ha pujat ningú per les escales, però han deixat la finestra oberta i aquest regal —li vaig resumir.

—Vaja, un àngel i el pont de Rialto. Jo abans només havia vist la figura del Diable i el pont —va murmurar quan es va acostar.

Ens vam mirar amb preocupació.

—Hauran d'analitzar aquest escenari i hauré de trucar a l'Scarpa. Marcantonio, tens una altra habitació per al meu company?

El noi va desaparèixer escales amunt mentre la Mencía i jo ens quedàvem a soles al meu efímer allotjament.

—Mencía, això té una importància cabdal. Perquè qui ha deixat la figura de l'àngel i el pont de Rialto ha estat el mateix o sap que hem trobat la figura de l'àngel del *palazzo*. Això em relaciona directament amb el cas, o —com m'havia avançat l'Estíbaliz— m'estan enviant una advertència. És com si em volguessin dir que des que he arribat a Venècia estic vigilat i coneixen tots els meus passos.

—Totalment d'acord, Unai. I podem parlar amb en Renzo perquè et posi protecció.

—No vull protecció, si m'haguessin volgut matar ho podrien haver fet mil vegades, avui. Només em volen enviar un missatge. O dos.

La Mencía va vacil·lar un moment, pensativa, i em va mirar amb posat seriós.

—Què passa, Mencía?

—T'haig de dir una cosa.

—Defineix «una cosa».

—Una cosa dolenta, seriosa. Preocupant.

Em vaig regirar un moment on estava assegut.

—Endavant.

—Ho he sabut fa una hora. Te'n volia informar just quan m'has trucat tu.

«Era d'això que discuties abans amb en Renzo?», li vaig voler preguntar, però em vaig estimar més callar, no venia a tomb.

—M'han trucat de Madrid. Del Ministeri. Han intentat mantenir-ho en secret uns quants dies, per si el localitzaven, però oficialment és en cerca i captura i l'ordre ha arribat a la Interpol. Es creu que ha sortit d'Espanya.

—Qui ha sortit d'Espanya? —No entenia res.

—Calibà. S'ha escapat de la presó. Una fuga improbable, no n'han pogut donar explicacions oficials encara, perquè no tenen gaire clar com ha pogut passar.

—Calibà s'ha escapat fa uns dies? —vaig repetir, sense voler-m'ho creure.

Calibà havia estat l'origen de tot.

15

«Il Ponte del Diavolo»

Ítaca

Torcello, gener del 1992

En Leone et guia cap a un pont sense baranes, està construït amb maons antics i no és apte per a borratxos o dies de pluja.

—És el Ponte del Diavolo —t'informa quan el travesseu—. Si us plau, no el travessis el 24 de desembre, m'ho promets?

—És clar, no hi vindré la nit de Nadal, t'ho prometo —respons, no gaire acostumada que es preocupin per tu.

—T'agradaria sentir la llegenda? —et sondeja, amb precaució.

Has estat incapaç de pronunciar res tret de monosíl·labs durant tot el trajecte amb llanxa, no saps com seràs capaç d'acabar tot un àpat i una reunió de negocis en el teu estat.

Sentir supersticions locals és una bona opció perquè ell portarà tot el pes de la conversa.

—La llegenda parla d'una noia, un oficial austríac, una bruixa i el mateix dimoni —t'explica, mentre entreu a l'*osteria* del mateix nom que hi ha només travessar el pont.

—La cosa promet —comentes.

—No desestimis mai la nostra imaginació quan es tracta de dimonis i de ponts.

Us indiquen una taula apartada, no hi ha ningú més en tota la sala. Se li adrecen pel nom de pila, hi ha familiaritat i copets amistosos.

Tu observes altres vides, les voldries viure totes.

Totes, totes menys la teva.

—Diuen que una noia es va enamorar d'un oficial durant la invasió austríaca. La relació estava mal vista, i per tant a ella la van allunyar de Torcello i quan una mà anònima va matar el seu estimat ella no se'n va assabentar.

Acluques els ulls, t'ha fet massa mal.

—Jimena, estàs bé? —et parla fluix, com als nens.

—Segueix —és l'únic que pots dir. «Segueix».

En Leone t'observa, preocupat. Tu recordes que és aquí i assenteixes amb el cap, convidant-lo a continuar.

—La noia va deixar de menjar i es va abandonar, fins que un amic de la família li va aconseguir una cita amb una *strega*, una bruixa.

Arriben els *antipasti*, t'obligues a mossegar uns *crostini*.

—La bruixa es va apiadar de la noia en veure-la en aquell estat i va estipular un pacte amb el mateix Diable. Aquest li va demanar les ànimes de set nens cristians, ja batejats, morts prematurament, i el lloc acordat de trobada va ser el pont de Torcello, el que acabem de travessar. Les dues dones van arribar a l'illa amb barca, i la bruixa va donar a la noia una espelma encesa i una moneda d'or. Es van col·locar a la part dreta del pont, la vella li va demanar que el travessés i va invocar el Diable. Aquest va aparèixer i, quan va veure la noia, va escopir a l'aigua la clau del temps i de l'espai, al mateix moment en què arrencava a la *ragazza* la cobejada moneda d'or. En aquell instant, a la part esquerra del pont, va aparèixer l'oficial austríac, ella el va abraçar i va apagar l'espelma. Davant seu, en la foscor, va aparèixer l'entrada a una vida en comú.

Sents aquestes paraules.

«En la foscor, va aparèixer l'entrada a una vida en comú».

I tu no coneixes *streghe* ni dimonis, tot i que podries aconseguir moltes monedes d'or i provar si en Gael i l'Unai apareixen a l'altre costat del pont.

—Però... —continua.

—Sempre hi ha un «però» —el talles.

En Leone se sobresalta, acostumat al seu monòleg amb la convidada de pedra en què t'has convertit.

—Tens raó. I més amb el Diable. A la *strega* encara li quedava complir el seu tracte de lliurar-li els set infants morts. La data pactada va ser el 24 de desembre a mitjanit. Aquell dia el Diable apareixeria per reclamar-li les set ànimes.

Tots dos heu demanat un *fegato alla veneziana* amb *polenta grigliata*. No tarden a portar-lo, entres en calor amb la polenta. El fetge et recorda els gustos culinaris d'en Leopold Bloom, el protagonista de l'*Ulisses* de Joyce.

Notes un fred d'anys als ossos.

—I les va aconseguir? Les ànimes dels nens morts?

—Paciència. La bruixa va tornar a casa seva, però un noi que havia estat testimoni del que havia passat al pont va posar fi a la seva vida per salvar els set nens. El Diable no ho va saber mai, així que la va esperar, nit de Nadal rere Nit de Nadal, en forma de gat negre, al capdamunt del pont. Com que la *strega* no li va lliurar mai les ànimes dels nens, el Diable es va cansar d'esperar i, des de llavors, diuen que val més no travessar el pont aquest dia, perquè el Diable se t'emportarà l'ànima.

16

El somriure de l'àngel

Unai

1 de novembre de 2022, Venècia

Calibà havia segrestat la meva mare, que jo havia cregut morta durant quaranta anys.

Calibà m'havia extorsionat i exigit que trobés una improbable joia bibliogràfica, el *Llibre Negre de les Hores*, a canvi de la seva vida.

Pel camí de baixada als inferns havia descobert que la meva mare era considerada la millor falsificadora de llibres antics del món.

Vaig caçar Calibà, vaig conèixer l'endogàmic món dels llibreters de vell i des de llavors vaig fer amistat amb uns quants d'ells.

L'Alistair Morgan, el millor amic del meu pare i el seu cap, el que li va donar feina a la seva llibreria madrilenya quan ho va necessitar.

En Gaspar Abad, llibreter de vell. Amo de les llibreries Hubris, Hamartia i Némesis i d'una parada a la mítica Cuesta de Moyano de Madrid. El lloc de referència des de feia quasi un segle on bibliòfils i llibreters de vell intercanviaven exemplars i converses literàries. Expert en Aristòtil i en el món clàssic, en Gaspar era un hiperconnector, al corrent tant dels aspectes legals com dels il·legals en el món de la bibliofília. Per sort, tenia consciència i era un confident apreciat de la Brigada de Patrimoni Nacional.

L'Alicia Lasarte, de la llibreria La Maga, de Vitòria, una mena de llibreria joieria tan exquisida com ella, situada al costat de la torre de Doña Otxanda. Experta en llibres antics d'una altra època. L'Estíbaliz era la propietària de l'espai que ocupava, des que havia heretat el local del seu germà, l'Eguzkilore.

I tots ells, els que m'havien ajudat a ficar entre reixes Calibà, ara havien desaparegut en un incendi provocat a uns pocs canals d'aquell hostal.

—Sí. I hi ha més —em va dir la Mencía—. Abansd'ahir, un dia abans de l'incendi, vaig rebre una trucada d'en Gaspar. Va ser una trucada molt curta i no vaig entendre gaire bé la situació.

—De què parles?

—Em va dir que era a Venècia, que la Biblioteca Nacional havia encarregat a uns quants llibreters l'organització de la mostra de llibres que serien exposats a la Fira del Llibre Antic d'aquest any a Venècia. Això ja ho sabia, són mostres que s'organitzen amb molta antelació i treballo sovint amb la Biblioteca Nacional. Però em va fer una pregunta molt concreta que no vaig entendre gaire bé. Em va dir: «Saps si Calibà ha sortit de la presó?». Li vaig contestar que no, que no tindria dret a cap permís fins d'aquí a uns quants segles. Li vaig preguntar: «Per què ho dius?», i va contestar: «No és res». I va canviar de tema.

—Com ho podia saber, en Gaspar, que Calibà era fora de la presó, Mencía? No pot ser casualitat, no és una cosa que es pregunti a l'atzar.

—He estat rumiant els possibles motius durant aquesta hora, però m'has trucat amb això de l'àngel i el Rialto.

—D'acord, fem aquí mateix una posada en comú —li vaig demanar.

—Primera opció: que hagi vist Calibà, però en Gaspar ja era a la ciutat quan em va trucar —va dir ella—. O sigui que hauria pogut ser tant a Madrid com a Venècia. Segona opció: que Calibà s'hagi posat en contacte amb ell i, per descomptat, no de manera amistosa. Jo crec que Calibà guardava i guarda molt de rancor als presents a la fira per tot el que ens van ajudar en la seva detenció.

Em somreia, l'àngel, des de la finestra? Em va fer l'efecte que el vidre es tornava líquid i que el rostre apuntava un somriure de satisfacció.

—Un perfilador et diria que la personalitat de Calibà, pel que jo el vaig poder conèixer, és de molt mal pronòstic per a futurs delictes o de cara a reincidir —vaig dir—. Calibà era molt obsessiu i va mantenir la motivació contra la meva mare durant moltes dècades. Ara hi ha més greuges en el seu saldo de deutes pendents.

—Si et soc sincera, en Gaspar semblava preocupat. Recordo el seu to quan em va fer la pregunta, va canviar de registre. De despreocupat a seriós. —La Mencía es va acostar a l'àngel i el va mirar amb deteniment—. I recorda que hi ha una sisena persona, una dona, pels vídeos, que no hem pogut identificar —va prosseguir—. En Renzo m'ha enviat aquests minuts, quan els sis desembarquen i entren al *palazzo* a través de la passarel·la de fusta del moll.

—I, pel que has vist, aquesta sisena persona pot ser la meva mare.

—Sí, sempre canvia de pentinat i d'estil, però ja hi estic acostumada, a aquests canvis. El que em preocupa més, en tot cas, és que la teva mare no em contesta els missatges que li he enviat des que em van donar l'avís de l'incendi. No sé com explicar-t'ho, Unai, però teníem un sistema, ella és una dona molt lliure, acostumada a heure-se-les tota sola amb mil complicacions, però em preocupo molt per ella i sempre controlo que estigui bé, i ella ho sap. No m'ho faria, això. Li he escrit mil vegades des de l'incendi i li he dit clarament que temo per la seva vida i que em respongui, perquè si no començaré a buscar-la i a incloure-la en la investigació oficial, i tinc maneres d'esbrinar la seva identitat actual, té els seus patrons i la conec bé. —Em va mirar com si fos una germana gran—. No t'ho he dit abans perquè no et vull preocupar innecessàriament, però ets el seu fill i tens dret a saber sense mitges tintes la gravetat de la situació actual: si no m'ha contestat a hores d'ara, l'Ítaca està en perill o és morta.

17

Lleona

Ítaca

Torcello, gener del 1992

—T'he volgut portar aquí perquè a mi aquesta llegenda, que m'explicava la meva mare, sempre m'ha impressionat molt, sobretot pels nens morts. I n'hi ha una altra a Venècia, la del dimoni i el pont de Rialto, que també inclou l'ànima d'un nascut mort. Potser per això la història que em vas explicar de Dalí em va impactar d'aquesta manera tan profunda. I potser per això he insistit tant perquè es quedi aquí l'exposició. Sento que Venècia casa estranyament amb aquesta història.

Assenteixes, per primera vegada l'escoltes amb atenció.

—Jo... jo també vaig néixer després que la meva germana gran, la primogènita, morís. Les matriarques Da Riva sempre han tingut primogènites, pot resultar increïble, però el nostre arbre genealògic, ben documentat, pot testificar-ho. Va morir als sis mesos per una grip, un mal hivern, semblant a aquest, pel que diuen. No entenc com, però la meva mare es va quedar embarassada de mi en el mateix moment. Esperava una nena, novament, per posar-li Lleona, com a la morta.

—Potser ets invisible per a ella, però no per a la ciutat. Aquí tothom et té en compte. Jo en diria... respecte. Sí, diria que és respecte —li deixes anar a boca de canó.

No sabies que les males notícies actuessin com un sèrum de la veritat, perquè no li hauries parlat mai amb tanta franquesa. Fins ara en Leone ha estat una baula en aquesta cadena interminable que suposa la teva feina amb el cercle de les Egèries, i et fa por haver-te passat de la ratlla i haver resultat tan feroçment honesta.

Et mira amb aquests ulls que ho estudien tot, intentant interpretar-te.

—No la culpo, el dol perinatal deu ser duríssim, i tirar endavant un embaràs amb tant de dolor va més enllà de l'inhumà. Vull dir que sempre he estat agraït que em portés al món, en unes circumstàncies tan dures per a ella.

T'agrada que no busqui culpables, t'agrada que triï la vida i que triï continuar endavant sense guardar rancor a les seves circumstàncies.

«No tornis a Vitòria». Potser —ho has pensat amb els anys— aquest és el moment en què et rendeixes a la vida i decideixes quedar-te a Venècia.

18

La boira

Unai

2 de novembre de 2022, Venècia

Em vaig despertar de matinada, no havia passat bona nit, i em resultava impossible tornar a agafar el son; per això em vaig posar les malles de *running* i vaig sortir a córrer pels carrers d'una Venècia somnolenta i boirosa.

Els tècnics havien arribat mitja hora després que la Mencía. Havien escorcollat l'habitació de la primera planta a la recerca d'empremtes o de petjades, i s'havien emportat la figura de l'àngel i el pont de Rialto al laboratori.

Descartada la possibilitat que l'intrús hagués entrat per la porta, tal com en Marcantonio corroborava, només quedava l'opció que haguessin obert la finestra des del carrer i hi haguessin col·locat la figura.

Era factible, era un primer pis no gaire alt i amb altres teulades a prop.

Fins i tot l'hi podria haver deixat una persona enfilada a les espatlles d'una altra o en una escala petita. Les finestres eren de fusta blanca, amb uns marcs molt fins, i vam comprovar que no tancaven bé quan se'n van haver emportat l'àngel.

En tot cas, vaig trotar escales avall i vaig deixar enrere l'hostal San Lio.

Vaig avançar a bon pas per *fondamenta*, ponts, *rive* i *campi*. Vaig córrer paral·lel a les gòndoles atracades ordenadament a la riba, amagades sota les robustes fundes blaves.

Vaig visitar per primera vegada a la vida la Piazza San Marco, que estava deserta i gèlida a aquelles hores, i em va recordar aquelles imatges durant el confinament, quan la ciutat es va despullar de turistes i només hi van quedar l'arquitectura i la bellesa.

De totes maneres, anava hipervigilant. Em sobresaltava qualsevol ombra entre la boira i evitava acostar-me massa a la riba, també als ponts i a les cantonades sense bona visibilitat.

Vaig comprendre l'Alba quan deia que allò no era manera de viure.

No, no ho era.

Tenia massa fronts, sabia que em tocava triar. El meu pare, la meva mare. L'Alba, Calibà. Venècia, Madrid, Vitòria.

No arribaria a tots.

La por de perdre altre cop la meva mare m'havia encegat i m'havia fet agafar un avió cap a Venècia, però a Venècia ja hi havia una investigació en marxa amb gent sobre el terreny i hi havia la Mencía, pràctica i eficaç, i amb experiència a col·laborar amb la policia veneciana.

Em vaig asseure en un banc en una parada deserta del *vaporetto* i vaig comprovar els vols del dia. A primera hora de la tarda en sortia un a Madrid. Aquella mateixa nit podria dormir a Vitòria si llogava un cotxe.

Així doncs, me'n vaig tornar a l'hostal, em vaig canviar, vaig esmorzar a la primera cafeteria que va obrir i vaig comprar el bitllet a Madrid, només d'anada.

Vaig comunicar a la Mencía les meves intencions.

M'havia passat la nit elaborant un pla i necessitava els

seus contactes. Quan l'hi vaig comentar, hi va estar d'acord i em va donar les dades que necessitava.

No eren ni les deu del matí quan l'Estíbaliz em va fer una videotrucada.

—Kraken, males notícies. Tinc feina —em va dir.

L'Esti caminava molt de pressa pel parc de la Florida en direcció al centre, ho vaig saber pels arbres centenaris que deixava enrere.

—M'ha trucat en Markel, el net del vicerector. Aquest matí han trobat el seu avi mort al llit.

—Mort? —vaig exclamar, sorprès—. Com ha mort?

—Per edat, podria ser una mort natural i no caldria fer-li l'autòpsia, però la dona que cuida l'àvia d'en Markel s'ha presentat al domicili com cada matí, i se l'ha trobat mort. Ha trucat al pare d'en Markel i també a Urgències. El facultatiu que havia de confirmar la defunció té dubtes que hagi estat una mort natural, pel que sembla ha detectat indicis sospitosos. No ha estat gaire concret, pot ser autòlisi amb fàrmacs, enverinament, suïcidi... En tot cas, és sospitosa de criminalitat i ha enviat el comunicat mèdic al Jutjat de Guàrdia. En Markel només ha sabut dir-me que la cuidadora li havia dit que el vicerector havia bavejat molt i que tenia el pijama xop, i al novembre no és normal suar al llit, la veritat. I que hi havia taques als llençols. El seu pare, l'únic fill d'en Ricardo Ruiz de Azúa, diu que vol trucar a la funerària i que l'incinerin de seguida, però el jutge ha iniciat el procediment judicial i ha enviat amb urgència els tècnics perquè facin l'informe corresponent. En Markel m'ha trucat per informar-me'n. Estic anant cap al domicili, ara ell hi és. A veure què m'explica. No ho sé, no em quadra que l'home volgués revelar abans-d'ahir, al cap de tants anys, que al teu pare el van matar i que precisament aquesta nit s'hagi suïcidat.

—D'acord —vaig dir—, vinc. Arribo a Madrid d'aquí a poques hores i d'allà vinc a Vitòria, però abans he de parlar amb algú a Alcalá Meco.

L'Estíbaliz va frenar en sec la cursa i es va posar bé el floc que li queia damunt la cara.

—Què ha passat?

—Calibà s'ha escapat; fa dies, en realitat, però no s'ha fet públic fins ara. Aquesta tarda tinc una entrevista amb el pres ombra que li van assignar. Busca beneficis penitenciaris, diu que té informació per compartir.

19
Els barrots
ÍTACA

Venècia, gener del 1992

Tornes a casa, entres al taller. La llum lateral deixa una ombra en forma de barrots a terra.

Per primera vegada a la vida, veus l'espai on vius com si fossis una estranya que et jutja. Ets una falsificadora que fuig, fuig, fuig.

D'un país a l'altre, canviant de continent, de llengua i d'aspecte.

De passaport, de color i tall de cabells, de roba, fins i tot de personalitat.

T'adaptes com l'aigua, però no hi ha res que duri.

Estàs vivint la vida de la primera Jimena Garay, fins i tot ella va tenir una segona vida com a germana Aquilina.

Tens un quadre de Dalí autèntic en un cavallet, la *Reminiscència arqueològica de l'àngelus de Millet*. Ha arribat des del Museu Salvador Dalí de Saint Petersburg, Florida. És un oli petit, de trenta per quaranta.

Tu també t'has obsessionat una mica, ho has d'admetre, amb els detalls.

Potser per això t'entretens i et resisteixes a lliurar-lo al

Guggenheim, que no entén l'endarreriment i vol començar a veure realitats, no promeses.

Perquè als peus del matrimoni de pagesos, al quadre de Dalí, convertits en edificis inestables de maons per obra i gràcia d'algun dels seus deliris onírics, el de Figueres va pintar la figura petita d'un home que agafa de la mà un nen d'uns cinc anys. L'homenet, a penes uns traços, assenyala amb el braç la figura materna, immensa com una torre.

I sents que aquestes ombres, aquestes figures en què no es fixarà ningú, són la família que ja no sereu mai: l'Unai, en Gael i tu.

Per això no les acabes mai, i et dones a tu mateixa mil excuses de perfeccionista.

I agafes el quadre que estàs falsificant i t'acostes a la llar de foc del dormitori, on t'has acostumat a deixar sempre brases que escalfin la gelor del matí.

Avives les flames fins que tens una bona foguera i el tires al foc.

20

El pres ombra

Unai

2 de novembre de 2022, Madrid

A la tarda vaig arribar al centre penitenciari amb un cotxe de lloguer, directament des de l'aeroport.

Vaig passar per tots els controls, vaig tenir una breu conversa amb la direcció i em van entregar el concís informe de la fuga de Calibà. Molt concís. El vaig estudiar i vaig memoritzar-ne algunes dades.

Després un funcionari de presons, un noi molt voluntariós i enèrgic, vaig imaginar que un novençà, em va conduir a una sala.

M'hi esperava el pres ombra de Calibà.

Era un paio anomenat Olmedo, d'uns seixanta anys. Amb ulleres rodones, una mica John Lennon, mandíbula ampla, rostre molt angulós. No m'havien passat el seu expedient, no tenia ni idea del delicte que l'havia portat fins a aquella cadira d'aquell despatx inhòspit.

Semblava un gestor de banca, la veritat, un home tranquil i somrient, pulcre.

Vaig pensar que li lligava molt, a Calibà, tenir al costat algú com ell.

Els presos ombra eren interns de confiança, gent estable i madura que coneixia bé tots els topants de cada mòdul. Havien de complir una sèrie de requisits irrenunciables, com ara passar per una formació per fer aquesta feina en concret, no tenir previst cap trasllat, no tenir problemes de drogues, acompanyar el nou pres les vint-i-quatre hores, compartir-hi cel·la, guanyar-se'n la confiança i estar al seu costat en els moments més delicats, com, per exemple, l'ingrés a la presó.

Amb un pres com Calibà s'havia activat el protocol antisuïcidi, que solia durar un parell de setmanes, però era comú que els presos ombra continuessin en contacte i fossin el seu suport durant tota l'estada a la presó, que, en el cas de Calibà, estava destinada a ser extraordinàriament llarga.

—Unai López de Ayala —em vaig presentar.

—Com per no coneixe't —va somriure, com si li hagués explicat un acudit.

—Perdona? —vaig dir, sense entendre'l.

—Ja et coneixia per la premsa, com tothom. Però, des que va entrar, el meu company no ha deixat de parlar de tu, de la teva mare, dels teus amics els llibreters i de tot el Barri de les Lletres.

—I què deia de tots nosaltres? —vaig voler saber.

—Res de bo, com pots imaginar. Molt de rancor i molta obsessió.

—Tant de rancor per posar fi a la seva vida?

—Amb la seva pròpia no, evidentment. De seguida em vaig adonar que el protocol antisuïcidi sobrava, amb ell. No és la primera vegada que m'ocupo d'un homicida mediàtic, i molts es queden en estat de xoc quan el seu món canvia i entren aquí. Això és un microunivers amb regles noves. Jo tinc una teoria, la teoria del control. Tu ets perfilador criminal, m'agradaria exposar-te-la.

Vaig mirar el rellotge penjat a la paret. No anava gaire sobrat de temps, però l'Olmedo semblava una d'aquestes persones amants de l'art de conversar i jo necessitava que m'expliqués alguna cosa més que els escassos detalls que m'havia donat la Mencía sobre la fuga de Calibà.

—La teoria del control, sí, m'agradaria escoltar un punt de vista com el teu. Pocs llibres de criminologia s'escriuen des de dins d'un penal —el vaig encoratjar.

—Jo crec —va dir l'Olmedo—, pel que he observat en els homicides i assassins amb qui he tractat aquí, que ells tenien un control total del seu món i de les seves vides fora de la presó. I, en un moment determinat, o en el cas de famílies des de sempre, hi havia alguna persona que feia nosa en aquest control de la seva vida. Els sobrava, els importunava. Hi ha un component molt irracional i molt estúpid socialment a matar algú avui dia, en un món en què la violència no és necessària per menjar ni per sobreviure. El que vull dir és que la majoria de nosaltres, quan algú ens empipa, ens molesta, ens sobra a la vida, o l'allunyem, o ens n'allunyem nosaltres, o aprenem a suportar-lo. Però no el matem. En la pràctica, matar i que et condemnin també suposa la mort de la teva vida tal com la coneixies. Per això molts d'aquests assassins mediàtics tenen un xoc quan comprenen que l'assassinat que han comès ha servit per eliminar aquesta persona que els feia nosa, però no tenen la vida que esperaven després del crim. I el que esperaven era el control, continuar la seva vida sense aquestes persones.

—I per això el suïcidi.

—Sí, per més naïf que et sembli, molts em revelen que no comptaven de passar una vida entre reixes després del delicte. Simplement no ho veien com una possibilitat real. Crec que sempre confien que en sortiran impunes.

—Bé, si vols que et doni la meva opinió, aquest perfil quadra en el cas que tinguin un diagnòstic de psicopatia. Un psicòpata no pensa en el demà, sempre actua a curt termini. No té por quan li cau una sentència de dècades perquè és incapaç d'imaginar-se el seu jo del futur. En aquest sentit, sí que pot passar que fins que no entren a la presó no són conscients que la seva vida ha canviat i, sobretot, que no s'han sortit amb la seva. En el cas de la psicopatia, tot es basa en el control. Són obsessius a guanyar sempre, a tothom, i sí, són molt rancorosos. I molt venjatius. Et diria que s'emporten la rancúnia a la tomba si consideren que algú els ha guanyat.

—Per descomptat que Calibà us guarda molt molt rancor —va afirmar amb el cap.

—I què en saps, del seu nom autèntic? Us teníeu confiança, però li dius Calibà. I m'han dit que aquí es va fer dir així des del primer dia.

—No és cap ximple, però això ja ho saps. Un malnom com aquest l'ajudava a guanyar-se el respecte, que aquí no és poc.

—Tu no el veies suïcidant-se, pel que dedueixo.

—No es comportava com un futur suïcida —va dir l'Olmedo—. Ho sols notar, un o dos dies abans. De vegades és apatia, llencen la tovallola, els és indiferent el que passi al voltant. S'abstreuen. D'altres són pura desesperació, de vegades paroxisme. I, encara que et sembli increïble, les hores de llum compten. Si la setmana està ennuvolada i hi ha poques hores de sol, oblida-te'n. He escrit unes quantes peticions demanant llums antidepressió, com els que fan servir a les escoles dels països nòrdics.

—I tu creus que una teràpia de llum blanca posaria fi als suïcidis a la presó?

—I què es perd provant-ho? Saps?, el que he après aquí és que qualsevol petita decisió pot tenir un impacte impressionant. Els hàbits, les rutines. Ja saps.

—Parla'm dels seus hàbits.

—Prenia notetes de tot. Es passava el dia observant-ho tot i apuntant horaris, càmeres, noms del personal, afinitats de les bandes d'aquí dins. I fent els seus croquis.

—Croquis?

—Dibuixets, potser d'angles morts.

«Té pinta de pla de fuga des del primer maleït dia», vaig pensar.

—Els memoritzava cada nit, després convertia els fulls en bocins diminuts i els tirava al vàter. T'estic donant molt, en prens nota?

—Continua parlant dels seus hàbits. Els dies aquí són molt llargs i els paios cultes com ell es matriculen de seguida a alguna carrera universitària. Ho va fer?

—Ja saps la resposta —va riure l'Olmedo.

—Estava enfocat a curt termini, doncs.

Ell ho va confirmar amb un assentiment de cap.

—Amb què omplia les hores, llavors? —vaig continuar.

—La biblioteca, el lloc menys visitat del penal, com et deus imaginar.

Vaig somriure.

—No em diguis.

—El primer dia va venir a la cel·la desolat —va dir.

—I això per què?

—«Quina col·lecció més òbvia, només hi ha clàssics universals. M'he llegit totes i cadascuna de les maleïdes novel·les que hi ha en aquestes lleixes... Ho vaig fer als dotze anys!» —em va dir—. «Però qui s'encarrega de les adquisicions? Quin gust tan poc treballat». Així era ell —va afegir—, un sibarita dels llibres que pretenia que tinguessin alguna exquisidesa literària en un centre penitenciari.

«Molt propi de Calibà», vaig pensar.

—El seu físic, va canviar durant aquests mesos? —li vaig preguntar, variant de tema. Dels seus gustos literaris en sabia massa i tot.

—Com dius?

—Anava al gimnàs? S'entrenava? —vaig insistir.

L'Olmedo es va tirar cap endarrere amb la cadira i va encreuar els braços amb un gran somriure, com gaudint.

—És curiós que ho preguntis. Ets bo, coi de paio.

—Em pots contestar?

—Ha estat aquí pocs mesos, però sí, volia guanyar massa muscular.

—S'hi ha estat més de dotze setmanes, ha tingut temps de prendre's un cicle d'esteroides. En prenia?

Un altre somriure, es divertia, però començava a estar una mica tens.

—Ni ho confirmo ni ho desmenteixo.

—Se li notava?

—Molt.

21

Charlotte

ÍTACA

Venècia, gener del 1992

Et despertes amb l'olor d'oli cremat impregnant tota l'habitació, t'acostes a la llar de foc, n'han quedat els bastidors, del tot socarrimats, però la tela s'ha cremat, s'ha retorçat, ara és una massa que ha adoptat un aspecte deforme i s'ha endurit.

Has somiat amb en Gael, feia temps que no li veies la cara. La Goya només t'enviava fotografies de l'Unai, sempre des de lluny, a penes coneixes els trets del teu fill.

Has decidit que començaràs una nova vida.

Fins ara el teu pla era executar l'encàrrec al Guggenheim i després anar-te'n de Venècia sense deixar-hi gaires empremtes del teu pas. Ara el pla Z passa al pla A: abandonar l'encàrrec i quedar-te a Venècia.

Esbrinar què té per donar-te, què et pot aportar un lloc si t'hi quedes prou temps per dir-ne casa.

Tota la vida que arrossegues la síndrome d'Ulisses, el de l'etern retornat a una Ítaca que no reconeix. És hora de parar.

De totes les Egèries, prefereixes parlar amb la Charlotte.

Saps que ella ho entendrà, que convencerà les altres, sempre ha tingut traça amb la persuasió i us uneixen una miríade de secrets i confessions fetes de matinada. De totes les germanes, és la que sents més a prop.

Esperes fins a les tres de la tarda, a Nova York deuen ser les nou del matí.

—Tot en ordre? —et pregunta en anglès, una mica sorpresa per la trucada.

La paranoia és supervivència per a les que formeu part del cercle.

—En Gael és mort. —T'ensorres. És la teva germana i necessites explicar-ho a algú que comprengui el que suposa per a tu. Que va existir una vegada i ara ja no.

Sorprenentment, dir en veu alta que és mort et fa sentir-lo més viu que mai, com si poguessis invocar-lo només d'esmentant-lo.

—Ho sento, ho sento moltíssim. Com ha passat? —I saps, per la seva veu, que a ella també li sap greu.

—En realitat es va morir fa gairebé deu anys, necessitaré un temps per processar-ho... —comences.

—Doncs llavors acaba al més aviat possible i torna —et diu, dolça—. Ens en anirem juntes un parell de setmanes i ens oblidarem de tot. Jo també necessito descansar.

No vols unes vacances amb una amiga, no vols oblidar-te'n, no ha entès res.

—No podré acabar l'encàrrec. De fet, he destruït la tela de la *Reminiscència*...

—Què has fet què? —pregunta, incrèdula—. Per què?

—Us vaig dir que ho volia deixar. Us vau reunir mil vegades, vau votar mil cops. No hi ha precedents. Ho sé. Ningú no ha transgredit la desena llei. Ho sé.

—I, per primera vegada, permetrem que una de nosaltres es retiri. Ets conscient que només per tu, per ser tu, per tot el que has fet, per tot el passat en comú, per una vegada, ho arriscarem tot per deixar que te'n vagis?

—De totes nosaltres, jo soc la que hi arrisca més. Sempre. La menys sedentària, la que no té vida pròpia.

—Era la vida que volies, la que sempre t'ha agradat.

—Doncs ja no. N'estic cansada.

—Ho sé, són els mateixos arguments que vas esgrimir a les reunions. Un últim encàrrec, acaba'l i ho deixes.

—És que ja no hi trobo sentit, a molts encàrrecs. Enganyar un museu, posar en risc la seva reputació, per comprar una adquisició o posar pegats en una sala a la Biblioteca Morgan, sempre a la Morgan. Abans eren excepcions, mesures extremes. Ara només em truqueu per això. No som mecenes de l'art, som mercenàries.

Ets conscient que estàs parlant massa, però hi ha un component molt alliberador en el fet de trencar els silencis.

—Estàs afectada. Ens arrossegaràs a totes per un mal dia, ara et penjaré —murmura, gairebé furiosa.

—No és un mal dia, hòstia! És una mala vida, no conec cap altra manera de viure!

—No ho pots deixar, ara. De seguida que vas aconseguir el museu ens hem mogut de pressa i ja hem emparaulat tres teles. No són gent a qui ara puguem dir que no. Estan acostumats a guanyar. Ens posaràs en perill a totes. No em contestis, no parlis més, avui no. Tot tira endavant. Fes el que només tu saps fer.

I et penja, sense dret a rèplica.

Et sents més captiva que lliure. Has deixat, novament, que tothom exploti el teu talent. La sensació de pertinença a una germandat de dones t'ha sortit cara, t'has acostumat a no preguntar-te com vols viure, i has improvisat cada vegada que els esdeveniments t'empenyien cap endavant, en una fugida constant, però t'adones que no t'has plantejat mai una altra vida més pausada, pertànyer a un lloc, conservar uns amics.

Però una entitat viva necessita lleis físiques per no caure en el caos. L'Egèria fundadora, l'Erin Morgan, va dictar les deu lleis de les Egèries.

Fas recompte de les que trencaràs.

Has arribat a Venècia amb un últim encàrrec després de reunir-les i informar-los que et disposaves a trencar la sacrosanta desena llei: «D'Egèria se n'és tota la vida».

És un càrrec vitalici.

Una Egèria no es retira.

Quan et diuen «per sempre» no imagines que durarà tant.

I avui la Charlotte t'ha recordat, sense esmentar-la, la quarta llei, un dels pilars del cercle: «Una Egèria protegeix sempre la seva reputació». És a dir, no deixis mai un encàrrec a mitges. No ha passat mai. D'això ha depès sempre la solidesa del vostre cercle.

Sou professionals, cadascuna ha trobat el seu lloc en aquest organisme ben acoblat que s'assembla a un cos humà.

Ulls, boca, orelles, ronyons, peus i mans.

La Charlotte és l'ull, el vostre servei d'intel·ligència. Ella rastreja adquisicions per tot el món, gràcies al seu radar omniscient no se li escapa res en el món de l'art i de la cultura. Museus, subhastes, galeries. Ho veu tot. Diguem que ensuma el que podria arribar a ser un bon encàrrec.

La Madison, la vostra boca. Ha nascut per a les relacions públiques. El seu passat i la seva família són la millor de les façanes compensatòries.

Al seu costat, l'Ava, les orelles. La mestra dels rumors. Té contactes a tots els mitjans especialitzats i a les tertúlies no oficials. És fonamental per anticipar-vos als imprevistos.

La Harper vindria a ser els ronyons. S'encarrega de la neteja. De família de banquers i amb estudis d'economia a l'Ivy League, és la rentadora que renta els bitllets negres i us els torna en comptes legals.

Els peus, la Kora. Aconsegueix passaports, pisos francs, bitllets d'avió.

Tu ets les mans. L'executora. La que falsifica. La que hi arrisca més. La que viatja tres-cents seixanta dies l'any.

Ho volies deixar de manera amistosa.

Perfil baix, no picar les vespes.

Es diuen «germanes» entre elles. A tu també et diuen «germana», hi ha abraçades, confidències, però en tota família disfuncional hi ha nens daurats que es queden i bocs expiatoris que cal expulsar. En quin moment, sense a penes percebre-ho, la cosa va deixar de rutllar?

O sempre heu estat, simplement, unes delinqüents amb cultura i deu manaments?

22

El moment lleu

UNAI

2 de novembre de 2022, Madrid

Quan tens molta experiència en interrogatoris coneixes aquest punt en què arribes a la veritat.

És un moment, una lleu microfacció de segon al rostre del sospitós o de l'intern. I llavors ho saps: ha parlat massa. I ell ho sap. En aquest moment has de ser ràpid, perquè la finestra d'oportunitat es tanca aviat, moltes vegades de manera definitiva, i es tornen hermètics. N'hi ha que són més lents, i tarden unes quantes preguntes més a reaccionar i responen, per inèrcia, a tot el que els preguntes.

—M'han explicat que la fuga ha estat «sobrenatural» —li vaig dir, i vaig treure de la carpeta marró que m'havien entregat amb l'expedient de Calibà unes quantes fotos de la seva cel·la i les galeries adjacents buides—. Com d'un mag: res per aquí, res per allà. Desaparegut, sense deixar rastre. Volatilitzat. Les hores prèvies a la fuga ja no apareix en cap activitat comuna. Ni rastre d'un reclús amb les seves ulleretes i la seva barba.

—I quina és la teva teoria, Kraken? Et diuen Kraken, oi?

—Estàs intentant pactar un benefici penitenciari, i suposo que serà demanar un trasllat, per si cacem Calibà i torna a la Meco. Hauràs de deixar de contestar a les meves preguntes amb més preguntes. Digue'm, al supermercat teniu una secció de muntures d'ulleres, d'aquestes premuntades molt escandaloses, o possibilitat d'adquirir-ne?

—Al contrari. Va canviar a lentilles els últims... Res —va fer un gest amb la mà, frustrat, com perquè ho oblidés.

—Els últims dies. I imagino, i això només ho sabeu tu i el barber, que l'últim dia va anar a la perruqueria perquè li afaitessin la barba i li tallessin els cabells. En aquests documents només expliquen vaguetats. M'ho pots dir i llavors jo escriuré al meu informe que has col·laborat, o puc perdre una mica el temps, entrevistar-me amb el perruquer de la presó i arrencar-l'hi. A mi tant se me'n dona, però a tu no.

Va tamborinejar una mica amb els dits i va prémer els llavis, però al final va cedir.

—Sí. Es va tallar els cabells i es va afaitar.

—A última hora, pocs guàrdies el van veure amb el seu nou aspecte, sense aquesta barba morena tan espessa. En realitat ningú no li coneix la cara afaitada, les seves faccions. L'uniforme ajuda a homogeneïtzar-vos a tots. I sobre els cabells..., deixa-m'ho endevinar..., un degradat, potser també tenyit, d'un color més clar?

Va obrir els ulls, que darrere les ulleres de miop eren minúsculs.

—Vaja..., els meus respectes, Kraken. Ara entenc la llegenda. Aquests panolis l'han tingut al davant i ni se n'han adonat. I arribes tu...

—L'última oposició a presons va acabar fa uns mesos —el vaig interrompre, ell tenia tot el temps del món, jo no—. Aquestes setmanes heu tingut noves incorporacions, oi? Xavals joves, molt verds.

—Impressionables, manipulables. Comprables —va reprendre ell.

—Ja, hi ha el tema de l'uniforme, és clar. Qui l'hi va

proporcionar, com es va canviar i va sortir fent-se passar per un dels nous funcionaris.

Va començar a escurar-se el coll, incòmode.

—Algú el va ajudar des de dins? —el vaig collar.

Un també sap quan el de davant té por.

No sé si és químic o simplement és animal, però sura en l'aire.

—No m'hi emboliquis, en això, Kraken. Ja t'he donat molta informació. —Ho va dir amb un fil de veu.

M'ho va pregar més aviat, clavant els ullets a la taula.

—Ja està, si us plau, considera signar aquest informe favorable pel que fa al trasllat. Ho sé tot sobre els suïcidis. No vulguis carregar amb aquest pes.

—Olmedo, no em facis xantatge emocional, va. Tanta por tens dels que l'han ajudat?

—No ho has entès. Calibà no necessita ajuda, no és cap suposada mà amiga a qui cal témer. Se n'ha sortit tot sol, encara no sabeu el que us espera —va murmurar per al coll de la seva camisa, amb la veu quasi inaudible.

El pres ombra es va aixecar, va fer un gest al jove funcionari i se'n va anar capcot, sense acomiadar-se.

23

La quarta llei de les Egèries

ÍTACA

Venècia, gener del 1992

L'endemà, mentre esmorzes, sents un so insistent que prové de l'exterior. T'adones que deu ser el timbre, no l'havies sentit mai.

Et poses una jaqueta a sobre el vestit de punt, travesses el jardí i obres, estranyada.

Un individu una mica més gran que tu espera amb paciència a fora del recinte de la finca, al pont. Va vestit amb pulcritud, sembla més aviat un funcionari. Us separa el reixat en forma d'arc amb l'heura, però mira insistentment cap a l'interior, i això et posa nerviosa.

—Jimena Garay?

—*Chi vuole saperlo*?

—*Polizia locale* —diu, i t'ensenya la documentació—. Puc passar? —continua en italià.

—Espero que no li sàpiga greu, però m'estimo més que no. Què passa? —continues en el seu idioma.

—Miri, hem rebut un avís de la Interpol. Em podria ensenyar la seva documentació?

La Interpol. No havia passat mai.

No estàs fitxada, no hi ha hagut mai denúncies, no tens causes pendents ni estàs en cerca i captura, que tu sàpigues.

—M'investiguen per alguna cosa?

—Vostè no es preocupi per això, només vull comprovar la seva documentació.

—Està bé. Esperi un moment, ara l'hi porto.

No vols resultar hostil, de manera que afegeixes:

—Pot passar al jardí i esperar-se en un banc, si ho vol. Estava esmorzant i encara no tinc la casa endreçada.

Assenteix, almenys ha somrigut una mica.

Li permets entrar, va vestit de paisà, quan tria un banc i s'asseu al costat del mur d'heura, et treus la clau de la butxaca de la jaqueta i entres a casa.

Un cop a dins, corres al taller i treus el quadre de Dalí del cavallet i l'amagues en un dels armaris de la cuina.

Saps que no et perdonaràs el sacrilegi, potser al geni el complauria una situació tan surrealista, però tens palpitacions a les temples i quasi et descuides que has d'ensenyar el passaport al policia.

Treus també els papers del lloguer, el bitllet d'arribada. Tot el que acrediti que ets la Jimena Garay, encara que siguis l'Ítaca Expósito.

L'hi dones i esperes dreta. Ell mira la foto, comprova totes les marques del fals passaport, que sembla autèntic; també mira amb atenció el contracte d'arrendament que et va enviar la Kora.

Té el seu propi expedient, però l'amaga perquè no vegis de què es tracta.

—Tot correcte? —preguntes.

—Per què ha vingut a Venècia? Oci o feina?

—Feina. Soc historiadora de l'art.

Sembla que ha quedat satisfet, o almenys que ha fet tot el que li han demanat que fes.

—Doncs llavors aquest és sens dubte el millor lloc del

món per a vostè. Ja me'n vaig. Disculpi les molèsties —diu, i s'aixeca.

—Escolti, em pot dir què passa amb la Interpol? M'estan investigant? —insisteixes.

—No estic autoritzat a dir-li res. Espero que gaudeixi de la nostra ciutat. —Sembla una bona persona que només intenta mantenir un to neutre.

Saps que no en trauràs res més sense resultar massa insistent, o sigui que desisteixes.

Al cap de tres dies reps un paquet al teu nom, al de Jimena Garay, en realitat. Per la mida pots endevinar de què es tracta. És una tela en blanc, enviada, ja ho saps, per reemplaçar la que vas tirar al foc. No cal que l'estudiïs amb deteniment. Saps quan va ser fabricada i a quin taller.

La gires, i ficat a la fusta clara del bastidor hi trobes un sobre.

El paper que conté està escrit a màquina, res de deixar pistes de la cal·ligrafia amb una targeta escrita a mà. No saps quina d'elles ho ha escrit, o si ho han escrit totes cinc:

«Si vols trencar la desena llei,
hauràs de complir la quarta».

Una altra manera de dir: «Si vols ser lliure, acaba l'encàrrec».

24

«All along the watchtower»

Unai

2 de novembre de 2022, Laguardia

Vaig conduir tres hores des de Madrid fins a la Rioja Alabesa, gairebé sol a la carretera, repetint totes les versions que vaig trobar d'«All along the watchtower» en bucle per no adormir-me.

Des que vaig arribar a Venècia, tenia la impressió que algú m'observava, com en la cançó de Dylan, des de dalt d'una talaia.

El paio que deixava com a signatura un àngel? El que m'havia tirat a l'aigua? El que entrava a la meva habitació quan sabia que jo no hi era?

Quan vaig arribar a Laguardia ja era negra nit.

Vaig anar directament a casa l'Alba, a la planta baixa de l'hotel palau.

Les altres plantes comptaven amb deu habitacions per als hostes, totes amb el nom d'alguna faula de Samaniego.

La Deba ja dormia, vaig entrar a la seva habitació i li vaig adreçar unes paraules, en un xiuxiueig. La meva filla no es va despertar, però jo sempre he pensat que, quan parles a cau d'orella d'una persona que somia, el que li dius li entra igualment al cervell i queda gravat en algun lloc del subconscient.

Potser la Deba, en un futur, se sorprendria parlant de *fondamenta* i de llegendes venecianes sense haver trepitjat Dorsoduro mai de la vida.

L'Alba m'observava, amb els braços encreuats, recolzada al marc de la porta. Vaig fer un petó al front a la nostra filla i vam tancar la porta amb cura per no despertar-la.

Em va fer un gest de «vine» en silenci i la vaig seguir cap a la torre octogonal per les escales helicoidals de fusta on tantes vegades, amb el palau tancat al públic, havíem fet l'amor al tercer esglaó, i al del mig, i a l'últim, en postures tirant a perilloses.

La vaig seguir gir rere gir, fins que vam arribar a l'exterior.

Tot el paisatge de vinyes que teníem al davant era un mar negre en què es distingien poques llums, algun celler cap a l'oest, i al davant, la meva serra, fosca i omnipresent.

L'Alba semblava, com tants altres dies últimament, depassada pel cansament.

Es va asseure en un dels petits merlets de pedra.

Hi havia alguna cosa en la seva manera de mirar-me que m'estava inquietant molt.

—En condicions normals, et posaria al corrent de tot el que ha passat en les últimes quaranta-vuit hores. Ara, no n'estic segur, no et vull fer mal. No sé com manejar aquesta situació, Alba —vaig començar, mentre m'asseia al seu costat i l'envoltava amb un braç.

—Potser hauré de començar jo —va murmurar, mirant endavant.

—Un altre mal dia? —li vaig preguntar.

—Estic caient en picat. Com als pitjors temps. Em venen records al cap del 2016, de tot el que vaig passar amb el cas dels crims del dolmen. Són pensaments molt intrusius. Amb la doctora Leiva he après a reprocessar molts dels *trig-*

gers, dels detonants. Les mateixes festes de Vitòria em desencadenaven els flashbacks.

—Per això has evitat anar-hi aquest any. No t'hi vaig insistir gaire, però l'Estíbaliz sí que t'hi va insistir i em va comentar que t'havies tancat en banda.

—No sé si vull donar explicacions d'això a ningú, Unai. Ni tan sols a una bona amiga com l'Esti. És... és el vostre món laboral el que em provoca que el trastorn d'estrès posttraumàtic torni una vegada i una altra. Fa un temps li vaig demanar que no em parlés de feina mai més, que trobaríem altres temes de conversa, i ella ho ha complert, però amb tu...

—Amb mi no et pots abstreure del que faig quan em fico en una nova investigació —vaig acabar.

—Fa anys que intento deixar enrere aquesta vida. Ja no la vull, per poc no em mata i em continua matant ara, però continuo amb tu i em pregunto quant del que ara queda entre nosaltres és per inèrcia d'alguna cosa que potser no hauríem d'haver començat mai.

Em vaig quedar en silenci uns segons, processant el que m'acabava de dir.

—M'estàs dient que et penedeixes de tots aquests anys junts?

—I si el que ens va unir va ser aquell cas, i si el cas ens va deixar tan fets pols que ens vam aferrar l'un a l'altre per sobreviure junts? No ho has pensat? Sempre diuen que la gent s'enamora durant segrestos, naufragis, guerres, situacions extremes de vida o mort. Que aquestes experiències compartides uneixen més que anys d'amistat o de matrimoni. Potser hem continuat aquests anys perquè érem tres. Potser només estem enamorats de la Deba, però no de la nostra relació.

—No em puc creure que estiguis dient que només som una família, però no una parella —vaig contestar, incrèdul.

—Amb la Deba estem fins al capdamunt d'oxitocina.

Això pot emmascarar que ja no estiguem enamorats com a parella.

—No em parlis de neurotransmissors ara, Alba. El que vull és esbrinar la fórmula, la manera, de tirar endavant la nostra vida i continuar junts sense ser el causant d'aquesta vida de merda que ara tens. El que vull saber és si ho veus possible, com estàs de forces o si és el moment de plantejar-se una altra decisió. El que estàs passant és un infern, i el trastorn d'estrès posttraumàtic no es cura sol, dura anys o tota la vida, cal tractar-lo sempre, sí o sí. —Vaig sospirar, frustrat—. Però crec que el que m'estàs intentant dir és que jo en soc el detonant.

La vaig mirar als ulls, ja m'havia acostumat a la foscor.

En més d'un sentit.

Es va prendre un temps per contestar, va mirar cap a un costat, evitant el meu contacte.

—Em penso que sí. Em podria passar la vida fent sessions d'EMDR i acudint a teràpia, reprocessant tots i cadascun dels records i dels estímuls desencadenants, però són una tireta si la causa persisteix una vegada i una altra. Torno a la casella de sortida...

—... perquè jo et porto nous traumes cada vegada que em poso a investigar —vaig concloure—. D'acord, doncs ho deixo. Ho deixo tot. Deixaré de buscar la meva mare cada vegada que em diguin que ha desaparegut. No tindré cap contacte ni amb la Mencía, ni amb l'Alistair, si és que és viu, ni amb en Gaspar, ídem... amb tot aquest món. I deixaré l'Acadèmia d'Arkaute, deixaré la docència, deixaré la criminologia. Vindré amb tu a Laguardia, a temps complet. Em buscaré la vida aquí, donaré l'esquena a tot, com has fet tu.

L'Alba em va mirar amb una barreja d'afecte i incredulitat.

—Ni em passa pel cap demanar-te que deixis de buscar la teva mare. T'ho vaig dir una vegada, si em diguessin que el meu pare és viu, ho deixaria tot i dedicaria la resta de la meva vida a buscar-lo.

—Llavors no hi ha cap fórmula per resoldre aquesta equació —vaig dir.

—Sí que n'hi ha una, i ja la saps.

—No, Alba —em va sortir sense pensar, aterrit davant la idea—. Hem passat per mil mals moments per ser una família de tres.

Em va agafar la barbeta amb la mà i em va girar el cap.

—Això no canviarà. Continuarem sent una família de tres, els pares de la Deba. Parlo de tu i de mi. Parlo de la parella.

«Tant de mal et fa?», vaig voler preguntar-li.

Però no vaig voler insistir.

Estava esgotada.

De lluitar, estava cansada del seu cervell i del seu passat.

Vaig necessitar un moment. Un dels milers que quedaven per venir.

—No m'hauria imaginat mai que no lluitaria per oposar-me al que em proposes —vaig dir a la fi—, però t'entenc. Massa dolor. I en soc el detonant. T'estàs salvant, i t'admiro, com sempre. Admiro la teva fortalesa per fer el que fas. Sabem que a la Deba li canviarà la vida i, tot i així, ho hem de fer.

—Ens organitzarem perquè li canviï com menys millor.

—Ho sé.

—Però ara mateix necessito estar ben lluny del que estàs vivint. Al principi necessitaré que no tinguem gens de contacte, no veure't, que ens comuniquem només per WhatsApp, que tot el que tractem tingui a veure amb la Deba, fins que no t'associï amb res de la teva feina.

—Parlaré amb en Germán i amb l'avi, ells es poden encarregar de portar i anar a buscar la Deba.

—Espero que aquesta etapa passi i pugui tornar-te a veure físicament. Però ara mateix no puc —va dir, i es va aixecar. Va amagar la cara, em penso que plorava.

Em vaig quedar una bona estona a la seva talaia, amb la cançó de Dylan al cap. Una mica en estat de xoc. Una mica bastant en estat de xoc.

2 de novembre de 2022.

Maleït dia, aquell dia es va acabar un cicle de la meva vida que havia començat el 2016, quan a Arquillos vaig coincidir amb una corredora misteriosa de matinada que afirmava que es deia Blanca.

Jo també vaig mentir, li vaig dir que em deia Ismael.

Potser això nostre ja havia començat esguerrat, amb mentides, cadàvers, infidelitats, embarassos inesperats, i més i més cadàvers. Molts més dels que podíem digerir.

Era la segona vegada a la vida que intentava crear una família. La primera vegada havia estat amb la Paula i el nostre doble embaràs. La segona, amb l'Alba i amb la Deba, havia resultat des del començament una feina d'orfebreria. Ens havíem entestat en l'improbable, contra vent i marea, creient que, si ho intentàvem més enllà del que era raonable, la vida ens donaria un premi. Potser res no hauria de ser tan difícil, tan extenuant.

Potser no era el meu destí, potser el meu destí era caçar. Calibans o àngels. Potser el meu estat natural, igual que quan en Germán va renunciar a tornar a tenir nòvia després d'haver-ne enterrat un parell, també era l'agàmia.

Em vaig aixecar i vaig mirar aquell paisatge per última vegada. Era poc probable que tornés a pujar a aquella torre, almenys per un temps força llarg. Encara estava enamorat de l'Alba fins al moll de l'os, cosa que convertia tot gest de comiat d'aquell lloc, que per uns anys havia estat comú, en un adeu molt més dolorós.

Vaig baixar per les escales de cargol amb la llum de la llanterna, vacil·lant una mica, em vaig ficar al cotxe de lloguer i vaig conduir fins a Vitòria fins que vaig caure fulminat al meu llit.

Probablement aquell va ser el dia més llarg de l'any.

25
Una segona vida
Ítaca

Venècia, abril del 1992

Han passat un parell de mesos, a penes surts del taller. D'un en un, han anat arribant tots els quadres originals. D'un en un, has imitat les dues figures de l'*Àngelus* des de totes les perspectives que va imaginar Dalí.

A l'altra banda de les parets que tornen a ser presó, Venècia es desposseeix de la boira matinal i la llum comença a entrar en abundància entre les fulles de les heures del jardí. A mesura que l'any avança els turistes van ocupant, gòndola a gòndola, *vaporetto* a *vaporetto*, tota la ciutat fins a arraconar els veïns a Cannaregio i els seus *campi*.

Tu també t'acostumes a abeurar-te als seus bars i passes les tardes observant, abstreta, els nens que juguen a pilota.

Has pintat uns quants quadres de Perseïds, la nit de Sant Llorenç, la nit que et va fer mare i que vas conèixer l'Unai i te'n vas acomiadar. No has tornat a parlar amb la Goya, no saps si li trucaràs un altre cop, de tanta por com et va fer la seva pròpia por.

La primavera es deixa sentir en l'ambient, descobreixes que a la Venècia del bon temps el silenci cal guanyar-se'l, no es dona per fet quan poses un peu al carrer. N'has de conèixer els amagatalls menys concorreguts per fugir del tumult que porten els monstruosos creuers i les banderetes dels guies que pasturen els ramats de japonesos amb les eternes Nikon i les ombrel·les blanques per evitar el sol.

En Leone t'ajuda amb el muntatge de l'exposició. Embalatges, caixes, tòtems verticals i *displays*. Ell domina les sales, tu domines les teles.

També hi ha temps per a l'esbarjo. Parleu de *Twin Peaks* i de Simple Minds, del passi previ de *La llanterna vermella* al Festival Internacional de Cinema de Venècia i de l'escena final d'*El rei pescador*.

La premsa veneciana s'hi bolca gràcies al fet que en Leone està en bones relacions amb tots els directors dels diaris locals. Que en quedi constància i difusió als diaris internacionals se n'encarrega l'Ava. Els seus contactes s'empassen l'ham daurat i redacten reportatges relatant la fascinant història d'un Dalí obsessionat amb el Millet i el petit taüt infantil sota el cistell de verdures.

El dia de la inauguració, un calorós dia de maig, et presentes al museu amb un vestit geomètric de Mondrian, vols fer l'ullet al pintor preferit de la Pietra, que ha organitzat el seu propi espectacle.

La seva arribada al museu des del Gran Canal és tot un muntatge teatral en si mateix. El seu fill i tu l'espereu al costat de l'escultura *L'àngel de la ciutat* amb tots els noms del món de l'art del Vènet i del nord d'Itàlia.

La Pietra da Riva arriba a la terrassa del museu amb la gòndola que feia servir Peggy Guggenheim amb unes ulleres en forma de papallona i un vestit blau clar amb una petita capa damunt les espatlles, com si volgués ser la reencarnació de la seva predecessora. El gondoler és el silenciós Gennaro, el fill d'en Nicola, que aquest dia a la seva parada de peix explica a tothom qui el vulgui escoltar que el seu fill és el gondoler privat de la Pietra da Riva.

La matriarca de l'art està radiant, encaixa mans, riu les gràcies, a tu et lloa el vestit i et presenta col·leccionistes. Alguns, els de més edat, alcen la cella quan senten el nom de Jimena Garay.

Aquest dia la Pietra és esplèndida amb tothom, també amb tu.

Tu mires el rellotge de polsera una vegada i una altra. És el gran dia per a ella, però és un dia encara més important per a tu. El final d'un cicle de vida.

L'endemà et llevaràs i seràs, per fi, lliure de qualsevol encàrrec de les Egèries. Has complert. Els has lliurat vuit teles que elles han encolomat als corresponents col·leccionistes amb no gaires escrúpols.

Endevines que uns quants d'aquests vuit col·leccionistes han acudit a la inauguració pel plaer de l'engany, pel morbo de pensar que ells s'emportaran a casa les teles que altres només podran admirar de prop una vegada a la vida.

Somrius mentre rebutges l'enèsima copa de spritz que un cambrer t'ofereix. Perquè tu ja no tens el cap al Guggenheim, sinó en el moment que arribaràs a casa i faràs neteja dels pinzells i els cavallets. Et prendràs un temps indeterminat sense pintar, de la mateixa manera que, després de l'experiència amb l'Olivier, vas deixar de falsificar llibres d'hores.

Unes hores més i començarà la teva segona vida.

26

Els Fueros

UNAI

Vitòria, 3 de novembre de 2022

Em va despertar la trucada insistent de l'Estíbaliz.

—Ja ets a Vitòria? Ahir no hi va haver manera de localitzar-te —va dir.

Em vaig incorporar al llit, em vaig llevar, em vaig acostar al finestral i vaig mirar cap a la plaça de la Virgen Blanca. Les furgonetes de repartiment ja pujaven cap al barri vell.

El fet de despertar-me a Venècia el dia abans ara em semblava un somni confús, em vaig adonar que no havia estat una invenció perquè vaig veure la maleta oberta als peus del llit.

—Quina hora és? —li vaig preguntar, encara desorientat.

—Dos quarts de deu.

—Tens novetats del cas del vicerector?

—Se l'han emportat per fer-li l'autòpsia, sí que hi havia indicis de mort per intoxicació o enverinament. I han escorcollat l'escenari.

—Explica-m'ho bé.

—La cuidadora que s'encarrega de la viuda tenia raó: al llençol de sota hi havia unes taques grogues, tirant a ocres, a l'altura del cap del difunt. Per descomptat, m'inclino a pensar que va ingerir alguna cosa, o l'hi van fer ingerir, i que va morir enverinat, però han pentinat el dormitori i no hi ha cap troballa destacable. També la cuina, el lavabo... No sembla que hi hagi res fora de lloc. No sé què se li pot donar a algú perquè li surti escuma per la boca, deixi taques i el mati en poques hores. Però ja saps —va prosseguir—: fins d'aquí a un parell de dies no tindrem els resultats i toxicologia pot tardar més o pot tardar menys, depenent del que trobin.

—Li vau prendre declaració, a la viuda?

—Ho vam intentar. Té demència, la dona no va estar al cas de res. Era en Ricardo qui la cuidava. Quan la cuidadora va venir al matí per fer-la llevar del llit, ella no era conscient que el marit era mort. Encara no ho és, i penso que no arribarà a assabentar-se'n mai. No parla des de fa un temps, crec que la seva demència està molt més avançada del que diuen a casa seva. De vegades passa, els fills o els nets no ho volen veure i fingeixen durant massa temps que els malalts poden continuar a casa com si res, amb les seves rutines, amb una mica d'ajuda externa, però no és així en absolut. En tot cas, l'actitud d'en Ricardo fill és molt hostil cap a nosaltres i cap al mateix Markel. Els tècnics m'han dit que els va muntar un conat d'escàndol, però portaven l'ordre del jutge i no va poder fer-hi res. Ell volia incinerar el seu pare al més aviat possible, la seva dona era amb ell i se'l va emportar per calmar-lo.

—Hi ha qui es pren molt malament qualsevol ingerència en la seva vida familiar en un moment tan dur com la mort d'un pare, i a molts altres les forces de seguretat els posen nerviosos —vaig suggerir—. Afegeix al còctel un vídeo on un pare afirma que vol revelar una informació relacionada amb un assassinat del qual s'ha sentit culpable durant dècades i el que tens és un còctel Molotov, no creus?

—Doncs això és el que procuraré esbrinar, perquè ara he quedat amb en Markel, el net. És dissenyador d'aplicacions de mòbil i teletreballa, és a dir que ens pot atendre aquest matí, si és que vols venir.

—On has quedat? —vaig voler saber.

—Al So Wood, a Postas. Ara no hi deu haver gaire gent.

—I no és millor que quedis al pis del seu avi, que és al costat? —li vaig suggerir—. M'agradaria veure el despatx des d'on va gravar el vídeo i el dormitori, creus que podrà ser?

—Em penso que en Markel té moltes ganes de parlar. A més a més, amb qui es volia posar en contactar en un principi era amb tu, de manera que potser quan et vegi ens donarà més informació —va dir.

Al cap de vint minuts vaig arribar a la porteria del davant de la plaça dels Fueros, un hemicicle de formigó on es feien concerts, se celebraven campionats d'esports bascos per les festes de la Blanca i fins i tot alguna vegada jo mateix havia participat en un concurs de truites amb cuines improvisades.

Tenia molt mal cos, havia dormit poc i intranquil i, per descomptat, no havia digerit —i em quedava molt per fer-ho—, la ruptura amb l'Alba. No tenia ni idea de com gestionaria el dia a dia amb la Deba, i tenia tanta sensació d'irrealitat que gairebé vaig dubtar que hagués passat.

Pel que feia a l'Estíbaliz, vaig optar per no comentar-li res de moment i centrar-nos en el cas del vicerector en comptes de trencar-me si començava amb les confidències.

—Que malament que et tracta Venècia —em va comentar quan em va veure—. Estàs bé?

—Només necessito una bona migdiada —vaig mentir—. Massa quilòmetres per a un parell de dies.

—Mira, en Markel ja és aquí —em va avisar.

—En Kraken, suposo —em va dir ell a tall de salutació.

En Markel devia tenir uns trenta anys, tenia els cabells castanys i una barba tirant a vermellosa, fumava un cigarret electrònic, portava una jaqueta texana negra, una ronyonera, i tenia les cames una mica arquejades, cosa que li donava un aire molt peculiar quan el veies caminar.

—Em sap greu això del teu avi —li vaig dir, a mode de salutació.

—Era gran, però d'això a morir-se així... —Va mirar el mòbil i va fer una ullada a banda i banda abans d'obrir-nos el portal enreixat—. És que el meu pare ha dit que aquest matí passaria a buscar l'àvia, que avui no ha anat al centre de dia, és amb la dona que la cuida de vegades. Té demència —em va informar, com si jo no ho sabés—. Ja saps, a estones millor, a estones pitjor. I prefereixo que el meu pare no us vegi, no ha portat gaire bé això de l'autòpsia. No ho entenc, la veritat.

Vaig mirar l'Estíbaliz de reüll, pensant en el seu propi pare i el seu Alzheimer.

Li vaig picar l'ullet per infondre-li ànims i vam pujar amb ascensor fins a l'últim pis de l'edifici.

L'ampli pis havia estat senyorial als bons temps i, tot i que es notava que estava decorat amb molts diners, els mobles de fusta de noguera, les prestatgeries fetes a mida, tot feia una mena d'olor de diners vells. «Old money is scary», vaig recordar, no sé per què.

Ens va convidar a passar a la sala, des d'on es veia la terrassa amb una de les vistes més cobejades de Vitòria.

Vaig mirar al voltant, buscant la biblioteca.

—Puc passar al despatx del teu avi? —vaig preguntar.

—Ahir ja el van processar, es diu així? Però, és clar, podeu passar. Vaig a veure l'àvia, sempre és al balcó.

I va sortir a l'exterior, a una terrassa plena de geranis.

Vaig entrar al despatx amb l'Estíbaliz i em vaig acostar a les prestatgeries de la biblioteca. Volia comprovar si en Ricardo també havia estat un bibliòfil com en Casto Olivier, però tots els volums que vaig veure eren material tècnic, cap joia bibliogràfica per la qual morir.

El que sí que hi havia eren àlbums de fotos. Molts, i amb les tapes molt descolorides per l'exposició a la llum d'anys.

—Tens guants? —vaig demanar a l'Estíbaliz.

Des que no estava en actiu no en portava sempre al damunt, com ella. Me'n va allargar uns que m'anaven una mica petits, me'ls vaig posar i vaig començar a fullejar els àlbums.

Eren fotos de família, vaig passar les més antigues ràpidament, fins a arribar a les últimes dècades. Em vaig fer una idea que en Ricardo Ruiz de Azúa ja tenia uns pares ben situats, molt ben situats.

—Hem d'investigar el tema econòmic. El de l'avi, el fill i el net. Aquí hi ha molta tela —vaig dir a l'Estíbaliz.

Semblava que havia estat un home amb moltes aficions. Hi havia àlbums que donaven fe del seu amor per la cuina, amb dotzenes de fotos de sopars en el que semblava alguna societat gastronòmica. Molts homes amb davantal ensenyant a la càmera els seus bacallans *al pilpil*.

Per sort, la llista dels presents apareixia sempre al peu de foto, escrit a mà amb una cursiva elegant.

Vaig fer fotos de totes les imatges que vaig veure amb els noms i cognoms.

En canvi, un altre àlbum, d'aparença més familiar, deixava constància del seu gust per les excursions. Apareixia sempre amb un noi que se li assemblava moltíssim, vaig donar per fet que era en Ricardo fill, amb la barraca de la Hechicera al darrere, o a les coves de Mairuelegorreta, o al costat del que podria ser la balma d'Okina.

—Qualsevol diria que estàs buscant un tresor —va comentar l'Estíbaliz, mirant per sobre de la meva espatlla—. Veus res que el relacioni amb en Casto Olivier?

—No, ni rastre d'ell —vaig dir.

—Inspectors —es va escurar el coll en Markel—. Com va tot? Els presento la meva àvia, Asun. La Pilar se l'emporta al centre de dia, no vull que avui es quedi aquí sola.

La viuda del vicerector era una vella molt consumida, en una cadira de rodes, empesa per la cuidadora, una dona robusta i galtuda.

—L'acompanyem en el sentiment —vam murmurar alhora l'Estíbaliz i jo, però de seguida vam comprendre que l'Asunción no ens podia entendre. La seva demència semblava més avançada del que en Markel ens havia dit.

Tenia la mirada perduda i no donava mostres de ser conscient del que passava al seu voltant.

—Markel, me l'emporto, que s'altera si veu gent nova —va dir la Pilar amb veu dolça.

—És clar, aquesta tarda l'aniré a buscar jo, per si ha passat mal dia —li va contestar el net.

Després ens vam quedar tots tres, una mica sense saber com trencar el gel.

—No sé si heu mirat a la part baixa de la biblioteca, però el meu avi tenia una afició que a mi em resultava molt morbosa i no me'n va saber donar mai una explicació raonable. Podeu obrir aquí? —ens va assenyalar.

Vaig obrir les portes amb els guants i vaig treure unes quantes carpetes, d'aquestes de tapes dures de color blau lilós que es tornen molt lletges amb el temps. A dins les carpetes hi havia pàgines de diari. Però era sempre la mateixa secció: les necrològiques. Semblava que l'home recopilava sistemàticament cada dia de l'any totes les esqueles de la gent que es moria a Vitòria. Vaig obrir més portes i totes guardaven el mateix: carpetes amb esqueles.

—Doncs sí que és morbós. O no sé quina explicació donar a això, però... semblen uns quants anys.

Vaig començar a mirar les dates i vaig treure una foto de la primera carpeta: novembre del 1976.

Curiós, jo devia tenir uns tres mesos.

Vaig revisar la resta de les carpetes. L'última: maig del 1982.

Curiós, quan s'havia mort el meu pare.

Potser el tal Ricardo no havia deixat rastre de la seva relació amb en Casto Olivier, però era evident que havia controlat totes i cadascuna de les persones que havien mort a Vitòria des de mesos després que la meva mare em portés al món fins que el meu pare va morir en un atracament. El mateix atracament que ell afirmava, un dia abans de morir, que no havia causat la mort al meu pare de manera fortuïta.

Vaig obrir la carpeta del 1982 i vaig mirar l'última pàgina retallada del diari.

No havia vist mai l'esquela del meu pare. De fet, n'havien publicat dues. Una amb les dades de la família, i una altra, més general, vaig imaginar que encarregada per part d'amics, l'avi sempre m'havia dit que en tenia molts i era molt estimat.

«Els seus afligits pares. Els seus fills, Unai i Germán. La seva esposa, Marta Gómez, difunta», etc. Des de la petita foto, el meu pare, sempre jove, sempre rialler, reclamava respostes.

27

«*Fior di latte*»

ÍTACA

Venècia, maig del 1992

Els primers dies després d'haver-ho deixat, els passes en un estat d'eufòria permanent. Com si portessis un filtre davant dels ulls, Venècia et sembla més bonica que mai, els venecians més amables, els turistes més silenciosos.

Et desfàs de tot el que et recorda la pintura, excepte dels teus quadres dels Persèids. Durant un temps deixes de trucar a les Egèries.

Descobreixes que trigaràs unes quantes dècades a visitar tot el que et pot oferir Venècia, perquè cada dia descobreixes, en un *sestiere*, una petita botiga de guants de pell, d'aneguets de goma per a la banyera, de sabatetes de vellut anomenades *friulane*.

Venècia et bombardeja amb colors i bellesa, i t'hi passeges atordida i feliç.

Un dia, en un *campo* on només es reuneixen els venecians, hi veus una esquena coneguda. Està assegut en una *riva*, amb les cames penjant sobre el canal, despreocupat, assaborint un *gelato* blanc, sembla de *fior di latte*. No porta cap dels vestits que li confereixen tanta serietat.

Curiosa, t'hi acostes i t'asseus al seu costat.

Ell et mira, sorprès.

—Et feia a qualsevol país del món menys en aquest —comenta.

Quan es va acabar l'exposició, vas fer creure a la Pietra da Riva que n'havies d'organitzar més, vas preferir que no sabés que et quedaves a Venècia.

—Em penso que la ciutat no em deixa marxar —et confesses, sense saber ben bé a què es deu el rampell de sinceritat.

—Hi ha venecians per dret de naixement i hi ha venecians per dret de convenciment. S'enamoren de la ciutat i s'hi queden, saben que, després d'això, cap ciutat del món no els farà sentir el mateix. Ho notes, oi?

—Sí, és com una hipnosi. No vull sortir d'aquest laberint.

En Leone et mira, més aviat et desgasta amb la mirada.

—Això ho canvia tot —murmura per a si mateix.

—Com dius? —preguntes, sense entendre'l.

—Et puc ser franc? —et diu.

—Endavant —respons, però quan l'has vist d'esquena, has tornat a notar una puntada de peu a l'estómac, al cap de més de disset anys sense sentir res semblant per ningú.

—Ja no tenim cap vincle laboral i et feia viatjant eternament. Et volia haver trucat aquestes setmanes, però em semblava inapropiat. Mira, jo visc a Venècia i espero morir en aquesta ciutat, hi estic totalment encadenat. Que ara tu també hi siguis...

Per una vegada ets tu qui es llança. Li frenes la verborrea, que no porta enlloc, buscant-li una llengua que té gust de nata.

La boca d'en Leone t'acull i descobreixes que amb ell tot és fluid, sensual, gairebé artístic.

Fa l'amor molt a poc a poc, com si tingués la cadència del temps a les mans.

Amb ell tens el millor sexe que recordes, cremeu tots els racons de casa teva i us falta nit per recórrer-la.

És la primera vegada a la vida que sents que ho tens tot, i cada matí, quan et despertés amb en Leone a l'altra banda del llit, et preguntes, morta de por, pel preu que hauràs de pagar per tanta felicitat.

28

La fundació

Unai

3 de novembre de 2022, Vitòria

Al cap d'una hora em vaig presentar a la Fundación Sancho el Sabio, a la sortida de Vitòria.

En un antic convent de les carmelites atrapat dins d'un cub de vidre treballava la que havia estat la millor amiga de la infància de la meva mare, quan encara es deia Ítaca Expósito. La Goya dirigia una fundació encarregada de recopilar tota classe d'arxius, documents, mapes o manuscrits que tinguessin a veure amb la cultura basca.

El seu marit, l'Edmundo, era un llibreter de vell que havia estat una de les víctimes del cas del *Llibre Negre de les Hores*, i durant la investigació hi vaig haver de recórrer unes quantes vegades.

Vaig preguntar per ella a la recepció i em van dir que la trobaria a la planta baixa, de manera que vaig baixar per les escales fins a la sala emmoquetada on treballaven uns quants arxivers davant d'unes taules en què hi havia desplegats des d'insígnies de les quadrilles de bruses i *neskak* fins a revistes extintes sobre la vida quotidiana a Vitòria.

La vaig trobar, amb la bata blanca i els talons fins, capficada en un plec groguenc.

La Goya era morena, amb uns ullassos verds allargats i una faldilla de tub eterna. Quan em va veure, em va mirar amb sorpresa i es va acostar a fer-me una abraçada continguda.

—Unai! Quina alegria que em vinguis a veure —va dir, somrient—. Sé que et vaig prometre que ens veuríem més sovint, però he tingut un pic de feina, aquests mesos. Massa exposicions. Digue'm, què hi vens a fer, aquí?

Vaig mirar a un costat i a l'altre, no estàvem sols i jo necessitava fer-la parlar.

—Podem anar a algun lloc més privat?

La Goya va assentir, m'imagino que perquè va assumir que li preguntaria per la meva mare.

—És clar, passem a l'interior del dipòsit —em va dir.

Va obrir una porta que conduïa a un passadís ple de prestatgeries blanques de metall atapeïdes de documents i arxius, i va tancar darrere seu.

—Tinc un parell d'investigacions entre mans —vaig començar, sense perdre el temps—, o sigui que aniré al gra. El teu pare era amic d'en Ricardo Ruiz de Azúa, el que va ser vicerector del Campus d'Àlaba?

No s'esperava la pregunta, es va girar un moment, donant-me l'esquena, i va trigar uns segons a contestar.

—El meu pare... el meu pare va morir fa temps, no recordo gaire les seves amistats —va començar.

Vaig agafar el mòbil i li vaig ensenyar unes fotografies en què apareixia amb davantal i brandant una immensa cullera de fusta de boix, d'aquelles que encara tallava l'avi i mil avis més en petits tallers d'ebenisteria casolans.

—Era una pregunta retòrica, Goya. Apareixen en tres imatges a la Societat Gastronòmica La Florida. I, pel que transmeten les imatges, amb abraçades incloses, sempre es fotografiaven junts. Eren amics, es van reunir durant dècades.

—Pot ser, Unai. El meu pare era molt sociable i estava ficat en mil coses. El que em preocupa és que vinguis fins aquí per fer-me preguntes sobre aquesta amistat. Què ha passat?

—En Ricardo Ruiz de Azúa ha mort. I de mort no natural, hem obert una investigació. Mira, un dia abans de morir va fer que el seu net enregistrés aquest vídeo.

L'hi vaig ensenyar, i després la Goya em va demanar que l'hi deixés tornar a veure.

—Entens per què he vingut, oi? Al vídeo hi parla de don Casto Olivier i també de la mort del meu pare. Hi estableix una relació i, en principi, ningú no sabia que la meva mare i en Gael López de Ayala estiguessin junts. O poques persones, entre elles tu. I durant l'escorcoll de la biblioteca d'en Ricardo trobo fotos que em demostren que el teu pare i ell eren amics. Per això et prego que m'expliquis tot el que en recordis que em pugui ajudar a investigar el que li va passar al meu pare. Tu el vas conèixer, ets de les poques persones que em pot aportar una mica de llum d'aquella època.

—M'encantaria ajudar-te, Unai. Però no sé com ho podria fer, perquè jo no coneixia personalment en Ricardo. Et puc parlar de la família, això sí. Tenien bastants locals comercials a l'Ensanche i es dedicaven a gestionar-ne els lloguers. Ell va heretar una economia més que solvent. En el seu moment era una de les persones amb més patrimoni de Vitòria. També gestionava els terrenys d'alguns polígons industrials quan la ciutat es va expandir, als setanta, per Ali-Gobeo o per aquesta mateixa zona, a Betoño. Sé que ell era el propietari del terreny on van construir la fàbrica de naips d'en Casto Olivier i sé que eren molt bons amics i que tenien bona relació. I poca cosa més te'n puc explicar, d'ell i de la seva vida pública, com veus. Sé que va estudiar, que li va anar bé en el món acadèmic i que va arribar a vicerector. No sé què pot saber dels draps bruts de l'Olivier, tothom en va parlar malament quan va caure en desgràcia i tothom en va renegar quan va entrar a la presó. Però això ja ho saps.

—De debò que no me'n pots explicar res més? M'esperava alguna dada més personal o algun detall que m'ajudés a establir una connexió entre en Ricardo Ruiz de Azúa i la mort del meu pare.

—No era de la meva generació, Unai, ni del meu entorn, només del del meu pare. I els pares d'abans no parlaven amb les filles de la vida privada dels seus coneguts. No et puc ajudar més, de veritat. Miraré els papers del meu pare i els seus àlbums i, si trobo res, et trucaré. D'acord?

—Entesos —vaig assentir, i em vaig girar, disposat a abandonar el gèlid dipòsit, quan la pantalla del mòbil se'm va il·luminar amb la imatge d'una flamarada.

—Silvano? *Volevo farti una domanda sull'incendio nel palazzo*—. Li volia consultar un dubte sobre l'incendi al palau.

Havia demanat a la Mencía que parlés amb el germà bomber d'en Renzo.

Estava àvid de novetats, perquè a Vitòria totes les portes de la investigació del meu pare se'm tancaven, i necessitava, com un ionqui amb el mono, que algú em proporcionés alguna dada per avançar.

Em vaig acomiadar de la Goya amb un gest i vaig sortir del dipòsit mentre parlava amb en Silvano i li explicava l'existència d'una substància capaç de volatilitzar cossos sòlids en pocs segons.

L'Estíbaliz havia investigat, gràcies al seu contacte en el món dels espectacles de màgia, i tenia uns quants noms de l'esmunyedís compost químic.

En alguns llocs en deien *Fadeoff*, en altres ambients el coneixien com a *Vanish*.

—Què creus? Ho veus possible, Silvano? —li vaig preguntar quan vaig haver acabat l'exposició.

—Són sis cossos d'adults, d'uns setanta quilos de mitjana cadascun. Per molt que una substància pogués volatilitzar sòlids sense deixar-ne rastre... —va començar.

—En realitat parlem de volatilitzar un cos i de repetir el procés sis vegades —li vaig raonar.

—El problema del que m'has explicat és que aquests noms no donen cap pista de la seva composició química, i en el meu entorn professional no hem sentit mai a parlar de res semblant. Deixa que pregunti a companys d'altres ciutats. En tot cas, hem pres mostres dels materials tèxtils i de les superfícies inflamables, i l'accelerant per a l'incendi va ser gasolina vulgar i corrent. I l'anàlisi del laboratori no surt positiva per a cap altre compost químic. Jo descartaria aquesta opció.

—D'acord —em vaig rendir.

—Avui estem buscant cossos al perímetre submarí de l'illa, no ens entretindrà gaire, però de moment el resultat és negatiu —em va informar.

—Pot ser que se'ls emportés el corrent?

—Si els haguessin llançat amb algun llast, encara serien al llit de la llacuna, als voltants de l'illa, que no és gaire profunda, i no se n'haurien mogut. I si els van llançar sense cap pes, a hores d'ara ja haurien emergit per l'efecte dels gasos que intervenen en la putrefacció. I estem pentinant la zona amb llanxes, hauríem vist tots i cadascun dels sis cossos si hagués anat així.

—Entenc que no heu trobat res al Laberint de l'Hexàgon, ho hauríeu notificat a la inspectora Madariaga —li vaig dir.

—No, es va fer una primera batuda a les fosques, les hores posteriors, i no hi havia ningú entre la vegetació, ni viu ni mort. I vam repassar tot el laberint ahir, però sembla abandonat. Fa la impressió que no l'ha visitat ningú des de fa dècades.

—I tu en tens cap explicació? —el vaig sondejar.

—Cap ni una, però el meu pare tampoc no va trobar cap lògica al que va passar al mateix palau fa trenta anys, i jo no he volgut mai acabar com ell, obsessionat amb un cas i amargat. No em malinterpretis, si soc bomber és perquè m'agrada salvar vides i patrimoni, però no soc com en Renzo, o com la Mencía, tan obsessius i tan entestats a tancar tots els serrells dels casos. Per això no podria ser policia. Mira, hi ha vegades que tot el que podem fer humanament és apagar el foc i anar-nos-en a un altre lloc a apagar-ne un altre. El què, el perquè, el qui i el com són per a gent com vosaltres.

Em vaig acomiadar dels recepcionistes amb un gest i vaig sortir al jardí exterior de la fundació.

—A més —va prosseguir—, això és Venècia, si vius en aquesta ciutat prou temps t'adonaràs que som tan opacs com l'aigua dels canals. Moltes situacions es resolen entre la gent d'aquí, i les institucions hi sobren. Hi ha una mena de sistema paral·lel de desguàs, com quan arriba l'*acqua alta*. Hem après a buidar l'aigua estancada nosaltres sols en comptes d'esperar que vinguin els estaments oficials i ens salvin.

—Això estaria molt bé si no fos perquè, quan parles de desguassar, estàs parlant de sis persones, algunes de les quals són realment properes —el vaig interrompre—. I passen les hores i els dies i continuen desaparegudes i sense rastre.

—I per això el meu equip i jo fa quaranta-vuit hores que no dormim, i les que ens queden, no et confonguis. Només intento donar-te context —em va aclarir.

—I t'ho agraeixo, m'estimo més que siguis realista amb mi.

—Hi estic d'acord. I també vull que consti que agraeixo la teva ajuda. Un perfilador sempre dona una visió més panoràmica dels fets i et reconec que soc massa resolutiu per sortir de la visió tubular. Soc més de punters làser, em centro en un punt, apago la flama i no veig què hi ha al voltant. Et deixo, em reclamen a la llanxa —va dir, i va penjar.

Estava a punt de sortir del recinte de la gespa quan la veu de la Goya, darrere meu, em va sobresaltar.

—Estàs investigant l'incendi del palau de Venècia? —va preguntar, diria que pàl·lida.

—Quant fa que m'escoltes? —vaig voler saber.

—Està relacionat amb la teva mare?

—Sí, Goya —vaig dir, per acabar el cicle de preguntes sense resposta—. Està relacionat amb la meva mare. I si em pots ajudar, si ella contactés amb tu miraculosament, si us plau, fes-m'ho saber.

—No, no ho ha fet. No en sé res, per això t'ho pregunto a tu.

Em vaig girar, una mica cansat d'aquell laberint estèril de paraules del qual era tan difícil sortir.

—Mira, Goya. M'alegra haver-la trobat, fa uns mesos. M'alegra saber que tinc una mare viva, encara que ella no vulgui estar en contacte amb mi. Però el cost personal que estic pagant des que la tinc a la meva vida és altíssim, a tots els nivells —vaig respondre, sincerant-me per fi.

La Goya va assentir, com si m'entengués.

—És el que sol passar amb l'Ítaca. Malgrat que no vol involucrar a ningú, que vol protegir la gent que estima, els acaba portant la desgràcia.

—Per això us vau distanciar?

La Goya va dubtar un moment.

—Sí, va ser per això —va respondre per fi.

«Per què em menteixes?», la vaig voler increpar, però aquell matí la Goya estava hermètica i jo no podia parar el dia per ella.

29

El Pavelló dels Esperits

ÍTACA

Venècia, juliol del 1992

Un matí de juliol et despertes i sona el telèfon. És en Leone, el notes seriós i monosil·làbic, com si sospesés cadascuna de les seves paraules. Et proposa visitar el Pavelló dels Esperits, a Cannaregio. Diu que t'espera al jardí. T'explica que hi viu una comunitat de monges a qui ajuda i t'indica com has de trucar a la porteria perquè t'hi deixin entrar.

Hi vas, sense saber gaire quina classe de cita t'hi espera. És un palau que fa cantonada, des d'on s'albira l'illa de San Michele, el llegendari cementiri dels venecians. Recorres el jardí, frondós i ben cuidat, ple d'estàtues. En Leone t'espera al costat d'una d'elles, igualment estàtic. T'has acostumat al seu físic d'alabastre, però de vegades, quan es queda quiet, tens por que es converteixi en una figura de pedra o de sal.

—Coneixies aquest lloc i el que en diuen? —et pregunta, a tall de salutació.

—Fantasmes i murmuris, m'imagino —respons.

—Expliquen que és millor no acostar-s'hi, diuen que hi ha espectres que bramen i fan sorolls espantosos. Hi ha qui creu que són les ànimes dels que van morir aquí mateix quan aquest terreny era l'Ospedale della Misericordia i la pesta va segar la vida de la meitat dels venecians. Els portaven directament a San Michele. Però, saps? És tot una farsa, una història inventada perquè ningú s'acostés a aquest jardí. Diuen que això va ser un casino on jugaven homes de lletres i de les arts com Tintoretto i Veronese. També hi ha qui explica que aquí s'hi feien orgies, fins i tot que s'hi reunien sectes que invocaven el dimoni. Bajanades. Aquí mateix, al terra que trepitges, hi havia un taller de falsificadors de monedes. Van escampar tota mena de contes perquè ningú s'hi acostés i es descobrís la veritat —t'explica, però hi ha alguna cosa que ha canviat. Et gira l'esquena i mira la llacuna mentre parla.

—I aprecio que comparteixis amb mi el folklore de la teva ciutat, però no entenc què té a veure amb el teu disgust —li contestes.

—No estic disgustat —replica—. Estic desconcertat.

I es treu una vareta de fusta de l'interior de l'americana.

Per un moment no saps reaccionar. És el teu aguantabraç, una eina de treball. L'has fet servir des que eres petita per recolzar-hi la mà per garantir un pols ferm sobre la tela. Te'l va fabricar la germana Aquilina, no te n'has separat des de llavors.

—D'on l'has tret? —preguntes.

—És un *mahl stick*, com el que fan servir els falsificadors, oi?

30

La renúncia

Unai

Villaverde, 3 de novembre de 2022

Em vaig allunyar de la fundació en direcció a Villaverde, hi havia quedat a l'hora de dinar amb l'avi i amb en Germán, i al vespre volia veure la Deba.

Vaig aparcar a sota el balcó de casa l'avi i vaig xiular quan vaig pujar les escales, anunciant la meva arribada.

Tots dos m'esperaven amb la taula parada i ens vam asseure tots tres en silenci. L'avi havia fet mongeta seca amb bitxo i havia torrat pa de Bernedo a les brases de la vella cuina, de manera que vaig entrar ràpidament en calor.

—Vinga, fill —em va encalçar l'avi, quan em vaig haver acabat el plat de mongetes—. Que ens tens passant ànsia. Quines noves portes d'Itàlia?

—D'Itàlia, te'n puc explicar poques novetats. No apareixen els cossos, no sé si la mare era a l'incendi i no dona senyals de vida. De l'Alistair, em temo que no te'n puc dir res. No té el mòbil operatiu, i trigaran uns dies a rastrejar-ne els últims moviments. Fan tot el que poden, i hi estic en contacte permanent, però aquí hem tingut massa novetats per quedar-me a Venècia. Però abans, he de...

Havia arribat el moment de fer esclatar la bombolla. Fins llavors, no parlar-ne amb ningú, no verbalitzar-ho, m'havia ajudat a superar el dia.

Tenia por que, si ho deia en veu alta, tot cristal·litzés i es convertís en veritat.

Però el temps se'm tirava a sobre, volia veure la Deba a la tarda, necessitava passar una estona amb ella i assegurar-me que era real, que en quedava alguna cosa del que havia construït els últims anys. Almenys ella.

—L'Alba té símptomes de trastorn d'estrès posttraumàtic des que vaig tornar a investigar fa uns mesos, quan em va trucar Calibà —vaig començar, amb dubtes.

—Fill, o em parles en cristià, o no sé què dius que té, l'Alba. Està bé? —em va interrompre l'avi, sense gaire paciència per als meus circumloquis.

—Recordes quan vau tornar de la guerra, que molts reclutes es van tornar violents, d'altres bevien...?

—Tots tocats, sí —va resumir.

—Em refereixo a això. Vau tornar traumatitzats, i molts van desenvolupar símptomes com ara atacs d'ansietat, malsons, depressions, addiccions... Durant la Primera Guerra Mundial, a Europa en deien «el mal del soldat», avui se'n diu trastorn d'estrès posttraumàtic.

—Bogeria de trinxera —va dir ell—. Haver començat per aquí.

—L'Alba va a teràpia des de fa mesos. A una teràpia específica, però jo he tornat de Venècia i està pitjor. Vull dir que, mentre jo continuï ficat en aquesta vida, ella no es recuperarà. I ha trencat amb mi. I ho entenc. Ara necessito que m'ajudeu amb la Deba.

—Fill, amb la Deba i amb el que sigui —va dir l'avi, posant-me la mà immensa damunt l'espatlla—. Jo encara soc el seu besavi.

En Germán va guardar silenci mentre s'acabava els filets.

A desgrat meu, els últims anys havia canviat, s'havia tornat una mica més taciturn.

Les seves dues últimes nòvies havien acabat mortes, implicades en casos en què jo havia intervingut.

Des de llavors s'havia tornat cèlibe i agàmic, i semblava molt satisfet amb la seva vida, però cada vegada que el veia bolcant-se amb la Deba em preguntava si, dins seu, no em considerava culpable de la seva renúncia voluntària a tenir parella i fills.

—No en dubta ningú, però és veritat que algunes rutines canviaran. De moment, l'Alba s'estima més no veure'm físicament, i per això us demano que ens ajudeu a anar-la a buscar a Laguardia i a portar-me-la perquè ella es pugui recuperar.

—No ho has ni de demanar —em va dir en Germán—. I sé que et farà mal, però era una cosa que ens esperàvem, tard o d'hora.

—Com que us ho esperàveu? —vaig dir, sorprès.

Es van creuar una mirada ràpida, com si n'haguessin parlat centenars de vegades.

—Doncs perquè ja des d'abans que et posessis a buscar la teva mare, a l'Alba i a tu se us veia com una parella molt forçada, morta. I disculpa l'expressió en aquest context —em va explicar el meu germà.

—Això és el que es veia des de fora?

—Es veia des de prop, fill —va intervenir l'avi—. Jo estimo molt l'Alba, i continuarà sent de la família i li continuaré enviant pots de pomes cuites tota la vida, però em sabia greu per tots dos.

—Unai, és que no heu tingut mai una relació normal, potser perquè no teniu ni idea del que són unes circumstàncies normals, però us vau enrotllar quan ella era la teva cap, enmig d'un cas, vau tenir la Deba enmig d'un altre i així l'una darrere l'altra, perquè sempre heu estat en mode de supervivència. Potser et penses que totes les vides són així, però creu-me, no ho són gens. La gent va al cementiri una o dues vegades per dècada. Tu hi vas cada any a enterrar algú. Entenc que l'Alba hagi dit que prou.

No vaig dir res, mentre intentava pair l'àpat, que se m'havia entravessat, i les paraules de la meva família, que també.

—Com estàs? —em va preguntar en Germán, al cap d'una bona estona de silenci incòmode—. Per això de l'Alba.

—Necessito processar la ruptura, i soc conscient que estar entre dues investigacions no és ni el moment ni el lloc. Si et soc sincer, si m'aturo, hi penso. I si hi penso, em fa massa mal. Em fa mal per la parella i també per la família que estàvem creant. Em pensava que era definitiva.

—T'hauràs de crear noves rutines sense ella, jo ho vaig haver de fer quan va passar allò de la Martina, tot i que no és el mateix. Però tu vius a Vitòria, ella viu a Laguardia, feies mans i mànigues per cuidar la Deba i l'avi aquí, a Villaverde.

—Però si jo no necessito que em cuidi cap net! —va protestar l'avi.

—Ho sé, avi, ho sé —el va calmar—. Era perquè s'adonés del que els altres veiem tan clar. I disculpa, Unai, però això de treballar a Arkaute sempre ens ha semblat una solució de compromís que no he cregut mai que t'hagi fet gaire feliç, la veritat.

—Doncs jo hauria continuat lluitant per aquella vida —em vaig entestar.

—Doncs de vegades cal deixar-ho d'intentar, de veritat. Renuncia-hi. No t'imagines la llibertat que dona la renúncia —va contestar el meu germà.

—Des de quan t'has tornat tan savi?

—Si per un maleït moment paressis de córrer, t'adonaries que t'està passant la vida mentre tu jugues a l'etern joc de pistes —em va dir en Germán.

31
Tintoretto
Ítaca

Venècia, juliol del 1992

—Leone, d'on l'has tret?

—L'altre dia, després de fer l'amor a la catifa de la sala, em vaig quedar estirat mentre et dutxaves. Vaig girar el cap i el vaig veure, era a sota el sofà.

Maleïdes presses. L'endemà del tancament de l'exposició de Millet vas desmuntar tot el taller i et vas desfer de cavallets, espàtules, pinzells i paletes. Ni tan sols et vas adonar que havies perdut l'aguantabraç.

—Quan et vaig preguntar per les petites teles dels Persèids que tens per tota la casa em vas dir que els havies anat comprant a artistes de carrer d'arreu del món. Et vaig preguntar si pintaves, te'n recordes?

—Sí, me'n recordo.

—Em vas dir que no, però alguns racons de casa teva sempre feien olor d'aiguarràs. Vaig preferir creure en tu, em vaig dir que no tenies cap motiu per mentir-me.

—I estàs enfadat per un aguantabraç? —preguntes, i l'hi prens de les mans i el recuperes.

En Leone es gira, amb les mans a les butxaques.

—He fet preguntes, amb discreció, sense que ho sabés la meva mare, a alguns vells amics col·leccionistes que van reaccionar amb una certa sorpresa durant l'exposició de Dalí quan pronunciava el teu nom.

De manera que t'ha investigat. Almenys no ha sabut dissimular. Feia tres dies que t'evitava amb excuses laborals.

—Què has esbrinat?

—Que hi va haver una altra Jimena Garay, era falsificadora de llibres antics. Després va desaparèixer, hi ha qui diu que es va fer monja en un convent del nord d'Espanya. És una història estranya.

Per què hauries de continuar amb la mentida? Val més que diguis alguna cosa.

—Va ser la meva mentora —el talles.

—Com et dius de veritat?

—Ítaca.

—Com el destí d'Ulisses?

—Exacte.

—Què més? I de cognom?

—Només Ítaca, no tinc cognom.

—Com que no? Bé has de tenir pares.

—No, no n'he tingut mai.

En Leone et mira com si fos la primera vegada que et veiés.

—Però, i la teva infància?

—La meva infància? Em parles de Tintoretto i jo als nou anys feia exhibicions per tot Itàlia imitant-ne el *Sant Marc alliberant l'esclau*.

—Això és impossible —sentencia.

—L'impossible era pintar-lo en una setmana, amb públic a l'esquena que pagava milers de lires que no vaig veure mai. L'impossible era pintar durant vuit hores diàries, dreta, amb un rellotge de sorra que la directora de l'escola girava cada vegada que passava una hora. Sí, Leone. Era impossible, però ho havia de fer i ho feia.

—Si podies imitar Tintoretto als nou anys, pots falsificar un Dalí i un Millet.

—No ho dubtis.

Ens quedem cara a cara, mesurant-nos la mirada.

—Ho has fet?

—En saps la resposta.

—Vull que surti de tu.

—Saps que sí. —Li confirmes el que ja sap des de fa dies.

Es tapa la boca amb la mà.

—Explica-m'ho tot —diu finalment.

Li parles de la Veracruz, de com les monges et van trobar a la porta de l'escola, de la germana Aquilina i de la infància de nena prodigi explotada imitant tots els mestres de la pintura que et posaven al davant. Li parles de la teva etapa com a falsificadora de llibres antics, de la fugida a Madrid i a la Costa Est. Li parles de les Egèries i de com et van acollir, però evites dir noms i citar el cercle, et limites a explicar-li que són sòcies teves. No trenques la tercera llei de les Egèries: «Una Egèria sempre nega que ho és».

—Aquest era l'últim encàrrec —li acabes dient—. Em vaig plantar. Ho he deixat. M'han permès continuar amb la meva vida, o més aviat començar-ne una de nova, a canvi de les vuit teles del Guggenheim.

—Llavors, ho has deixat? —vol saber.

—Sí, per això vaig llençar tot el material del taller, per això has trobat l'aguantabraç sota el sofà. Fa mesos que no el trobo a faltar.

—Estàs fitxada per la policia?

—No. L'única topada que he tingut amb les forces de seguretat va ser fa uns mesos.

Li expliques l'estranya visita de l'inspector de policia local.

—Puc esbrinar què hi havia al darrere —diu—. Res més?

—No, sempre he estat indetectable —li assegures.

—I no et fan por els col·leccionistes amb qui treballes? No et fa por tractar amb gent sense moral, amb delinqüents, encara que siguin de coll blanc?

—Són indistingibles —li vaig contestar—, de tu, de mi, de la teva mare. No sabries dir quants dels que eren a l'exposició van estafar el museu, i hi treballeu de tota la vida. No els distingiries. D'on jo vinc, a totes les ciutats, Vitòria, Nova York, Edimburg, Londres... No hi ha diferència, tots i totes són gent il·lustre, benefactors, pilars de la societat, com tu.

—A mi no m'hi fiquis.

—Tens raó. Tu ets diferent, una *rara avis*, per la teva integritat. No volia saber res de la Pietra da Riva i del seu món quan em vaig retirar, em volia allunyar del microunivers de l'art. Però vas arribar tu... i ha passat tot això entre nosaltres. No crec que tinguem futur. He estat una falsificadora fins fa dos dies. Tu tens uns valors que no crec que et permetin mirar-me a la cara. Què faràs, em delataràs, parlaràs amb la teva mare? —vols saber.

—La meva mare no se'n pot assabentar, et mataria —contesta, descartant la idea.

—Espero que sigui una manera de parlar.

—Vull dir que és capaç de matar per la seva reputació.

—Continuo esperant que sigui una forma hiperbòlica de parlar.

Que en Leone no respongui et deixa intranquil·la.

—Jimen... Ítaca, jo vull estar amb tu, però no podria continuar amb algú que delinqueix. Puc mirar només el present i el futur, però necessito saber que no tornaràs a falsificar res.

—A mi també m'encanta el que tenim, i no he deixat de delinquir per tu, ho he fet perquè no era jo, ho he fet perquè la meva vida és aquesta. Només han passat uns mesos, però em sembla que aquella vida era d'una altra persona, no la meva. Em continuaré dedicant a l'art, és el que sé fer i el que em fa feliç, però prefereixo fer fotos de bústies que em piquen l'ullet i ser jo qui, una vegada per totes, faci art per mi mateixa.

En Leone s'acosta, una mica vacil·lant. Tu també dubtes. No tens clar que la vostra relació sobrevisqui, saps que odia tot el que representes, o tot el que has representat fins ara.

Però passen els mesos i s'imposa el dia a dia, i la nova vida s'omple de passejos, tertúlies i confidències. Acaba l'estiu i la calor gronxa la vostra història fins a aconseguir que oblidis que un dia et feies dir Jimena Garay.

32

El Cantón de la Soledad

UNAI

Villaverde, 3 de novembre de 2022

—Doncs em temo que la renúncia ha d'esperar —em vaig obligar a dir al meu germà—. Has localitzat el nom que et vaig demanar?

—Sí, Unai. He estat al Registre de la Propietat aquest matí i he seguit el rastre de l'antic propietari del local de la llibreria del pare.

—Fill, ja hi tornem a ser? —va dir l'avi.

—Anem a la cuina vella, que aquí fa fred. Us he d'ensenyar un vídeo.

Entre tots tres vam desparar la taula i vam anar a la sala on, de petits, una llar de foc de feia dècades ens havia escalfat a l'hivern.

Els vaig ensenyar en Ricardo Ruiz de Azúa parlant del «vell Olivier» i de la mort del nostre pare.

Tots dos es van quedar en silenci; l'avi es va aixecar i es va acostar al balconet per mirant cap a la serra des de la finestra.

—O sigui que has tornat de Venècia per això —va dir en Germán.

—L'home va demanar al seu net que el filmés, deia que havia d'explicar una cosa dolenta que havia fet, que se sentia culpable, i es volia descarregar la consciència abans de morir. I va morir, aquella mateixa nit. No sabem si es va suïcidar o si el van assassinar, però no va ser de mort natural. L'Estíbaliz és qui porta la investigació.

L'avi es va girar.

—I per què no pareu de remenar? —va dir, amb una barreja de súplica i de cansament.

—Ja has sentit el que diu aquest home. No parla d'un atracament, diu que sap per què van matar el teu fill. No ho vols saber?

—Sí, Unai. Vull saber per què una persona malvada se'l va emportar, sempre que no se t'emporti un altre malvat a tu també.

—I tu, Germán? Em faràs costat amb això?

—Ja te'n faig, m'he posat en contacte amb la filla del propietari de la botiga del pare, hem quedat d'aquí a una hora al Cantón. T'acompanyo. Tu no pararàs, prefereixo acompanyar-te que quedar-me sense saber-ne res. I vull veure el local de la llibreria, tota la vida que em pregunto on treballava el pare. És una part de la meva infància que no sé qui em va robar. No en tinc records, no sé res de la seva identitat, jo també necessito respostes.

L'avi ens va mirar com quan érem dos adolescents rebels i no l'obeíem amb l'hora de tornar a la nit de la revetlla d'Urturi.

—Unai, fill. Tu creus que avui estàs preparat per anar al local del teu pare, amb el que ha passat amb l'Alba? Ja en tens prou amb el que tens.

—Necessito que vagis a buscar la Deba a Laguardia i me la portis. Ens veiem aquí a última hora de la tarda, et sembla bé? —vaig dir.

Al cap de poc més d'una hora, en Germán i jo pujàvem pels esglaons del Cantón de la Soledad, a l'Ametlla Medieval, en paral·lel a les rampes mecàniques que l'ajuntament havia habilitat feia anys per a horror d'alguns i alleujament de la població envellida del Barri Vell, atrapada entre pendents de desnivell impossible i cansada de caigudes i malucs trencats els dies de pluja i tempesta.

Vam arribar al costat del Caño de los Tejos, on ens esperava una noia de cabellera arrissadíssima i un xal de mil colors i penjolls.

—Naroa, soc en Germán —es va avançar el meu germà—. Hem parlat aquest matí. Gràcies per haver vingut tan aviat.

M'hi vaig acostar per presentar-me i la Naroa se'm va quedar mirant.

—Tu ets en Kraken, oi?

En Germán va serrar els llavis i va mirar a terra.

—Digue'm Unai. Això és per un tema privat, podries no comentar-ho a ningú, si us plau? —li vaig demanar mentre li allargava la mà.

—Sí, no et preocupis, no soc tafanera —va dir ella—. Feia temps que no venia a controlar el local. Ho hauria de fer cada vegada que plou, per si s'hi filtra res, però la veritat és que el tinc molt abandonat. Passeu.

Va aixecar una persiana grisa una mica rovellada, que va grinyolar força, i va encendre una sola bombeta que, al centre del local, amb prou feines feia llum.

—Està com el va deixar l'últim inquilí, el teu pare, pel que m'has dit —li va dir a en Germán—. Jo era molt petita quan això era una llibreria, o sigui que no en tinc gaires records. El cas és que no s'ha tornat a llogar mai. L'*aita* em va explicar que, bé, que aquí va aparèixer mort, i que com que era un local molt conegut i sembla que va ser un atracament, ningú no es va atrevir a obrir-hi cap negoci. Total, que es va avorrir de posar-hi el cartell de «Es lloga» i que no truqués ningú, i va renunciar a tornar-lo a llogar. Me'l va deixar a mi, però jo no vull estar pendent de llogaters ni de problemes, prefereixo no fer-hi res. I en aquest estat, la veritat, no crec que s'hi posi ningú, hi caldria una bona reforma.

La noia xerrava i xerrava, però jo estava fent un viatge en el temps que no havia sospitat que faria quan havia entrat al local.

—El taulell —em vaig dir a mi mateix, oblidant-me que no estava sol.

Hi havia un taulell de fusta de noguera, i al darrere, les prestatgeries. Buides. L'avi i l'àvia es van haver d'encarregar de buidar aquestes prestatgeries de llibres antics? On van anar a parar, aquells llibres? Els devien haver enviat a l'Alistair?

Em sorgien moltes preguntes concretes en veure tot allò. El terra de fusta, desgastat, amb les llates encaixades en forma d'espiga. Per què no me n'havia recordat i, ara, en veure'l, em semblava obvi que aquell terra sempre hagués estat així?

—Aquí hi havia la caixa registradora —vaig dir en veu alta.

M'hi vaig acostar i, abans de fer-ho, ja sabia el que m'hi trobaria: el calaix sota la caixa registradora on m'amagava quan venien clients i el meu pare feia veure, en un joc entre ell i jo, que estava sol.

I es posava seriós, però jo li estirava el camal dels pantalons i ell es desempallegava de mi, i jo treia una mica el cap i ell assentia seriós davant del client i, quan el client no mirava, em feia ganyotes que només vèiem ell i jo.

Repetíem el joc cada tarda, quan em venia a buscar a l'escola i em portava un estona amb ell. Em va semblar recordar que de vegades pintava allà i que el pare em llegia un conte. Quin conte era?

Em vaig ajupir, ja no cabia al forat del taulell, però la

Deba sí que hauria cabut. Vaig tocar la fusta per dins, com l'havia tocat mil vegades feia mil anys, quan m'hi amagava.

—Veig que et porta records —em va dir en Germán quan es va acostar.

La Naroa se n'havia anat del local, potser per respecte als meus records, i ens esperava a fora, al carreró.

—Més dels que em pensava. Era molt petit, i no recordava res de la llibreria, però ara que soc aquí... Diria que m'hi passava cada tarda. Està desolada. Pot ser que encara faci l'olor del pare o només és la fusta?

—Jo sento olor de fusta, de local tancat i de pols, però diuen que l'olfacte és el sentit de la memòria i, si el local es va tancar després que ell hi morís, té sentit que la seva olor hi estigui encapsulada.

Vaig tornar a Villaverde quan ja es feia de nit. L'avi jugava amb la Deba, li estava ensenyant a llançar les tabes, uns ossos de be que feia segles que voltaven per la casa.

Me la vaig menjar a petons i, per unes hores, fins que es va adormir al seu llit, a l'habitació del costat de la meva, em vaig imaginar que no havia canviat res.

Només per enganyar el dolor una mica.

Per retardar-lo.

Uns dies.

Una mica més, abans d'abandonar-m'hi del tot.

Aquella nit vaig tenir un somni molt maco.

Després d'aquells dies tan negres, des de la *Gau Beltza*, encara que fos durant unes hores i en la meva vida onírica, poder estar a la falda del pare va ser un descans.

Vaig notar com parava de llegir un llibre, *La venedora de llumins*, i m'abraçava com si tingués por de perdre'm. Com de vegades, quan llegia que la nena se n'anava amb l'àvia cap a la llum i la calor, se li enterbolia la veu i havia de parar de llegir.

Va ser un somni nítid, dels que recordes quan et despertes, durant l'entreson. Un regal que li vaig agrair.

Vaig somiar que el pare tornava. Tenia acne, o marques d'acne, els cabells negres com els meus, una mica rinxolats, era desmanegat, com si no estigués fet del tot, com si no hagués sortit de l'adolescència. Seia al terra de fusta de la llibreria.

Aquell terra espigat que aquella tarda havia tornat a trepitjar.

Em vaig despertar abans de l'alba, amb una clara consciència del que havia somiat, i procurant no fer soroll amb les portes, vaig pujar les escales del pis de dalt. L'avi, a la seva habitació, roncava tan fort que no l'haurien despertat ni les campanes de l'església de Sant Andreu.

A l'altell, la tercera planta del vell casalot de l'avi, dotzenes de caixes de cartró s'esperaven amuntegades al costat de rodes de bicicletes Torrot sense arreglar i la màquina de cosir Singer de l'àvia.

Però jo buscava una caixa en concret. La caixa de «Material escolar» que l'avi va desar quan vaig acabar l'EGB.

M'hi vaig llançar quan la vaig localitzar. Vaig treure'n els llibres de Barquero i de Sendera i, quan el vaig veure, el vaig agafar entre les mans i em vaig adonar que tremolava, però no era de fred.

El conte il·lustrat de *La venedora de llumins*, d'Andersen.

«Merda», vaig pensar. «No és un somni, és un record».

33

Harper

Ítaca

Venècia, octubre del 1992

Una nit, pels volts de les tres de la matinada, reps una trucada. És la Harper, et diu entre sanglots, gairebé no la reconeixes. La Harper és la més centrada de totes vosaltres, de gestos mesurats i educació enfocada en la contenció. Sempre t'ha recordat una musa prerafaelita de mandíbula quadrada, llavis fins, monyo baix i vestits tan eteris com ella.

—Què passa? —respons, i t'abrigues amb una bata.

En Leone s'ha quedat a dormir, era un dia important, il·lusionant per a tots dos. Apareix per la porta de la sala, endormiscat, amb cara de «*cosa succede?*».

—L'Alan, i els nens... —aconsegueix dir la teva germana, però continua plorant.

—La teva família? Què, Harper? Què els ha passat? —T'estàs espantant, semblava que a la Harper no li hagués de passar mai cap desgràcia. Té una d'aquelles vides verges d'infortunis.

—Tornaven a casa d'una recepció, la policia diu que el cotxe ha sortit de la carretera en un revolt. No m'ho crec, l'Alan és molt prudent al volant, i més si condueix amb els seus fills al cotxe.

—La policia? Però estan bé?

—S'ha mort, l'Alan s'ha mort.

No saps què respondre, no saps com reaccionar. Per instint, t'agafes la panxa, en un gest que pretén donar-te una mica de calma.

En Leone et pregunta amb la mirada, no sap si acostar-se o mantenir-se allunyat de la trucada.

—I els teus fills?

—Tots dos estan contusionats, però sortiran d'aquí a poques hores. Soc a l'hospital amb ells.

Fas càlculs mentals, podries anar i tornar en la mateixa setmana.

—D'acord, agafaré un avió. Espero arribar al funeral.

—No! —et frena, i t'estranya.

T'estranya molt. Saps que elles et consolarien si perdessis el marit.

—No et volien trucar, però ho has de saber —diu finalment.

Sembla una mica més calmada, com si pensar en altres temes li retornés la força.

Recordes la Harper, sempre en el seu paper, controlada, amb els seus números i els seus negocis. És la més intel·lectual de totes, la que sempre mira més lluny, la que no perd mai el nord.

—La setmana passada va morir la mare de la Kora —et diu finalment—. Ella estava destrossada, la va enterrar divendres, es van estimar més no avisar-te perquè sabien que t'entestaries a venir.

—Ha mort la Stella? —repeteixes, sense poder-t'ho creure. Et pensaves que viuria per sempre.

La Kora vivia amb la seva mare, sempre havien estat elles dues. Tenia poc més de seixanta anys, la Stella era una dona viva i molt intel·ligent.

Va fer una mica el paper de tia amb tu. Li encantava convidar-te a totes les exposicions a les petites sales de l'Upper East Side.

—M'hauríeu d'haver avisat, em mereixia saber que la Stella ha mort, no em perdonaré no haver anat al funeral —li retreus.

—Ho sé, vam votar totes i va sortir que era millor no avisar-te, però jo vaig votar perquè et truquéssim. Sé que li tenies molt d'afecte.

En Leone observa l'escena, preocupat, des del marc de la porta. El món de les teves germanes s'està ensorrant i tu ets a set mil quilòmetres.

—Com ha mort, la Stella? —vols saber—. Estava bé quan ens vam acomiadar. Estava malalta i la Kora m'ho va amagar?

—No, no estava malalta. Va caure per les escales, la Kora la va trobar morta quan va arribar a casa. —A l'altre costat de la línia, la Harper exhala un sospir llarguíssim, com si estigués prenent una decisió—. N'hi ha més. Sé que no hi estan d'acord, però tens raó, et mereixes saber-ho.

—Què més, Harper?

—Fa dues setmanes, la Madison va perdre el germà.

La Madison i en Matthew, els inseparables, sempre bromistes. Sempre al costat lluminós de la vida.

—Què li va passar a en Matthew, es va ficar en algun embolic, una borratxera?

—Una nit de festa que va acabar malament, dues ganivetades a l'estómac. Es va dessagnar, el van trobar els escombriaires en un carreró. Li van fer l'autòpsia. Ningú no va veure res. No hi ha testimonis. Li van robar la cartera i el rellotge. Totes pensem que va ser un atracament, que va tenir mala sort.

—O sigui que aquestes dues setmanes heu anat a dos enterraments i cap de vosaltres m'ha trucat... Harper, si us plau, deixa que t'ajudi, deixa que vingui, que et faci costat.

—No, si us plau, aquí ja tinc ajuda. Ara mateix m'he de quedar a l'hospital amb els meus fills, però en sortiran d'aquí a unes hores i demà m'he d'encarregar d'avisar la família i d'organitzar les exèquies. Ara no vull haver d'assumir una guerra entre nosaltres. T'estic trucant d'amagat de les altres, en contra d'una decisió que hem votat. És només que... se m'ha fet impossible deixar-te al marge de la mort de l'Alan. Sé que no m'ho perdonaries si no t'hagués trucat.

«Deixa que t'ajudi, deixa que et faci costat», vols insistir, però desisteixes.

—Harper, no m'has trucat només per això, oi? —la sondeges, amb compte. Tu també has après a veure-hi més enllà del curt termini.

—Han estat tres morts en tres setmanes seguides. La persona que més s'estimava la Madison, la persona que més s'estimava la Kora, la persona que més m'estimava jo... Han estat accidents, accidents explicables, però... quines possibilitats hi ha estadísticament? Com a comptable, no puc deixar de pensar que el que està passant és més que improbable.

—Em truques per advertir-me?

—Hi ha algú a Venècia a qui tinguis gaire afecte?

Et gires, pàl·lida. Mires en Leone entre la llum que entra dels fanals del canal i la foscor que regna a la sala.

—Estic començant a sentir que aquesta ciutat és casa meva —contestes vagament.

No els has parlat d'en Leone, no els has dit que tens una relació clandestina amb el fill de la dona a qui heu estafat.

—En tot cas, si algú ens persegueix a totes sis, ho sabrem la setmana vinent —diu, i sona com una sentència de mort.

—Com estan la Charlotte i l'Ava?

—Aterrides.

—Jo ho hauria d'estar?

—Tu no, però si has agafat afecte a algú, aquest algú hauria d'anar amb compte.

34
Lakua
Unai

Villaverde, 4 de novembre de 2022

Al matí, després de deixar la Deba a classe, vaig agafar el cotxe i vaig conduir de Laguardia a Vitòria, concentrat en els revolts de la carretera.

Quan vaig arribar a Vitòria, abans d'entrar a la comissaria de Lakua, el meu antic despatx, em vaig quedar en un banc de l'avinguda i vaig trucar a la Mencía.

—Saps alguna cosa de la meva mare? —li vaig preguntar, pel broc gros.

—Continuo insistint i ella segueix sense donar senyals de vida —va dir, abatuda—. Ja en fa molts dies, d'això, ha d'estar relacionat, Unai. No ho havia fet mai.

—Teniu cap novetat? Jo vaig parlar ahir amb en Silvano i no sembla que la teoria del compost volatilitzador l'emocioni gaire. També em va dir que, de moment, no han trobat res a l'aigua.

—No els trobaran, han suspès la recerca a la llacuna, era una àrea no gaire extensa i van acabar ahir a la tarda. I endevina el què —va prosseguir—: en Renzo ha estat remenant a l'arxiu de la comissaria, on tenen els casos de fa més de quaranta anys, i el del sèxtuple suïcidi no hi és. No hi ha expedient! I no està digitalitzat.

—No va dir que l'hi demanaria al seu pare?

—Diu que ho ha fet després de comprovar que no hi havia res a l'arxiu, i l'home li ha assegurat que no va guardar cap còpia de l'expedient.

—Doncs tractant-se d'algú que es va obsessionar amb el cas, és estrany —vaig dir—. Jo ho hauria guardat.

«En alguna caixa a les golfes de Villaverde, per exemple», però em vaig estimar més callar.

—El que sí que té en Renzo, com et vaig comentar, són les gravacions de l'única càmera de l'illa, que està enfocada cap a l'embarcador, a les hores prèvies a l'incendi.

—Ara vaig al despatx de la inspectora Ruiz de Gauna, a la comissaria de Lakua. Podries enviar-me aquestes gravacions?

«És que m'encantaria veure la meva mare, si és que és ella, viva», volia dir-li.

—Ja has vist que en Renzo és col·laborador. Suposo que no hi haurà cap problema —va contestar.

—Doncs llavors m'agradaria demanar-li també les de les vint-i-quatre hores posteriors a l'incendi —li vaig sol·licitar.

—Sé que les han visionat mil vegades i que no hi han trobat cap moviment. Jo hi he estat aquest matí i tampoc no m'ha semblat que hi hagués absolutament res a gratar. No hi ha llanxes entrant ni sortint de l'illa, només s'hi veu l'arribada dels bombers, ja amb l'incendi començat, i quan hi arriba l'equip d'en Renzo, el dels tècnics, quan vaig arribar jo, quan t'hi van portar a tu...

—Et crec. En tot cas, si me les pot enviar aquí també, millor, sis ulls veuen més que quatre —li vaig demanar.

—Doncs llavors passem al tema següent: la fugida de Calibà —em va dir.

—Aquesta nit t'he redactat un informe i te l'envio ara mateix.

—Digue'm en tot cas el que et sembla, els de Meco m'ho han reclamat, s'estan posant nerviosos —va insistir.

—És per estar-ho. Temo que tots els que el vam ficar entre reixes estem en perill. Potser jo no tant, almenys ara, a Vitòria, però em sembla que tu sí que ho estàs a Venècia, i molt em penso que els que van anar al *palazzo* també.

—T'ho va dir el pres ombra?

—Sí, em va parlar de l'obsessió que té per nosaltres i que, per descomptat, el motiu de la fugida no és estar en llibertat i desaparèixer del mapa.

—Tens cap idea de com n'ha pogut sortir?

—Que parlin amb el perruquer del penal i que t'enviïn les fotos dels nous. Demana que facin una simulació de l'aspecte de Calibà sense barba i amb els pentinats dels funcionaris d'Alcalà Meco que s'hi acaben d'incorporar. Per sort, gairebé tots eren paios joves que porten degradats, cabells rapats al clatell i un gran tupè, pentinats molt semblants.

—Em pots dibuixar un mapa, que m'he perdut? —va dir.

—Calibà es va tallar els cabells i es va afaitar la mateixa tarda que va fugir. Ningú sap quina cara fa sense aquella barba tan atapeïda que duia, que li tapava mitja cara i li amagava els trets. No tenim ni idea de com és el seu rostre net i polit. Respecte al pentinat, va imitar el que porten els nous funcionaris de presó que estan prenent possessió de les seves places des de la setmana passada. Va subornar un dels nous, va aconseguir el seu uniforme i la seva acreditació. Va sortir aquella tarda, a última hora, com si hagués acabat el torn. A l'entrada no el van reconèixer com a Calibà, però encara no s'ha aclarit res amb el personal que s'acaba d'incorporar —vaig resumir—. I també m'agradaria que demanessis una altra simulació amb muntures de pasta gruixuda i de color blau.

—Això... no són bones notícies per a ningú —va dir la Mencía.

—Ni t'ho imagines. Saps per què? —li vaig demanar.

—No sé si ho vull saber.

—Perquè ara és com la boira: no tenim ni idea de quina cara fa.

35

Queda la nit

ÍTACA

Venècia, octubre del 1992

Penges, et quedes uns segons mirant l'auricular, i desitges que sigui un malson i la claror del sol vingui a dir-te que no és veritat.

En comptes de sol és en Leone qui s'acosta amb prudència.

—Què has sentit? —preguntes, sense girar-te.

—Massa enterraments, a parer meu. Què està passant?

—Tres de les meves sòcies... —comences.

—Les has anomenat germanes —remarca.

—Tres d'elles han perdut els seus éssers més estimats en aquestes tres últimes setmanes.

—M'ho hauràs d'explicar perquè ho entengui.

Li parles de l'accident de cotxe, de l'atracament, de la caiguda. No vols donar-li noms, però comprèn que estàs parlant de persones que t'importaven.

—A Amèrica, la gent es mor a aquest ritme? —pregunta.

—Ningú es mor a aquest ritme, excepte en una guerra —dius en veu alta.

Esteu en una guerra?, t'ho planteges per primera vegada. Algú us ha declarat la guerra, l'enemic ronda al vostre voltant i està començant per les vostres famílies?

En Leone s'asseu al sofà on tantes nits us heu enjogassat, tots dos nus. Està més abstret que de costum. S'abraça a un coixí i es queda pensatiu una bona estona. Saps que li està donant voltes a alguna cosa, que el seu cervell prodigiós i analític valora milers de permutacions i possibilitats. I saps que no parlarà fins que tingui clares les seves conclusions. És un animal reposat i callat, la seva força sempre s'ha basat en el seu aplom.

—Tens por? —pregunta finalment.

—No per mi, de moment, però... i per tu? Acaba de morir el marit de la meva... sòcia.

—Ningú sap això nostre. Hem anat amb compte. I totes les morts han tingut lloc als Estats Units. Si fos el cas que no haguessin estat accidentals i hi hagués una mà negra al darrere, de moment no ha arribat aquí —et diu.

T'asseus al seu costat, agafes una manta i et tapes.

—Sé el que estàs pensant —dius, finalment.

—No ho he dit —contesta en Leone.

—Però ho penses.

—Digue-ho tu en veu alta, doncs. Pesa massa —et convida.

T'arrupeixes. Penses en l'Stella, però també en en Gael, penses en ell cada dia, de fet, la culpabilitat et va minant l'ànim, et pensaves que podries seguir endavant, lluny d'altres passats, però les conseqüències de la vida que fas novament estan trucant a la teva porta.

—Estàs pensant que això és el que passa quan delinqueixes —dius, finalment.

—Em sorprèn que hagis arribat tan sencera fins aquí, després de tota una vida com a falsificadora. Estic segur que hi deu haver repartides pel món dotzenes de persones que s'han sentit estafades per tu i que han fantasiat a venjar-se, i només que n'hi hagi una que passi a l'acció, només una, et pot destrossar la vida.

—Estic farta de viure com si no tingués por —et confesses, és l'única persona amb qui has parlat amb tanta franquesa de la teva forma de vida—. Tinc por, molta por, per tu.

—Soc a Venècia, no em passarà res. Tindria notícia de qualsevol estrany que hagués arribat a la ciutat així que posés un peu en un taxi —descarta.

—Això ve en el pitjor moment —dius, i poses la mà blanca d'en Leone sobre la teva panxa.

—Em semblava que era el millor moment —murmura—. En tot cas, hem de confirmar-ho. Demà havia de ser un dia preciós.

Mires cap a la finestra.

Encara queda nit, encara queda foscor.

—No seré capaç de dormir, et proposo que ho fem ara, i no demà —li dius.

Et mira, no gaire convençut.

—Segura?

—Sí, per què no? Vaig a buscar la prova —dius, i desapareixes.

Has comprat una prova d'embaràs en una farmàcia al costat de l'estació de Santa Lucia, a Cannaregio, on abeuren tants ramats de turistes que esperes haver passat desapercebuda. T'has fet passar per una turista de Colònia, amagada sota una gorra de llana i unes ulleres de sol de colors. Has demanat la prova en alemany i, com que no t'han entès, ho has fet finalment en anglès.

Portes tres faltes, no pots allargar-ho més. Estàs inflada i ja vas passar pel mateix, fa disset anys.

Al cap d'uns minuts surts del bany i et dirigeixes a la sala. En Leone t'hi espera, expectant, i encén el llum del costat del sofà.

Tots dos conteniu la respiració mentre mireu fixament la tireta de plàstic.

Dues ratlles blaves.

—Això és que sí, oi? —diu en Leone, trencant el silenci de què ets incapaç de sortir.

—Això és que sí, amor —li dius, no recordes l'última vegada que vas ser feliç, així, amb majúscules i per sobre de tot—. Això és que serem tres.

36
En Ricardo
Unai

Villaverde, 4 de novembre de 2022

Vaig entrar a l'edifici de la comissaria de l'Ertzaintza al barri de Lakua, una mola de formigó circular on havia treballat des que vaig sortir de l'acadèmia.

Vaig pujar al despatx de l'Estíbaliz, que estava al costat del que havia estat meu, i vaig picar a la porta.

—Passa! —va cridar—. Si ja sé que ets tu...

Vaig tancar la porta darrere meu i em va mirar amb uns ulls de llàstima que no em van agradar gens.

—Tu també, Brutus? —vaig lamentar.

Va assentir i em va fer un gest de: «I què esperaves?».

—Com ho has sabut? —li vaig preguntar.

Va agafar l'*eguzkilore* que portava penjant, com sempre que es posava en tensió.

—L'Alba m'ho va dir ahir a la nit. Li vaig fer una videotrucada per veure com estava i després li vaig demanar de parlar amb tu, pensava que et quedaries a dormir a Laguardia. I m'ho va explicar, com et sents?

—Sento alguna cosa que s'assembla a la desolació, però tinc el cervell com atordit quan penso que la vida que tenia amb ella s'ha acabat. No ho sé, Esti. Diria que el tinc anestesiat. Em sembla que em caldrà molt de temps per assumir-ho i passar el dol —vaig contestar.

Amb ella solia obrir-me en canal a la primera pregunta, per això, de vegades, evitava justament les seves primeres preguntes.

—Odio les estadístiques —va dir, mentre s'asseia sobre la seva taula.

—L'Alba i jo som una estadística, ara? —vaig preguntar, no gaire segur de voler saber la resposta.

—Les estadístiques internes diuen que quan en una parella de policies un dels dos abandona el servei actiu abans de la jubilació, és a dir, per *burn out* o per alguna intervenció traumàtica, si l'altre membre de la parella continua en el cos, sol haver-hi una ruptura. A més, en un període inferior als dos anys.

—No, si ara resultarà que tothom ho veia a venir i teníem data de caducitat marcada.

—No és una bola de vidre, és el període en què algú canvia de rumb professional i reestructura la seva vida.

Vaig sospirar, ja una mica cansat d'allò.

—I què diuen les estadístiques de les probabilitats que un vicerector tingui alguna cosa important a dir d'un assassinat i aquella mateixa nit mori al seu llit? —vaig preguntar per canviar de tema.

—A banda que la broma del vídeo va començar a Halloween i l'home ha mort per Tots Sants? —va dir, amb un somriure.

—Centra't, va. Aquest home ni sabia el que era Halloween.

—D'acord, em centro. Doncs les estadístiques no ho sé —va dir, mostrant-me la pantalla del seu ordinador—, però l'informe de toxicologia que m'acaba d'arribar és molt clar: enverinament letal per nicotina líquida.

—Perdona?

—Les càrregues d'un vaporejador. Hi ha casos documentats de nens d'uns cinc anys, t'ho dic pel pes, que han mort en beure's un sol cartutx de cigarret electrònic. I algun a causa de la ingesta de dues càrregues. Donat el pes del vicerector, que estava en seixanta-set quilos, i la seva edat avançada, és a dir, que els ronyons els tenia ja a mig rendiment, i per la quantitat que n'hi hem trobat al cos, calculen que va ingerir o li van fer ingerir entre tres o quatre cartutxos.

Em vaig acostar a la pantalla i vaig llegir totes les dades mèdiques i l'anàlisi química de totes les troballes.

—Per això les taques grogues al llençol al costat de la cara.

—Sí, i per això tenia el pijama amarat de suor. Segur que va tenir palpitacions, i va salivar molt, a més de convulsions. Però a la seva dona solen donar-li un tranquil·litzant per dormir perquè té demència i, si se'n va adonar, no se'n va adonar, no sé si m'explico.

—Sí, t'he entès. Llavors tenim com a sospitosos ell mateix, en Markel, el seu fill, l'altre Ricardo, la cuidadora, i la seva jove, una dona bastant invisible que no obre gaire la boca. Són tots els que han passat per aquest pis en el lapse de temps entre la gravació del vídeo i la seva mort —va dir.

—Aquí fa entrada la nostra feina de deducció. Se les va prendre ell, per decisió pròpia, o algú el va obligar a ingerir-les? O li van ficar el líquid a la boca mentre dormia?

—En Markel l'hem vist amb el seu cigarret electrònic, però va fumar amb ell davant nostre. Si va matar d'aquesta manera el seu avi, havia de ser conscient que acabaríem sabent la causa de l'enverinament, no és molt arriscat que no ens ho amagués? —va preguntar l'Estíbaliz.

—No el podem descartar per això, si tingués perfil de psicòpata narcisista aquest comportament només ens diria que no té consciència de perill i que es creu més llest que nosaltres. No hi he parlat prou temps per fer-li un perfil, ni m'hi acosto. L'únic que podem avançar és que potser els cartutxos que hagi comprat podrien ser l'arma del crim, i que ell, el seu propi avi o qui el va matar els van poder utilitzar. Hem escorcollat tot el pis de Postas, però imagino que els tècnics no van buscar específicament cartutxos buits de cigarret electrònic a les escombraries, a la cuina, al bany, o en qualsevol lloc on els pugui haver llençat —vaig dir.

—De totes maneres, amb en Markel ja hi hem parlat, m'agradaria fer una visita a en Ricardo fill, el que més entrebancs ha posat a l'autòpsia i que volia incinerar ràpidament el seu pare. Saps en què treballa? Podríem anar-hi aquest matí mateix.

—No ho sé, Kraken. Em van passar els informes de les primeres declaracions de la cuidadora, el fill, el net i la jove, però ara t'ho miro.

L'Estíbaliz va remenar dins l'ordinador uns quants minuts, mossegant el malparat *eguzkilore,* fins que va murmurar:

—Aquí estàs, dimoni. —Després va somriure d'una manera estranya i va aixecar el cap—: Ves per on, és força interessant. En Ricardo fill imparteix docència també al campus d'Àlaba. Saps de quins estudis?

—Doncs de totes les carreres que s'imparteixen per aquí, i pel posat de satisfacció que fas..., deixa-m'ho endevinar: Farmacologia.

37

212

Ítaca

Venècia, novembre del 1992

Passen uns quants dies, dies feliços d'abraçades i il·lusions. En Leone somriu sense motiu aparent quan està sol, de vegades el veus que es prepara un cafè i se li escapa un somriure que ho compensa tot.

Conscients del perill, heu passat hores barallant totes les possibilitats, nus i arrupits sota les mantes. L'embaràs engega un compte enrere per explicar-li que sou parella a la Pietra, però encara hi ha temps.

Estàs embarassada de més de tres mesos, aquesta vegada vols fer-ho bé i tenir un embaràs controlat. En Leone fa una consulta a la seva amiga Chiara, confia en la seva discreció. Aneu per separat a la consulta d'una obstetra de la seva confiança a Mestre, us l'ha recomanat ella. Tal com sospitaves, és la *fidanzata* de la Chiara, la dona a qui estima des de fa anys i a qui en Leone ha ajudat tant com ha pogut a amagar una relació que no té cabuda en el *Libro d'oro della nobiltà veneciana.*

Esteu plegats quan escolteu per primera vegada el batec, ràpid com un colibrí, en una pantalla en blanc i negre on sembla que neva.

Segueixes amb les teves rutines, encara que mires a un costat i a l'altre cada vegada que creues un *campo*, però no sembla que ningú et segueixi els passos.

El pitjor enemic és el que no es veu. Qui està matant a tots els que estimeu?

Visites el tothora somrient Filippo i l'ajudes amb les comandes a la llibreria. Als matins continues comprant al mercat del Rialto. I tot i que les olors comencen a provocar-te nàusees, passes per la parada d'en Nicola cada dia i li compres una mica de peix, encara que l'hagis de cuinar tapant-te el nas. Hi ha una parada, just darrere seu, que està fent moltes ofertes i sempre té cua, i en canvi a la seva cada vegada hi té menys gènere, per això intentes alegrar-li el dia amb les teves bromes i les teves mostres d'afecte, que ell agraeix, però et demanes si no deu ser ja el moment que li arribi un sobre anònim a la bústia amb moltes lires a dins.

Les tardes són per a les visites al *palazzo* Saguri, que fa bones exposicions, al Museo della Musica, a la Galeria dell'Accademia. No surts de Dorsoduro, ho consideres el teu *sestiere*, el teu barri, tan farcit d'art i cultura que podries descobrir una nova meravella cada dia i no repetir el lloc en anys i panys.

Però arribes a casa i mires el telèfon, han passat cinc dies des de la trucada de la Harper, i tems per la Charlotte i l'Ava. Tems, com temeu totes, que continuïn les macabres visites de la Mort.

És dimecres quan torna a sonar, estaves fent l'amor amb en Leone sota els llençols, molt lentament i amb molta cura, com si tinguéssiu por que el somni de la vostra família es pogués esquinçar amb les seves envestides.

El timbre insistent del telèfon trenca la bombolla, surts d'en Leone, et poses el jersei llarg de llana que poc abans ell t'havia tret.

Corres cap a la sala, novament és la Harper.

—Què ha passat? —li preguntes a boca de canó. Assumeixes que és l'anunci d'una altra mort.

—L'Ava ens acaba de trucar, i la Charlotte també. Aquest matí totes dues han rebut uns sobres idèntics amb una targeta a dins —ho diu amb la veu cansada.

Suposes que la seva setmana ha estat molt diferent de la teva. Ella l'ha recorregut tancant el cicle d'una vida estimada, acomiadant-se una vegada i una altra en una interminable successió de trucades, autòpsies, funeràries, vetlles, funerals i enterraments.

Tu estàs donant la benvinguda a una nova vida, planejant molt el mitjà termini, debatent amb en Leone el millor moment de fer-ho públic.

Ell és tradicional i el seu entorn ho és més encara. Et parla de boda, i encara que saps que sempre s'havia donat per descomptat que es casaria amb una veneciana amb cognom en el *Libro d'Oro*, ara riu en pensar que no ha estat així, i a tu et contagia aquesta alegria silenciosa seva.

Aquesta vegada vols que la criatura que portes a dins tingui mare i pare, una família, uns cognoms, una estabilitat, unes arrels, un lloc on créixer amb tots dos pares. El que no li vas donar a l'Unai. Per res del món repetiràs el patró, per res del món portaràs un fill al món per abandonar-lo i que quedi orfe.

—No he vist les targetes, però diuen el mateix —continua.

—Què diuen, Harper?

—Ho he apuntat. T'ho llegeixo. Estan en anglès, amb algunes paraules en italià: «Si voleu que cessi la *vendetta traversa*, confirmeu l'assistència abans de demà. La cita és en un *palazzo*, després de la festa de la Madonna della Salute de Venècia. Rebreu les instruccions quan arribeu a la ciutat». Em diuen que a sota del paràgraf central hi ha les lletres següents: «VT *vs.* RV». —I després et recita un número de telèfon.

Apuntes les lletres, l'enigma que us ha deixat. Apuntes també el telèfon, com si t'hagués de servir d'alguna cosa.

—El prefix és el 212. És Manhattan —dius.

—Exacte.

—La Charlotte no pot rastrejar el número? —penses en veu alta.

—Ja ho està fent, però què en traurem? Ho denunciarem? Volem que ens investiguin?

—D'acord. Aquesta festivitat és al novembre, el vint-i-u, em sembla. Llavors, què heu decidit? —preguntes.

—Ens hem de reunir, haurem de votar.

—Jo també soc del cercle —dius. I t'adones que has pronunciat la paraula «cercle» en veu alta per primera vegada en la teva vida des que hi vas entrar.

—A qui pot matar que tu estimis? Respon-me, és important —et pressiona.

Però estrenys els llavis, no vols que el nom d'en Leone ni l'existència del vostre fill surti en aquesta conversa. En aquests moments, creus que si no els anomenes encara els pots mantenir fora de perill.

—No tinc família, Harper, i aquí només hi tinc coneguts. No estic en la vostra situació, ja ho sé.

—Això pensava. Ens reunirem divendres a casa de la Madison, a Maine. Votarem i valorarem les opcions que tenim.

—Però les invitacions diuen que hi heu de trucar demà —dius, desesperada.

—Seran unes hores de retard, abans serà impossible que ens reunim totes, la Madison era a Londres, ja ha agafat un avió.

—Doncs voteu sense la Madison, per Déu! —crides—. Podeu votar sense mi i no podeu votar sense ella?

Hi ha un silenci que t'enerva.

—D'acord, ella té família. És clar. —És el de sempre, la vella vergonya, una vegada més—. Harper, gràcies per explicar-m'ho tot. Penjaré.

Tornes al llit, on en Leone t'espera ja amb el pijama posat.

—*Cosa?* —pregunta, expectant.

T'asseus sobre el matalàs, recolzes l'esquena al capçal de fusta.

—Els accidents, els de les famílies de les meves sòcies. No han estat accidents.

—Obvi —contesta ell.

—Han arribat dues targetes a Nova York. Citen les meves sòcies a Venècia.

Li mostres el tros de paper on has apuntat el telèfon i les lletres «VT *vs.* RV».

En Leone es tapa la boca amb la mà quan agafa el paper i llegeix el que hi diu.

—Això ja ha passat abans —diu, amb un fil de veu que t'esglaia—. La fórmula no és original.

38
No passar
Unai

Villaverde, 4 de novembre de 2022

—Tinc un pla, o una estratègia, en tot cas —li vaig dir a l'Estíbaliz, que ja estava agafant l'abric del penjador per sortir cap al campus.

—A veure, digues.

—Ens quedarem a investigar els comptes dels dos Ricardos, la seva dona, la seva jove, en Markel i la cuidadora. I, mentrestant, demanarem que avui mateix facin un nou escorcoll al pis del carrer Postas, estem buscant alguna cosa molt específica i en un lloc molt concret. Ara t'ho explico, però vull que parlem amb Ricardo fill quan tinguem més dades, per forçar-lo més.

—Per què et concentres en en Ricardo fill i no en en Markel, que és el que fa servir cigarrets electrònics?

—Per l'edat, Esti. Perquè tot això, la seva mort, el vídeo, s'ha desencadenat per temes anteriors al naixement d'en Markel. Això del «vell Olivier» i l'atracament a la llibreria del meu pare. En Ricardo pare sabia que jo voldria escoltar el que havia de explicar-me dels dos afers i estava disposat a parlar, això està clar. I sembla que en Markel no tenia ni idea d'aquests temes, però va contactar amb tu, o amb mi a través teu, per fer un favor al seu avi. Però jo diria que és tan aliè a aquestes dues qüestions que no sap per on li toca l'aire. En canvi, a en Ricardo fill sí que pot haver-lo afectat la implicació del seu pare en les dues coses. Però no parlarà. Hem de forçar-lo amb el que sigui. I ho estic buscant.

Ens vam submergir durant tot el matí en documents, comptes de bancs i tot el que vam poder trobar en les nostres bases de dades. Després, amb totes les caixes trobades al despatx d'en Ricardo que ens havien portat del primer escorcoll, vam passar a la investigació en paper dels contractes de lloguer, pagaments, factures i centenars de papers groguencs, alguns tan descolorits que la tinta havia desaparegut i ens va ser impossible rescatar-los.

Hores després havíem tret algunes conclusions bastant inquietants sobre els vaivens del patrimoni del vicerector.

Vam menjar plegats mentre anàvem al centre, jo vaig evitar passar pel meu pis a la plaça de la Virgen Blanca per no haver d'enfrontar-me a cap absència.

Diguem que el carrer era terreny neutral per frenar el dolor de la ruptura, i mirar albarans em mantenia convenientment anestesiat, que no era poca cosa.

L'Esti i jo vam agafar cap a la plaça dels Fueros, però, abans d'acostar-nos al portal, li vaig dir:

—Espera, fa dies que intento comprovar una cosa.

I vaig creuar cap a la vorera de davant. Malgrat que part de la visió me la tapaven els arbres, vaig voler comprovar la fisonomia de l'edifici des d'una certa distància.

—D'acord, ja ho tinc —li vaig dir, quan la vaig atrapar al portal—. Pugem, a veure si han trobat res que sigui interessant.

Vam agafar l'ascensor, que havia viscut temps millors, i vam aterrar al replà, on una cinta de «No passeu» mantenia el pis precintat des que la cuidadora havia trucat al 112 dies enrere.

Vam ignorar la cinta i ens vam posar uns peücs de paper i els guants.

A l'interior hi vam trobar un parell de tècnics i m'hi vaig acostar:

—Heu escorcollat la terrassa, com us vaig dir? —els vaig preguntar.

—Sí, hem buscat fins i tot a dins dels testos dels geranis. També a l'interior de les canonades i les canals de l'edifici, però ni rastre dels cartutxos de nicotina.

L'Estíbaliz va sortir amb mi a fora, mentre jo mirava cap al carrer i feia els meus càlculs.

—Per què la terrassa, Kraken?

—Perquè sempre que hem vingut al pis i he mirat cap amunt hi havia a la terrassa la dona d'en Ricardo, la viuda. I si en Markel té raó i no li hem fet cas? Diu que té deteriorament cognitiu a estones, però que en altres moments està lúcida. Nosaltres sempre l'hem vist perduda, però i si la dona...?

—Asun, es diu Asun —em va recordar la meva companya.

—I si l'Asun s'ha assabentat de tot i ha estat ella qui l'ha enverinat al llit?

Sabia que l'Estíbaliz se sentiria una mica tocada perquè el seu pare feia anys que s'havia perdut del tot al laberint de l'Alzheimer i la seva consciència no sortia mai a la superfície.

Per això havia preferit no dir-li el que sospitava sobre la viuda fins llavors.

—Pensa-hi —vaig continuar—. Potser va agafar els cartutxos del seu net, en Markel sempre porta una ronyonera, suposo que hi deu dur les càrregues per fumar. Després l'Asun va fer entrar la nicotina a la boca al seu marit, quan l'home dormia. Si hagués estat el vicerector mateix qui hagués ingerit les càpsules, les hauríem trobat a prop del llit, si les va prendre allà i va morir. Vam llegir en l'informe toxicològic que els efectes d'una gran ingesta de nicotina líquida són immediats. Si es va suïcidar i se la va prendre en un altre lloc de la casa, hi hauríem trobat restes orgàniques de saliva, o més gotes grogues com les que vam veure al llençol de sota. Aquest pis ha estat escorcollat unes quantes vegades i només n'hem trobat restes al llit.

—Aleshores suggereixes que la seva dona li va ficar a la boca la nicotina líquida dels quatre cartutxos mentre ell dormia i després se'n va desfer. En aquest cas, podria haver-los portat amagats a la roba tot l'endemà esperant el moment de llençar-los —va dir la meva companya.

—Recorda que no la van portar al centre de dia fins a la tarda per tot l'embolic que tenien en Ricardo fill i en Markel. I es va estar al sol a la terrassa, si és que es pot dir sol d'això que ens il·lumina al novembre.

Mentre l'Estíbaliz parlava, jo, una mica frustrat, inspeccionava la terrassa, un parell de metres d'ample per uns quatre de llarg, amb els testos ja remenats, la cadira de forja blanca i la tauleta rodona.

—Si no han trobat les càpsules al pis, haurien de ser aquí —vaig dir, ja sense saber on buscar.

Llavors vaig pensar en una bogeria i vaig somriure.

Vaig entrar i li vaig dir a un dels companys:

—Vosaltres ja us sabeu el pis de memòria, tenen rebost?

—Sí, però ja hi hem buscat les càpsules.

—No és per les càpsules, em dius on és?

Vaig entrar al rebost i vaig trobar el que buscava: una escala de mà. Només tenia quatre esglaons, però vaig calcular que en tindria prou.

—Podeu ajudar-me, per si em mato? —els vaig demanar.

—Kraken, això no pinta gens bé —em va dir l'Esti, amb els braços encreuats, quan em va veure que pujava a l'escala i intentava enfilar-me a la teulada.

Però jo anava a la meva, tirant amunt i mirant arran de les teules.

Vaig girar el cap cap a ella, vaig preferir no mirar cap avall, perquè la terrassa no era gaire gran i, a pocs metres dels meus peus, la vista fins a la plaça dels Fueros feia bastant vertigen.

—No caldrà que em mati. Acabo de trobar les quatre càpsules, l'embolcall de l'arma del crim: algú les va tirar a la teulada.

39
Els vuit col·leccionistes
ÍTACA

Venècia, novembre del 1992

—Què vols dir, que ja ha passat abans? —demanes.

—A la nota parla de *vendetta traversa*, la venjança col·lateral. És un costum antic, abandonat. Està molt mal vist. *Madonna mia!*, és una salvatjada. Es diu que prové de Còrsega, però aquí es va aplicar més d'una vegada, potser no gaires, en el passat. Parlo de segles, del que deien els vells llibres de la història de Venècia entre línies. Aquí tenim uns valors, una moral, un marc de creences i de comportaments. Això no pot passar a Venècia, no en el present.

—En què consisteix, Leone? —el fas parar; per una vegada, està frenètic.

—Quan algú se sentia agreujat pel que fos que considerés important, es venjava del seu oponent aplicant la venjança a tota la família. D'un en un. Setmana rere setmana, sense parar fins que aconseguia doblegar el contrari.

Se't glaça la sang, sents un pes a l'estómac, però no vols vomitar per si perjudiques el teu fill.

Vas a la cuina i et prepares una infusió, en Leone et segueix amb la nota a la mà, sense deixar d'estudiar-la.

—Ara ja sabem, en tot cas, que tot plegat té a veure amb l'exposició de Dalí. Pot ser qualsevol dels implicats, la majoria eren italians, de fet —dius.

—Són set llenços i el Millet. Vuit. Entenc que vas col·locar vuit llenços a vuit col·leccionistes —et sondeja.

Fas que sí, et fa molta vergonya parlar del que vols que sigui el teu passat d'una maleïda vegada.

—Ho he estat pensant molt, aquests dies. Fins avui creia que podia estar relacionat amb qualsevol altre encàrrec anterior. El fet que els accidents, els assassinats —et corregeixes— fossin a Nova York, suposava moltes possibilitats, molts noms, massa.

En Leone et mira i fa que no amb el cap, saps que és amb desaprovació, que li costa acceptar aquesta part de tu, i per això t'atreu tant. Acostumada a lluitar i conviure tota la vida amb falsificadores de llibres i col·leccionistes de doble moral, trobar algú en el món de l'art tan íntegre el converteix als teus ulls en un merla blanca. Una merla blanca preciosa.

—Va haver-hi un llenç que no em va deixar satisfeta al cent per cent, la *Reminiscència* —li confesses.

—Deies que eres indetectable.

—Ho soc, amb el temps necessari, i sempre planifico el temps que em caldrà per a cada obra amb molta precisió i compleixo terminis. Però aquesta peça, en concret, vaig haver de repetir-la quan ja gairebé havia acabat una primera còpia —li expliques.

—I per què?

—La vaig tirar a la llar de foc. La vaig cremar. Vaig decidir que ho deixava. Vaig parlar amb les meves sòcies, però ja hi havia alguns tractes en marxa i no volien que em fes enrere. Va ser l'endemà quan va venir el policia demanant-me els papers, parlant de la Interpol, tal com et vaig explicar —prefereixes no amagar-li aquesta part, que sigui conscient d'on s'està ficant si es casa amb tu.

Es queda pensatiu una estona, ell també se serveix la infusió i se la pren.

—No se t'ha acudit pensar que van ser les teves sòcies per intimidar-te i obligar-te a continuar amb l'encàrrec malgrat la teva renúncia? —diu finalment.

—M'estimaria més pensar que no —respons. Però ho vas pensar, i tant que ho vas pensar.

—Em sabia greu mentir-te —reconeixes—. Quan vaig venir a Venècia, ho vaig fer a contracor, ja els havia plantejat la meva retirada abans. Però quan vaig tirar el llenç al foc... em va costar, em va costar seguir amb el frau.

—El que intentes dir-me és que potser el comprador d'aquesta falsificació que dius que no et va satisfer prou se n'ha adonat i és qui està darrere la *vendetta traversa* —resumeix.

40

Celedón

Unai

Villaverde, 4 de novembre de 2022

Tots quatre ens vam mirar triomfants. Per fi un progrés, un indici físic per presentar al jutge. En una investigació, per molt que les conjectures encaixin en una narrativa lògica i seqüencial, ets el que presentes en el judici.

Vaig fer unes quantes fotos amb el mòbil des de punts de vista diferents i vaig ampliar la imatge. «Que curiós», vaig pensar quan ho vaig veure.

Vaig baixar les escales amb l'alegria del Celedón a les Festes de la Blanca.

L'Estíbaliz va fer un gest d'abraçar-me, de pura satisfacció, però ens vam tallar, una mica incòmodes, perquè hi havia públic i no quedava gaire bé.

—Mireu —els vaig mostrar la pantalla a tots tres—. Jo diria que estan serrats, oi?

Els cartutxos eren uns cilindres de metacrilat rígid transparent. Estaven buits, o més aviat, buidats. Però estaven escapçats i, en ampliar el detall en la imatge del mòbil, es veien perfectament les marques que una serra dentada havia deixat en el plàstic, que havia passat de transparent a opac.

—Estíbaliz, no hi havia maquetes d'esglésies romàniques de fusta en les prestatgeries de la llibreria del vicerector?

—Sí, però si les va fer ell, ara no practicava la seva afició, no he vist material de marqueteria al despatx, ni al seu dormitori, ni a la sala.

—Em sembla que us puc ajudar —va dir el tècnic.

El vam seguir altra vegada pel pis fins al petit rebost. Era una habitació adjacent a la cuina, no devia fer ni quatre metres quadrats.

—A les caixes que hi havia a terra, les més antigues, hi ha una serra de marqueteria elèctrica. És la que fan servir els miniaturistes i els ebenistes. Amb això es talla el metacrilat com si fos mantega. I és molt ràpida i no fa soroll. Al rebost hi ha endolls i un baldó per tancar-se per dins.

—Ja està, tenim cas! —va exclamar l'Estíbaliz, tota ella goig—. Ara, recolliu els cartutxos, fiqueu-los a la bossa de proves i al laboratori a buscar-hi empremtes com si no hi hagués cap demà. I aquesta preciositat de serra elèctrica també. Es pot inferir que qui ha serrat els cartutxos és l'autor material dels fets —els va ordenar després.

—Llavors, hem acabat? —va preguntar el company.

—Sí. Aquí ja no hi ha res més a fer, fins a nova ordre —va dir ella.

—Doncs ens quedem a recollir les eines, però encara tenim una cosa que no sé si us pot interessar.

Ens va ensenyar un paper de diari retallat dins una bossa de plàstic transparent.

—Vam portar a Lakua totes les carpetes que ens vau demanar que hi portéssim amb les necrològiques antigues del diari, però hem trobat una altra esquela, en aquest cas retallada, única, que s'havia escolat per sota de l'últim calaix de la biblioteca.

El vam seguir al despatx perquè ens ho mostrés.

—Mireu, era aquí, a la part de sota del calaix hi ha massa espai, ho hem vist i hi hem trobat aquest retall, a banda de tota la pols acumulada d'uns quants anys.

—Espero que no tinguis al·lèrgia als àcars —va comentar l'Estíbaliz.

—No podria fer la feina que faig si en tingués —va comentar, de bon humor per la perspectiva d'acabar aviat—. Ni t'imagines els tuguris en què ens hem de ficar. Em sembla que mai a la vida m'han enviat a processar un escenari que estigués net i polit.

Ens va allargar el paper groguenc, encapsulat en l'hermètica bossa transparent de plàstic.

L'esquela informava de la mort d'un tal José María Aldecoa, nascut el 23 de març de 1930 i mort el 24 maig de 1982 amb cinquanta-dos anys. Deixava afligida esposa i dues filles, vaig suposar que petites.

Curiós. Malgrat que l'esquela afirmava que l'home havia mort el 1982, la cantonada superior de la pàgina del diari corresponia al 24 de maig de 1992.

—Mira això, què fa l'esquela d'algú mort el 1982 publicada al cap de deu anys? —li vaig preguntar a l'Estíbaliz.

—Deu ser un desaparegut que no va aparèixer. Se'ls dona per morts oficialment deu anys després de la denúncia, perquè els familiars puguin arreglar papers, herències, propietats i tots aquests destorbs burocràtics post mortem que tu jo coneixem tan bé —em va explicar.

Curiós, deu anys després de la mort del meu pare.

Curiosa també la imatge de l'home..., diria que no era la primera vegada que el veia.

Vaig fer-li una foto i la vaig ampliar, sobretot la calba.

Vaig mirar la imatge.

—Què et passa, Kraken? No estàs content amb tantes coses com hem trobat?

—Digue'm, com coi sabia jo que aquest home tenia al cap una taca vermellosa en forma d'illa abans d'ampliar la imatge?

41

«*Vendetta traversa*»

Ítaca

Venècia, novembre del 1992

Aquest dijous és un dia estrany. És un dia d'espera en què t'asseus al sofà al costat del telèfon, però les hores s'escolen i no passa res.

Et fa por trucar a Maine. No saps a quina hora s'han reunit, no saps si han arribat a cap conclusió, no saps si han decidit marcar el 212 o si continuen sospesant totes les opcions, que, segons tu, no són gaires.

Però el dia arriba al final, un d'aquests dies per llençar-los a la paperera i, l'endemà, decideixes seguir amb les teves rutines.

Et dirigeixes amb el teu carret de la compra al mercat del Rialto a primera hora, no vols haver de lluitar amb les hordes de fotògrafs aficionats que envaeixen el pont.

Però quan hi arribes per *campo* Beccarie, t'adones que hi ha una aglomeració antinatural de gent. A les parades de records i artesania, a tocar del mercat que acaba d'obrir, veus els venedors que murmuren entre ells mirant a terra.

T'acostes al mercat, però hi ha un cordó policial que t'impedeix entrar-hi. T'obres pas amb prou feines amb el teu carretó, que, de sobte, s'ha convertit en un objecte sense sentit en aquest context, arribes a primera fila i el veus.

És en Nicola. El seu cos ancià jeu sobre la parada, sobre el gel, com un emperador al llit. Encara no havia repartit els peixos sobre les safates.

T'has preocupat per en Leone i pel teu propi fill, per la teva família, però ningú sap la relació que teniu, de manera que han anat a buscar el més semblant a un amic, o a un avi. En tot cas, han assassinat una persona que visitaves cada dia i amb qui comparties mostres d'afecte evidents.

De manera que tu eres la següent de la *vendetta traversa*.

Des de la *fondamenta*, des del moll, de sobte, alguna cosa trenca el silenci consternat dels testimonis.

Algú desembarca des del canal, dos agents amb l'uniforme blau el frenen amb els seus cossos, però ell vol passar.

És en Gennaro, el seu fill gondoler. Per una vegada no és silenciós, per una vegada el sents cridar:

—*Babbo! Non è vero! Non può essere vero!*

Et desfàs de la multitud que t'empresona en aquella primera línia, recorres el camí que t'hi acosta, et separes de la munió de curiosos i et disposes a córrer cap a ell per calmar-lo, per donar-li ànims, per allunyar-lo de veure una escena que no se li esborrarà mai de la vida.

Però llavors t'adones que l'assassí pot estar mirant en aquell moment, i que si fas el que t'està passant pel cap, et delataràs.

T'empasses les llàgrimes i les presses, encara que l'autor d'aquesta infàmia ja sap de sobres qui ets.

Veure el cos jacent d'en Nicola, un home que parlava amb les mans i gesticulava fins i tot per sospirar, et resulta tan xocant que tardaràs a oblidar la imatge. Tardaràs també a tornar a un mercat i, durant els anys posteriors, et negaràs a menjar peix.

No saps si tornar a casa, no saps quin serà el pas següent.

«I ara què?», penses.

Està clar que les Egèries no han pres cap decisió, o la decisió que han pres ha estat no fer la trucada a Manhattan i confirmar que accepten la invitació a Venècia.

Potser per això no et van voler trucar. Potser la Harper es va penedir d'haver-t'ho dit, o d'haver-te llegit la nota i temen que siguis tu qui truqui a aquell número.

Sense saber molt bé què fer, deambules pel Castello, i els teus passos, una mica prenent decisions en lloc teu, et porten a la llibreria Acqua Alta, buscant un rostre amable i un ambient envoltat de llibres que et faci sentir abrigada, encara que sigui per lloms i paper.

—N'estàs al cas? —preguntes a en Filippo quan t'obre la porta. Al local encara no hi ha ningú, i el seu rostre és molt seriós.

—Què, Jimena? Què hauria de saber?

—*Nicola è morto* —dius.

Tarda a comprendre-ho, durant uns segons no li surten les paraules.

—Què dius? Avui, ara? —s'arrenca per fi. Et fa passar, tanca darrere seu.

—Al mercat, a la seva parada —li aclareixes, un cop a dins.

—Saps com ha passat?

Fas que no amb el cap, només saps que és mort.

Llavors t'adones que en Filippo es comporta de manera estranya. Sempre somrient, ja se'l veia circumspecte quan has arribat.

—*Carissima* Jimena, temo que tinc una cosa per a tu.

42

«Breaking bad»

Unai

Villaverde, 4 de novembre de 2022

Teníem una visita al campus universitari, però a la vista de les últimes troballes, ens vam acomiadar dels tècnics i vam passar per una botiga de camí a casa meva per adquirir uns quants paquets de càpsules de vapeig de la mateixa marca que feia servir en Markel.

Després vam pujar al meu pis, però vam parar al segon, on l'Agustín, un dels meus veïns més grans, ens va obrir la porta amb el seu ampli somriure de dentadura artificial.

—Unai! Quina alegria veure't per aquí, que ja no em visites, home! —em va dir—. Passeu, passeu. Necessiteu alguna cosa?

—Doncs sí, Agustín. T'he pujat una barra de pa, així tu no has de baixar i ja en tens per sopar aquesta nit.

Em va agrair el detall i va començar a mossegar el crostó com un nen petit.

—Digueu-me.

—Necessitem la teva serra elèctrica, la que utilitzes per a les maquetes de les batalles. Encara la tens operativa? —li vaig preguntar.

—Aquestes no s'espatllen mai. Quanta pressa tens?

—T'ajudo jo i me l'emporto, te la tornarem de seguida.

L'Agustín era dels pocs veïns que no eren indiscrets i no em preguntava mai per detalls de la meva vida professional. En veure l'Estíbaliz, va endevinar que estàvem treballant i ens va cedir la serra sense piular.

Una vegada al meu pis, vam estar entretinguts una estona amb els cartutxos, proveïts amb uns guants gruixuts per evitar que el líquid ens causés cap problema a la pell.

—Ja ho tenim —vaig dir finalment—, quan vulguis anem al campus.

Al cap de mitja hora arribàvem al campus, a la sortida de Vitòria, i preguntàvem per l'edifici de la Facultat de Farmàcia.

Ens vam perdre una mica buscant els laboratoris. Era una zona de gespa i grans finestrals, i molts els tenien oberts, malgrat que estàvem al novembre.

Vaig imaginar que els laboratoris de pràctiques de Física i Química tenien les finestres obertes per la legislació de protecció de riscos laborals, però em vaig alegrar molt de no estar estudiant una carrera amb pràctiques en aquell moment.

Tips de deambular en cercles, l'Estíbaliz va acabar preguntant al taulell de recepció, però jo em vaig fixar en un plànol de l'edifici i li vaig fer un gest perquè s'hi acostés.

—Queda't en aquest lloc, a la gespa. Jo surto amb ell d'aquí a uns minuts. És important que no et moguis d'aquí, d'acord?

L'Estíbaliz estava acostumada a les meves posades en escena; de fet, era sempre una col·laboradora entusiasta i creativa.

Quan em vaig endinsar un altre cop a l'edifici de pràctiques, vaig localitzar el laboratori de Química i hi vaig trobar el qui devia ser Ricardo Ruiz de Azúa fill.

El vaig trobar envoltat de pipetes, matrassos Erlenmeyer i encenedors.

—La inspectora Ruiz de Gauna li ha trucat per citar-nos amb vostè aquesta tarda, sap qui soc?

L'home, amb una bata blanca oberta sobre uns insípids pantalons de pinces i una camisa de quadres, em va mirar amb interès mentre manipulava un líquid groc.

—Tu deus ser en Kraken, el perfilador. El del mural de la ciutat d'en Kraken —va respondre, encara que després em va ignorar i va continuar barrejant líquids a les cubetes.

Jo m'hi vaig acostar pel passadís fins a la bancada blanca. El laboratori tenia unes quantes taules llargues posades en paral·lel i una pissarra gargotejada amb una formulació. Les finestres, tal com havia vist des de fora, estaven obertes, tot i el fred que feia aquella tarda.

—Però vostè també sap que em dic Unai López de Ayala —el vaig temptejar.

Em va mirar un moment, de dalt a baix, i va continuar amb l'experiment.

—Sí, ho sé —va dir finalment, com si li costés reconèixer-ho.

—Sabia també que soc el fill d'en Gael López de Ayala, el llibreter que van matar a la Librería de la Almendra?

—No, no ho sabia.

—No menteixi. L'any vuitanta-dos tothom a Vitòria sabia que en Gael va morir en un atracament. Ningú va voler llogar el local després de la seva mort. El seu pare estava en el negoci dels locals comercials. No em digui que no ho sabia, perquè no m'ho crec.

Va sospirar, com si estigués perdent la paciència, i es va apujar les ulleres de metall amb un dit.

—Tracta'm de tu, tots els alumnes ho fan.

—Doncs deixa'm fer-te una broma —vaig dir, tractant de relaxar l'ambient—, deus estar tip que et comparin amb en Walter White.

—Cada dia dels dies.

Era igual que el professor de Química protagonista de *Breaking Bad*. El que es converteix en narco quan li diagnostiquen un càncer terminal per guanyar diners i donar-los a la seva família.

En Ricardo fill era calb, amb una barbeta en forma de ferradura i les ulleres quadrades de doble pont.

Després va afegir, amb un somriure que em va semblar una mica malèvol:

—Fins que comprenen, en el primer quadrimestre, que depèn de mi que els aprovi o suspengui una assignatura troncal i que acabin la carrera. Llavors es deixen de conyes i comencen a respectar-me —em va explicar, encongint-se d'espatlles—. No pateixis, fabricar metanfetamina no és la meva especialitat. Res més lluny. Aquí ensenyo a elaborar medicaments.

«Aquí volia jo arribar», vaig pensar.

I em vaig acostar una mica més, en plena estratègia intimidatòria. Volia que sentís que estava entrant al seu territori i volia comprovar com reaccionava quan algú el posava nerviós.

—Suposo que saps les conseqüències d'ingerir nicotina líquida, doncs —li vaig indicar.

En Ricardo va frenar en sec i va deixar de manipular el líquid de la cubeta.

—És això, el que ha matat el meu pare? —va preguntar.

—Sí, però això tu ja ho sabies —vaig afirmar, i vaig fer un pas més en la seva direcció.

—Jo no l'he matat.

—Coincideixo amb tu, però això no et converteix en innocent.

Diria que va jurar alguna cosa en direcció al coll de la camisa.

—Què vols?

—Si col·labores i em dones la informació que busco,

al·legaré davant el jutge que has col·laborat amb la investigació. En quedareu nets tots dos, la teva mare per edat i per estat de salut. I tu, per col·laborar amb mi.

No va contestar, no volia incriminar-se. De manera que vaig continuar llançant globus sonda, per veure si algun tocava diana i l'home es decidia a parlar.

—L'any vuitanta-u la teva família va deixar d'arrendar bastants locals al centre, oi?

—Set —va dir, ja era alguna cosa.

—Suposo que allò devia repercutir en l'economia familiar.

—Els meus pares estaven amb l'aigua al coll, com mai ho havien estat. Era una situació nova per a tots nosaltres.

—I?

—I res, va ser conjuntural. Per sort la crisi va passar, amb el vuitanta-dos van arribar novament les vaques grasses. Hi havia efervescència i la gent es va animar a obrir negocis altra vegada. El meu pare va recuperar el timó de les finances familiars i fins avui no hi ha hagut cap altre daltabaix en el patrimoni familiar. Però això ja ho saps. I no has vingut a parlar de diners.

—No ho sé encara, però potser en part, sí. Veuràs, tinc una teoria. La teva mare de vegades està lúcida, sobretot en la intimitat de casa seva. Només això explica que no estigui ingressada, perquè quan hem coincidit amb ella, la impressió que dona és que la seva demència està molt avançada. Penso que la teva mare va saber que el teu pare volia parlar del «vell Olivier» i que la mort del meu pare no va ser només un atracament. Quan algú vol explicar un secret que li ha pesat a la consciència durant molt de temps, a les portes de la mort, és perquè se sent culpable. I quan algú se sent culpable és perquè ha actuat malament. Ha fet mal a algú o ha delinquit. I la teva mare no vol que se sàpiga el que ha fet.

—Això que dius és el que els de ciències diem que és molta hipòtesi i poques dades.

—Quan la cuidadora et va trucar, ja havia avisat a Urgències, i ja s'havia presentat un metge a casa dels teus pares quan tu hi vas arribar. Jo diria que vas veure els cartutxos de nicotina líquida buits i manipulats en algun lloc de la casa, i vas comprendre que havia estat la teva mare. Tu sabies que el dia abans havia estat lúcida i que es va assabentar de la gravació del vídeo d'en Markel.

—No pots provar res.

M'hi vaig acostar una mica més, amb les mans ficades a les butxaques.

—Sé que vas llençar els cartutxos a la teulada, sense temps de pensar en cap idea millor, perquè el metge estava al dormitori dels teus pares i vas comprendre que no signaria un certificat de defunció i ja està. Digue'm, com ho sé? Creus que estic elucubrant hipòtesis, ara? El que vas fer va ser delicte d'encobriment.

—No seré tan estúpid de confessar res que no vaig fer. I, si poguessis provar-ho, ja m'hauries enviat un parell d'agents a detenir-me —va dir, amb raó.

Llavors li vaig treure la bossa de plàstic de proves forenses que ens havien deixat els tècnics.

I a dins hi havia quatre cartutxos de metacrilat, serrats i buits.

—Hi traiem les empremtes? —el vaig pressionar, mentre li passava la bossa per davant de la cara.

En Ricardo no va contestar, va serrar un puny i tot el rostre se li va carregar de tensió.

—Hi trobarem les de la teva mare i les teves. I aquest, Ricardo, és l'embolcall de l'arma del crim.

Però el fill del qui havia estat vicerector en aquell mateix campus no em va deixar acabar.

Em va llançar el contingut groc de la cubeta a la cara i va sortir corrents en l'única direcció que jo li havia permès: cap a la finestra oberta on l'Estíbaliz, al darrere d'una de les columnes de granit de l'edifici, l'esperava per fer-li un placatge i aixafar-lo contra la gespa d'esquena, segons el que em va explicar ella mateixa.

Desgraciat.

M'hauria encantat ser testimoni de l'escena, però el líquid em va cremar els ulls i vaig deixar de veure-hi.

43
Cent anys en pau
Ítaca

Venècia, novembre del 1992

En Filippo et dona un sobre negre, decorat amb unes elegants filigranes daurades. Està tancat i, molt a l'estil venecià, lacrat amb un pictograma.

«A l'atenció de la senyoreta Jimena Garay», hi diu, amb tinta d'or.

—Qui te l'ha donat, Filippo?

—Això és el més curiós. El podrien haver fet passar per sota la porta davantera del local, però en canvi ho han fet per la sortida que dona al canal. L'he trobat allà aquest matí. Ahir no hi era, quan vaig tancar. Però l'única manera d'accedir-hi és per l'aigua —et diu, molt seriós—. Agafa'l, si us plau, i no l'obris aquí —et prega.

—Per què? Què en saps, de tot això?

—No sé el que és «tot això», Jimena. I si us plau, no m'ho expliquis, no vull saber-ho. Però segons la tradició, un sobre negre porta notícies de mort... i no vull implicar-m'hi. Sempre he sabut que ets més del que dius. No ets només historiadora de l'art. La teva cultura és excepcional, t'he vist llegir llibres en massa idiomes, dominar el llatí, el francès, l'espanyol, l'anglès i l'italià. T'he vist com localitzes primeres edicions entre les prestatgeries, saps d'art, però saps massa de bibliofília per amagar-li res a un llibreter com jo. He vist aquest perfil en persones molt més grans que tu i que jo, una saviesa acumulada per dècades d'estudi i curiositat... o d'ofici, Jimena. I no en vull saber res. Ho he vist abans, la mort comença a rondar aquesta mena de gent, i tu ets molt jove, no és bon pronòstic. No crec que acabis bé. Llegeix en veu alta aquest cartell, Jimena. —En Filippo aparta un parell de pesants toms de la *Història Universal de la Guerra* d'una prestatgeria alta. Al darrere hi ha un cartell de fusta, amb les lletres cisellades que clamen:

«*Cu è surdu, orbu e taci, campa cent'anni 'mpaci!*».

«El que és sord, cec i mut viu cent anys en pau», tradueixes mentalment.

—Per un temps, prefereixo que no tornis, que no ens relacionin —et diu, i et posa bé uns cabells, com si tingués cura de tu.

—Ho comprenc. Ens veurem al funeral d'en Nicola, en tot cas —t'acomiades.

T'acomiades d'ell i t'acomiades de la llibreria, de la seva incongruent banyera plena de llibres, de l'escala de llibres soldats per l'*acqua alta*, de passar matins sencers parlant de llibres amb un amic, recolzats a l'arc que dona al canal, veient transcórrer l'aigua a pocs centímetres dels vostres peus.

En un sol dia, els teus afectes a Venècia s'han evaporat, no tornaràs a veure en Nicola ni en Filippo, i ets molt conscient que ha estat culpa teva.

Et dirigeixes a casa, necessites fer-te un cabdell sota la manta del sofà, agafar força abans d'obrir el sobre i llegir el que ja saps que hi llegiràs. Una cita amb la venjança en un *palazzo* al costat de les teves germanes.

Al cap de poc d'haver arribat a casa reps la trucada d'en Leone.

—Et va bé que vingui?

—Sí, vine.

«Intenta que no et vegi ningú», vols afegir, però amb algú tan metòdic i caut com en Leone, no cal.

Tot i això, tems que aquesta relació també s'estavelli en un dia en què sembla que tots els vincles humans que tenies a Venècia es trenquen sense solució de continuïtat.

Quan entra a casa endevines, pel posat que fa, que s'ensuma el que passa.

—T'has assabentat del que li ha passat a en Nicola? —li preguntes.

—És difícil no saber-ne res.

—Ha estat culpa meva, l'han assassinat per mi.

—La policia no creu que hagi estat un assassinat —et diu, mentre s'asseu al braç del sofà.

—Com que no? Leone, jo ho he vist, m'he trobat amb l'escena quan he anat al mercat a primera hora.

Et mira amb horror.

—Sento que l'hagis vist mort. Què has vist?

—Estava ajagut —rememores—, de panxa enlaire, amb els braços i les cames estesos sobre la seva parada, sobre les safates amb gel. Portava la bufanda de quadres al coll, com sempre. No hi havia peix, això significa que ha passat molt d'hora, abans que descarregués la mercaderia al moll. Com pot dir la policia que no ha estat un assassinat? No ha estat una mort natural, per força algú deu haver col·locat el cos sobre la parada.

—La policia creu que, per l'edat, va patir un atac al cor, perquè no han trobat signes de violència al cos. No hi ha hematomes, ningú l'ha copejat. No hi ha talls, ni ferides d'arma blanca ni de foc. No hi ha pèrdua de sang.

—Poden haver-lo enverinat —suggereixes, desesperada.

—No hi ha indicis. No per a ells. Creuen que algú el va trobar mort al terra del mercat i el va deixar allà a la seva parada, però això no és cap delicte; per tant, han fet unes quantes preguntes i ningú ha vist res.

—És clar —assenteixes, ja saps de què va.

No sols en Filippo respecta la vella llei. Un mercat de cecs, sords i muts.

T'aixeques, vas al taller i, quan tornes, li entregues el sobre negre.

—Vull que l'obrim plegats, encara no he trucat a les meves sòcies, però hauré de explicar-los el que ha passat avui, perquè soc la quarta de la *vendetta traversa* i hi ha dues persones a Nova York que han de saber que això continua.

En Leone agafa el sobre pels extrems, com si contingués una bomba.

L'examina des de tots els angles, es pren el seu temps.

Li passes un tallapapers.

—Amb compte. No trenquis el lacre —li demanes.

T'obeeix, actua com un cirurgià, t'adones que no és el primer sobre amb un lacre que obre a la vida.

A l'interior, el mateix missatge que va llegir la Harper:

Si voleu que cessi la *vendetta traversa*,
confirmeu l'assistència abans de demà.
La cita és en un *palazzo*,
després de la festa de la Madonna della Salute de Venècia.
Rebreu les instruccions quan arribeu a la ciutat.

«VT *vs.* RV»

44
Excés de llibres
Unai

Villaverde, 5 de novembre de 2022

Vaig passar el cap de setmana a Villaverde. En Germán em va portar al poble després de sortir d'Urgències i l'avi es va entestar a cuidar-me omplint-me de castanyes torrades.

El desgraciat d'en Ricardo m'havia llançat clorur de benzalconi, un desinfectant de superfícies quirúrgiques, molt corrosiu i tòxic.

L'ull dret en va sortir més ben parat, només s'hi veia una equimosi, una hemorràgia molt vistosa que va esglaiar la Deba quan en Germán me la va portar perquè ens veiéssim.

L'ull esquerre necessitava uns dies més de recuperació i me'l van tapar amb un adhesiu en forma de pegat negre d'allò més escandalós.

Diumenge al matí, quan l'avi se'n va anar vint minuts abans de la missa de les dotze per tocar les campanes, perquè aquell mes ell era qui tenia la clau del campanar, vaig rebre una trucada de la Mencía, que m'urgia a fer una videotrucada.

Vaig somriure quan vaig veure els seus cabells blancs ondejant amb una franja de color teula a l'esquena. Em trucava des de l'habitació del seu hostal.

—Què t'ha passat? —va exclamar quan em va veure el pegat i l'ull vermell.

La vaig posar al dia, breument, de com les gastaven els professors de química a Vitòria.

—Doncs a Madrid els presos no es queden curts. Et truco per donar-te una pèssima notícia d'Alcalá Meco.

—Tu diràs.

—El pres ombra...

—Olmedo, es diu Olmedo.

—Es deia. Ha aparegut mort.

Vaig tancar l'ull sa que em quedava, amb un gest de frustració.

—Suïcidat? No m'ho crec. Estava bé d'ànim i era extraordinàriament estable. I estava molt adaptat a la vida del penal —vaig dir.

—No, Unai. No suïcidat, oficialment accidentat, però mort per excés de llibres.

—Què vols dir?

—Que m'han enviat un informe de la presó on donen per vàlida la versió que ha mort per un accident a la biblioteca, que, per cert, té només una càmera i a sobre està trencada.

—Però com pot haver mort en un accident a la biblioteca d'un penal?

—Les prestatgeries li van caure a sobre. Centenars de volums li van copejar el cap. Ha mort sepultat en llibres.

—Com els nazis —li vaig dir.

—Què? —va preguntar, sense entendre'm.

—Com els nazis —vaig repetir—. Durant la Segona Guerra Mundial, als camps de concentració també detenien els intel·lectuals dissidents i molts d'ells eren bibliòfils. Per molt tèrbol que et sembli, tenien una tortura específica per a ells i els enterraven a terra, deixant el cap enfora.

La Mencía es va tapar la boca, horroritzada.

—Després obligaven altres presoners a llançar-los llibres al damunt fins que morien. De vegades això passava a causa dels cops rebuts al cap. Altres vegades, els que aguantaven, acabaven morint per falta d'aire quan els tiraven a sobre una muntanya interminable de volums —li vaig explicar.

—Doncs temo que l'Olmedo ha mort exactament igual, sota una muntanya de llibres.

—En tot cas —vaig dir—, el missatge és molt obvi per part de Calibà. Ha tornat a matar amb llibres assassins, com els que van matar la Sarah Morgan, la filla de l'Alistair i l'Edmundo, el marit de la Goya. Em preocupa molt que Calibà s'hagi escapat a Venècia, on la Fira Internacional del Llibre Antic li ha donat l'oportunitat de tenir a l'abast uns quants dels que van ajudar a ficar-lo entre reixes i la meva mare. L'Olmedo estava convençut que s'havia escapat per acabar amb tots els que vam estar implicats en la seva detenció.

—Ficar-los a tots en un *palazzo* amb llibres, cremar-los i llençar la clau a la llacuna, metafòricament parlant, és molt de Calibà —va dir la Mencía.

—Sincerament, Mencía, el que acaba de fer Calibà, o el que ha fet fer amb l'Olmedo, té molt mal pronòstic per a nosaltres.

—Per què ho dius?

—Perquè ha tornat a matar i a deixar la seva signatura de llibres com a arma del crim. Això vol dir que ara mateix està en mode kamikaze. No li importa continuar matant, i veig que té controlat el penal, fins i tot des de fora. Això és perillós, perquè vol dir que no li fa por tornar a la presó. Per tant, vol dir també que aquí fora no té res a perdre. A mi ja m'ha marcat des que vaig arribar amb l'àngel de Murano, i cada vegada estic més convençut que va ser ell qui em va tirar pont avall, i tu també estàs implicada en el seu empresonament. L'Olmedo deia que només parlava de nosaltres i que el seu motor, allà dins, era el desig de venjança i la rancúnia. És un perfil amb altíssimes possibilitats de delinquir, i només el pararà o la presó o la mort —li vaig dir.

—Doncs ja has vist que la presó no l'ha aturat.

45

El pictograma

ÍTACA

Venècia, novembre del 1992

Però hi ha un detall que la Harper no t'havia dit per telèfon. A la targeta que t'ha arribat hi ha un pictograma a manera de signatura, idèntic al del lacre daurat.

És abstracte, no arribes a comprendre el que representa. Et sembla que és un dibuix amb un objecte informe i tres línies horitzontals a la part inferior.

—Leone, tens idea de quina simbologia té, això?

Ell sospira, s'aixeca i fa un parell de voltes, es regira una mica els cabells, està tan concentrat que amb prou feines és conscient que no està sol a la sala.

—No he estat sense fer res des que em vas parlar de la *vendetta traversa* que va començar a Nova York. Heu d'acceptar la invitació o plorareu dues morts més. Però la cosa no acabarà aquí. Les morts seguiran, setmana rere setmana. Serà un degotament fins que us rendiu. En Filippo està sentenciat, i ell ho sap. Deu ser cosa de mes i mig, pel cap baix.

«I així que algú et vegi a casa meva, tu també estaràs sentenciat», calles.

Però vas més enllà: i si, d'aquí a uns mesos, quan neixi el vostre fill, també ell té un accident absurd que la policia es nega a investigar?

En un gest inconscient, et poses les mans a la panxa. En Leone fa que sí, t'està dient amb els seus silencis el que no voleu dir en veu alta.

—Em sembla que sé quin és el *palazzo* on vol que aneu. I he donat moltes voltes a aquestes inicials, «VT *vs.* RV».

Se t'asseu al costat, també t'acaricia la panxa, encara massa llisa per evidenciar l'embaràs.

—Sé el que hem de fer, tinc un pla. Però necessitaré ajuda i que totes hi col·laboreu.

46

El custodi

Unai

Villaverde, 7 de novembre de 2022

Dilluns en Germán em va portar a Vitòria, l'Estíbaliz m'havia dit que en Ricardo fill havia decidit col·laborar, però que només volia parlar amb mi.

Mentre el meu germà conduïa a l'altura de Gardelegi, gairebé a l'entrada de Vitòria, en l'embolic habitual de rotondes, la Goya em va fer una videotrucada que vaig acceptar.

—L'altre dia em vas deixar preocupada amb el tema de l'incendi del palau italià. He procurat no molestar-te, però ni la premsa ni a internet no es parla de cap progrés. Digue'm, si us plau, l'Ítaca ha donat senyals de vida?

—No —vaig contestar—, però tampoc de mort.

—Què t'ha passat? —va preguntar en veure el meu pegat i l'ull vermell.

—Una equimosi, no és res.

—Té a veure amb la investigació de l'Ítaca?

—No, té a veure amb la de la mort del meu pare. El fill d'en Ricardo Ruiz de Azúa es va molestar quan el vaig estar interrogant. Almenys tu no em llances líquids als ulls quan et faig preguntes sense parar —vaig dir, i vaig intentar fer l'ullet, però la broma em va sortir malament.

—I t'ha explicat alguna cosa del seu pare?

—Ara hi vaig, Goya. A veure si em diu el que no sabem. No sé què passa amb aquest home, que tots us poseu una miqueta estranyets quan us pregunto res. A veure, fa molts anys que prenc declaracions a testimonis i interrogatoris a sospitosos. Sé quan algú sap alguna cosa i no vol parlar. Mira —li vaig dir, cansat una mica del seu mutisme—, estic entrant a Lakua, et deixo.

L'Estíbaliz em va rebre al capdamunt de les escales de comissaria. Es va mirar el pegat amb una mica de pena, com si jo fos un gos apallissat. M'anava a dir alguna cosa, però va tenir la intel·ligència de no fer més comentaris sobre el meu aspecte.

—El comissari Medina ens ha felicitat per «l'astúcia que van demostrar», cito textualment, «utilitzant com a subterfugi unes càpsules serrades idèntiques a les trobades a la teulada de l'habitatge del difunt» —va dir, ufanosa i feliç—. I a en Ricardo fill te l'he deixat tovet. Preparat per obrir-se en confessió.

—Com t'ho has fet, màquina? —vaig demanar.

—Promeses de beneficis, rebaixa davant el jutge, la seva mare se'n sortirà sense càrrecs, bla, bla, bla... —va somriure, feliç.

—Doncs posem la directa.

El doble d'en Walter White continuava semblant el doble d'en Walter White a la sala de confessions, assegut i emmanillat.

—Primer que res, disculpa l'agressió —em va dir.

—A veure, disculpat, però hi ha una denúncia que segueix en peu, no et confonguis —li vaig dir—. I el dolor de còrnies no te'l perdono, que quedi clar.

«Unai, passa pàgina, que has vingut aquí a fer amics», em vaig obligar.

—Però m'ha dit la inspectora que has demanat de parlar amb mi, i que ets un home intel·ligent que no vol empitjorar la seva situació —vaig continuar.

—Pregunta. El que vulguis. T'ho explicaré tot, tot el que sàpiga.

—La meva companya m'ha dit que ja has reconegut que va ser la teva mare qui va enverinar el teu pare i que tu et vas trobar les càpsules buides i vas intentar amagar-les. No et preguntaré res sobre això, sinó pel que saps en referència al que el teu pare volia explicar del vídeo.

—Em sembla bé. Què vols saber?

—Quan el teu pare parlava del «vell Olivier» es referia a en Casto Olivier, l'antic amo de la fàbrica de naips.

—És que n'hi ha hagut cap altre?

—Quina mena de relació tenien? Eren amics, coneguts...?

—Molt amics, tan amics com podien ser els homes de la seva època. No de confidències, els de la seva generació no parlaven de res que fos privat, però el meu pare li va cedir terreny per a la fàbrica de naips a preu de ganga al polígon i don Casto en va quedar sempre agraït i en deute. Durant dècades el meu pare va ser, em sembla, la persona en què l'Olivier confiava més. Això del Custodi té tot el sentit del món.

—Això del Custodi? —vaig repetir—. Què és això del Custodi?

—Doncs mira, és la clau de tot.

—Ja era hora, al final em dius alguna cosa que no sé, informació nova. Això li agradarà molt, al jutge.

—En aquest cas, t'amplio la informació. El meu pare era el Custodi, però es va passar la vida dient-me que no ho digués mai en veu alta a Vitòria, perquè podia ficar-me en un embolic. Ho deia una vegada i una altra, però no volia implicar-me, afirmava que ja prou li pesava a ell, que seria una càrrega tota la seva vida, que no volia que jo la portés. Jo no comprenia a què es referia ni què custodiava, en tot cas.

—No sembla cap ganga —vaig comentar.

—A mi em sembla que, fos el que fos, ho va acceptar per sentit del deure, però li va representar una llosa tota la vida. Sigui com sigui, els anys vuitanta, mort ja l'Olivier, el meu pare es va apropiar d'una gran quantitat de diners en bitllets. Així va salvar la seva economia, jo vaig poder estudiar, tenir una carrera, i la meva mare viure més que bé.

—És a dir que no va ser una sobtada demanda de locals de lloguer.

—No, però aquesta injecció de liquiditat, que el meu pare va ser molt hàbil a justificar sobre el paper, el va ajudar a salvar el patrimoni familiar i fins avui no hi ha hagut més problemes ni preocupacions per aquest tema. Però el meu pare era hermètic, no va compartir mai amb mi res del que havia passat. I la meva mare, menys encara.

—Creus que ella n'estava al cas?

—Per descomptat. Aquesta cultura ha estat sempre matriarcal, els matrimonis gestionaven l'economia i la meva mare sempre va saber quin era l'estat de les finances del meu pare. Però aquí es quedava, en la parella. Em va estranyar tant que el meu pare li digués a en Markel que volia parlar... I no, no sé res de la mort del teu pare. I ho sento, va ser una desgràcia que morís tan jove i et deixés orfe des de tan petit, però encara no sé si està relacionat.

—Tornant al teu pare i el seu rol de Custodi: pot ser que tingui relació amb les funcions d'un marmessor en la seva herència per als nets que li van quedar a don Casto?

—No, no el va implicar en l'herència, això em consta, i el meu pare va perdre el contacte amb... eren Carmen i Nico?

—Sí, els seus nets es deien Carmen i Nico —li vaig confirmar.

—No, això ho hauria sabut.

Vaig treure la bossa de plàstic transparent amb l'obituari amagat sota la biblioteca.

—Un altre tema llavors, Ricardo. En el segon escorcoll a l'habitatge dels teus pares hi hem trobat aquesta esquela, José María Aldecoa.

—Puc veure-la? No em sona —va dir, i li vaig passar l'esquela perquè la pogués llegir—. Aquest és l'Aldecoa! Impartia classes a l'Escola d'Arts i Oficis a una nòvia que vaig tenir. Ensenyava dibuix clàssic, em sembla.

—No en saps res més? Era amic del teu pare?

—No, només el conec per això d'aquesta noia, quan anava a recollir-la de vegades entrava a l'edifici i el veia a classe. Però no, no era de l'entorn del meu pare.

—I saps alguna cosa del gust del teu pare o de la teva mare per les necrològiques? —vaig suggerir.

—El meu pare comprava el diari cada dia, tota la vida. I se'l llegia de cap a peus, hi dedicava una hora diària. Però això de retallar la pàgina de les esqueles i guardar-la només ho va fer uns anys, després ho va deixar córrer. A mi no me'n va donar mai explicacions, i tampoc no l'hi vaig preguntar res.

—Doncs em sembla que no tinc res més que preguntar-te, farem constar que has resultat un bon col·laborador —li vaig dir, amb intenció d'incorporar-me.

—Hi ha una altra cosa —em va frenar—. I em sembla molt que està relacionat amb tot això: les coves. Era més que una afició de senderistes. I la meva mare també ho sabia. Hi anàvem unes quantes vegades a l'any, i jo els acompanyava sovint, però en altres ocasions, tot i que jo també soc molt muntanyenc, s'entestaven a anar-hi sols. Una vegada vaig insistir a entrar-hi amb ells, però es van quedar una bona estona a dins i a mi em van deixar a fora. Era jove, em vaig empipar força. I aquesta és tota l'anècdota familiar. Em sembla que ja he airejat tots els draps bruts dels meus pares. D'altra banda, han tingut una vida i un comportament exemplar.

—On va ser, això? —vaig preguntar.

—A què et refereixes?

—A quan no et van deixar entrar en una cova amb ells.

—Més aviat baixar, va ser a l'avenc d'Okina. Ara està molt bruta per la mala herba, però fa anys l'entrada estava molt més neta, tot i que poca gent la sap trobar.

—Aquesta tenia una llegenda, oi? —em va semblar que en sabia alguna cosa.

—Sí, els pastors de la zona deien que hi havia un vedell d'or o una cosa per l'estil.

—Sí, exacte. En aquesta zona no hi ha cova sense tresor. Més que habitual, ja és un tòpic. Res més, Ricardo? Me n'he d'anar.

—Doncs sí, em podries fer un favor?

—Després de llançar-me clorur de benzalconi als ulls em demanes un favor? Potser sí que ja ens semblem als de *Breaking Bad* —li vaig contestar.

—Diuen que ets bo en la teva feina, que resols tots els casos que et donen.

—A un preu molt alt, de vegades, però sí, els casos que m'encarreguen solen acabar amb el culpable entre reixes —li vaig reconèixer.

—Vine a explicar-me el que esbrinis. Del que implicava que el meu pare fos el Custodi del que fos, de l'origen dels diners i de què li va passar al teu pare.

Quan vaig sortir de comissaria, després de posar l'Estíbaliz al dia de tot, em vaig trobar que la Goya m'esperava a l'entrada de l'edifici.

—Què passa, Goya? La meva mare s'ha posat en contacte amb tu, tens novetats? —li vaig preguntar, una mica alarmat de veure-la allà un dilluns al matí.

—Temo que no, l'Ítaca tampoc no em respon a mi. No he vingut a buscar-te per això, sinó perquè em sembla que tenim una conversa pendent.

—De què es tracta?

—De la veritat, Unai.

47
La Madonna della Salute
Ítaca

Venècia, novembre del 1992

Esperes que sigui de nit per trucar la Harper.

—Com va tot? —preguntes.

—Intentant tirar endavant. Encara estic ficada en mil paperams que cal solucionar. No sabia que els morts donessin tanta feina burocràtica —et diu, encara que saps que se submergirà en qualsevol obligació del despatx per evadir el buit que li ha quedat al llit.

Però ara ets tu qui ha d'oblidar el seu dol i demanar-li amb urgència que afronti el que us afectarà a totes.

—Em sap greu canviar de tema, però hem d'abordar-lo de seguida, Harper. Us vau reunir a Maine. Vau votar. I...? He esperat la vostra trucada, m'heu deixat fora de la votació, però... no mereixo ni tan sols que compartiu amb mi la decisió que vau prendre?

Sospira llargament, esperes la seva resposta amb paciència.

—Sí, vam votar. I va haver-hi empat i una abstenció. No vam decidir res. Per això no et vam trucar. Hem tornat a convocar una altra re...

—Heu ajornat la decisió d'acceptar la invitació a Venècia? De debò? —repeteixo, incrèdula—. I la Charlotte i l'Ava, no tenen por?

—Elles són les que van votar que acceptaven volar a Venècia. Per descomptat que tenen por.

—I jo? On quedo jo en les decisions del cercle, creieu que no m'afecten?

—Tu..., bé, en aquest cas no t'afecten. No tens família i no la pots perdre, nosaltres sí.

—Que no tinc família? I tu creus que a la persona que hi ha al darrere de tot plegat li ha importat que jo no tingui família?

—Què vols dir amb «li ha importat»? Ha passat alguna cosa?

—Que han matat un amic, Harper! Un pobre home a qui visitava cada dia. No tinc família, però m'han seguit, han esbrinat amb qui em relaciono aquí, a Venècia, i han assassinat un dels amics amb qui més hores passava a la ciutat. A mi també m'han posat al sac de la *vendetta traversa.* I el meu vot compta. Digues a les Egèries que el meu vot és «sí». «Sí», heu de venir. I «sí», ara mateix, quan et pengi, trucaré a aquest 212 de Manhattan i confirmaré que totes serem a Venècia el 21 de novembre, a la festa de la Madonna della Salute. I vaig a fer-ho ara mateix, i tu trucaràs a la Charlotte i a l'Ava i els diràs que acabo de salvar la vida a qui vulgui que sigui que més estimen.

48
Goya
UNAI

Vitòria, 7 de novembre de 2022

La vaig convidar a fer un passeig sense testimonis, la Goya hi va accedir i vam caminar per l'avinguda fins que ens vam asseure en un banc prou llunyà perquè ningú ens escoltés.

—Quan eres petit, em recorria aquesta zona amb una càmera amagada —va comentar—. Tu sorties del col·legi i el teu pare, o després el teu avi, et recollien i et portaven de la mà amb un entrepà.

—De Nocilla, era de Nocilla —li vaig aclarir—. O de pernil dolç i formatge. I enviaves les fotos a la meva mare?

—Ella me'n demanava, sempre que parlàvem em demanava fotos de tu. I també del teu pare. Alguns caps de setmana i a les vacances, quan anava a la casa familiar de Bajauri, agafava un cotxe vell que tenia i m'acostava a Villaverde. Tu solies estar a l'hort amb els teus avis, i jo et feia fotos des del safareig.

—A on les hi enviaves?

—De vegades als Estats Units, d'altres a Venècia.

—A Venècia?

—Sí. Va viure a Venècia quan tenia uns... trenta i escaig. L'etapa més estable de la seva vida, si vols que et digui la veritat.

—Per tant, la meva mare té alguna vinculació amb Venècia.

—No sé si ara, però coneix la ciutat, i tant.

Un altre motiu més per témer que la meva mare fos la sisena dona que van captar les càmeres a l'illa.

—Abans que comencis a explicar-me res, vull ensenyar-te aquesta esquela i que em diguis si aquest home et sona d'alguna cosa.

Li vaig mostrar una imatge que havia pres amb el mòbil de l'esquela de José María Aldecoa.

La Goya es va col·locar les seves ulleres de mitjalluna i va allunyar una mica la imatge.

—Em sembla que no, no em sona de res. És important?

—Mira, sé que la meva mare va ser estudiant de l'Escola d'Arts i Oficis aquí, a Vitòria. La nit que vaig estar amb ella, l'única nit que vam passar plegats, em va explicar que va conèixer el meu pare en aquesta escola. I avui un testimoni m'ha dit que aquest home en va ser professor de dibuix clàssic. Va morir el mateix mes que el meu pare. O va desaparèixer, més aviat, i no va aparèixer mai, perquè aquesta esquela és de deu anys després, quan el van declarar oficialment mort.

—Deixa-me'l veure un altre cop. «José María Aldecoa» —va llegir—. Deu ser don José María. Per aquest professor la van castigar uns quants anys sense sortir de la Veracruz. Però jo no el coneixia en persona. De fet, ni sabia quin aspecte tenia. L'Ítaca em va explicar que gaudia de fama de borratxo i d'estar endeutat fins al coll em temes de joc, que sempre hi estava embolicat. I que li feia molt la pilota a en Casto Olivier quan l'home anava a supervisar la biblioteca que va donar a l'Escola d'Arts i Oficis. També entenc que l'Ítaca no l'apreciés gens. Per culpa seva, en Gael i ella no es van poder veure en molt de temps. Va ser molt dur per a la teva mare, en Gael va ser el seu primer amor adolescent.

—Parla'm del Custodi —li vaig dir.

El rostre li va canviar, em va mirar amb sorpresa i horror.

—Què en saps, tu, del Custodi?

—Que era en Ricardo Ruiz de Azúa pare, el vicerector que acaba de morir. I que el tema era greu, perquè mai li va explicar al seu fill en què consistia i li va prohibir que en parlés amb ningú. En Ricardo fill no en sap res ni té cap idea del que significa.

Però la Goya m'escoltava a mitges.

—Era ell —va dir, amb la mà a la boca.

—Goya, estàs bé?

Però no, no estava bé, perquè es va posar a plorar i va tardar a descarregar l'emoció.

—El Custodi és mort. S'ha acabat —va dir finalment.

—I què és això?

—El teu cap ha tingut un preu tots aquests anys. Cent milions de pessetes de l'època. Una fortuna.

49

L'Hotel Danieli

Ítaca

Venècia, 21 de novembre de 1992

La notícia d'una quarta mort en quatre setmanes fa saltar pels aires les reticències de les Egèries incrèdules i inicia una ronda de trucades al 212. Totes han acceptat la invitació del sobre negre, del missatge que anticipa mort.

I aquest hivern Venècia no és aliena a la mort, la petita epidèmia de grip retorna amb la boira humida, com si el virus viatgés arran de terra entre la boira i s'agafés als camals dels venecians per acabar emmalaltint els seus pulmons.

Tos, esternuts i les farmàcies plenes de contagiats amb nassos vermells i bufandes allunyen els pocs turistes que visiten els canals en aquesta època en què Venècia torna a ser una ciutat del nord una mica provinciana.

Les Egèries han acceptat l'intricat pla d'en Leone. Els has parlat d'ell i t'has vist obligada a comunicar-los el teu embaràs per motius que després explicaràs. Les teves germanes han comprès per fi que pots perdre tanta família com elles.

En Leone es mou ràpid i sigil·lós, intercanvia innumerables trucades amb la Chiara. A Nova York, les Egèries també han de deixar-ho tot disposat.

El temps fa el que ha de fer: avança. El 21 de novembre arriba, una altra d'aquestes dates que saps que et marcaran el calendari vital.

Te'n vas a buscar les teves germanes a l'Hotel Danieli, el més gòtic i sobrecarregat d'una ciutat on sobren *palazzi* bigarrats. Et dirigeixes a la Piazza de San Marco, però la multitud que pelegrina cap a la basílica de la Madonna della Salute, a Dorsoduro, a vegades et frena.

Comprens que és una festa només per a venecians, que celebren l'alliberament de l'epidèmia de la pesta el segle XVII, però una nova epidèmia els fa de llast, amb mocadors i bufandes. No hi ha gaires turistes, només locals.

La tradició els obliga a portar flors des de la Piazza de San Marco, creuar un pont que en el passat es va improvisar amb vaixells i encendre espelmes a l'interior del temple, potser el més bell de tot l'*skyline* de Venècia, amb la cúpula circular i els contraforts arrissats.

Un nen et taca el vestit negre amb el seu cotó de sucre rosa, hi ha parades de globus metal·litzats inflats amb heli i d'altres que venen joguines de plàstic.

Sents converses en venecià, aquest *dialetto* que encara no domines però entens, i molts es pregunten si la pesta no ha tornat novament a castigar la ciutat i a emportar-se al *cimitero* la meitat dels seus habitants, com va passar fa uns segles.

Quan aconsegueixes desfer-te de la multitud, encamines els passos cap al Danieli. Creues el vestíbul, deixes enrere palmeres, llums d'aranya de Murano i butaques de vellut per pujar per l'escala d'hotel més famosa i bella del món.

Passes la mà per la barana de ferro daurat que també degueren acariciar Dickens i Wagner, Capote i George Sand. Travesses els arcs orientals i et dirigeixes a la terrassa on t'esperen les cinc.

El retrobament amb la Charlotte, l'Ava, la Kora, la Harper i la Madison no és com acostuma a ser, una celebració després de cada encàrrec. Quatre de vosaltres esteu de dol, però el pla és que les sis hàgiu de vestir de negre rigorós. Hi ha una certa uniformitat en el dol que iguala unes personalitats tan diferents com les vostres.

—I ara què? —pregunta la Charlotte, sense deixar de moure el genoll.

Les vistes al canal de la Giudecca i l'illa de San Giorgio Maggiore no semblen calmar-la.

—Hem d'esperar que ens avisin. O que ens recullin. O les dues coses —dic, no gaire segura dels passos que s'han de fer en una situació així.

En qualsevol cas, el dubte acaba aviat. Un cambrer que també sembla engripat se us acosta.

—Estan esperant les dames —us diu—. Si us plau.

Us acompanya a la porta del canal de l'hotel, esperaves que us traslladessin en una petita *topetta*, saps que n'hi ha prou per a sis persones. Però us sorprèn el dispendi, un majestuós *bragozzo* amb el seu patró uniformat us espera per portar-vos a un destí de què a les sis us agradaria escapar.

50

La doble esquela

UNAI

Vitòria, 7 de novembre de 2022

La Goya va tardar una mica a calmar-se i va necessitar uns minuts, vaig imaginar que per ordenar mentalment el relat.

—Uns pocs mesos després que la Marta Gómez, la mare d'en Germán, morís de part, en Gael em va estar buscant i finalment em va localitzar —va començar a explicar-me—. Em va preguntar per l'Ítaca, volia posar-s'hi en contacte, anar a buscar-la i que tots quatre fóssiu una família. Per poc no em cau l'ànima als peus. Era tan jove, anava amb un cotxet de bebè, amb el teu germà de mesos, i tu amb prou feines tenies cinc o sis anys, agafat de la mà. Acabaves de perdre la que pensaves que era la teva mare, la dona que t'havia criat.

No recordava aquella imatge, als àlbums de fotos dels avis amb prou feines hi havia res d'aquells anys.

—Li vaig haver de explicar el que sabia pel meu pare. La cosa és que abans de morir a la presó, en Casto Olivier va enviar unes quantes cartes a persones del seu entorn. Oferia cent milions de les antigues pessetes el 1982, una autèntica fortuna, a canvi de trobar Ítaca i acabar amb ella, amb el seu fill i amb el pare de la criatura. Ell ja havia planejat el seu suïcidi amb cicuta, a més ja era gran, i la carta explicava que un Custodi assignat de la seva confiança entregaria en bitllets aquesta quantitat a qui complís l'encàrrec. Però mai en va dir la identitat. Es va especular molt sobre qui podia ser, i en les quinieles sempre hi havia en Ricardo Ruiz de Azúa, per ser tan pròxim a l'Olivier, per la seva fama de recte i perquè era un dels homes més rics de Vitòria, de manera que no necessitava els diners.

—Però, si ningú sabia qui era el Custodi, com s'hi podien posar en contacte quan algú complís amb l'encàrrec? —li vaig preguntar, sense comprendre el que em deia.

—L'Olivier sempre pensava en tot. Estava al cas del costum del seu entorn de resseguir les necrològiques cada dia al diari, i en la carta explicava que el senyal que algú havia complert l'encàrrec seria una doble necrològica. Una, l'habitual, que amb tota probabilitat publicaria la família. Una altra, amb el nom i cognoms de l'Ítaca, del teu pare i de tu amb la fórmula següent:

«El que Déu ha separat,
que no ho uneixi l'home».

—És la fórmula oposada al matrimoni cristià, «El que Déu ha unit, que no ho separi l'home» —vaig dir.

—Exacte. I en comptes de l'hora i el cementiri, les coordenades del dia i la direcció de la trobada.

—Per això el Custodi havia d'estar pendent de les esqueles cada dia —vaig dir en veu alta.

—És clar.

—Ho dic perquè a l'escorcoll del domicili d'en Ricardo Ruiz de Azúa hi hem trobat les pàgines de les necrològiques retallades diàriament durant una forquilla de temps que ara m'encaixa: des que jo vaig néixer fins al dia que es va publicar la mort del meu pare —li vaig explicar.

—Aquí ho tens. El que en Casto Olivier no va saber mai era que l'Ítaca et va deixar amb el teu pare i va marxar de Vitòria, això va fer que l'encàrrec fos molt difícil de complir. Si va haver-hi algú que va començar a investigar, de seguida es va adonar que trobar-los tots tres era una tasca impossible —va dir la Goya.

—El teu pare va rebre aquesta carta? —li vaig preguntar.

—Sí.

—La conserves?

—No, no sé si ell la va conservar o la va llençar, en els seus papers no hi era quan va morir. A ell el va ofendre, i a molts d'altres també. Potser se'n va desfer en aquest primer moment. Bàsicament els estava dient que els veia capaços de matar un nen i els seus pares per diners. Els posava un preu. Però també és veritat que la quantitat era tan temptadora que em sembla que va fer dubtar més d'un al llarg dels anys. Tothom té daltabaixos en la seva economia. El que sé i conservo és això —va dir, i em va allargar una pàgina completa d'una publicació, tan vella que el tacte del paper era flàccid.

Vaig llegir amb interès les seves diatribes en contra de la meva mare i la seva amenaça gens subtil:

> «Ítaca Expósito pagarà, pagarà ella i pagaran tots els seus descendents. Déu s'encarregarà d'impartir justícia i jo, com a bon cristià, m'encarregaré de ser-ne el braç executor a la Terra. Aquesta jove desequilibrada sap que la trobarem i la tancarem entre reixes, que és on ha d'estar una assassina d'innocents».

—I això ho va llegir tothom —va remarcar.

—Què va passar després?

—Li vaig explicar tota la història a en Gael, i a ell li va agafar por. Per les vostres vides i per deixar-vos orfes tan petits. Va tenir clar que no continuaria preguntant per l'Ítaca perquè no tenia cap idea que en Casto Olivier hagués arribat tan lluny, però em va confessar que havia començat a buscar-la entre els alumnes i l'entorn de l'Escola d'Arts i Oficis i, quan no va obtenir respostes ni ningú que sabés dir-n'hi res, va preguntar a la Veracruz fins que em va trobar a mi, perquè jo no anava gaire sovint a Bajauri i no tenia manera que ell i jo coincidíssim.

Em vaig posar les mans al cap i vaig sospirar.

—És a dir que és possible que li fes preguntes a en José María Aldecoa, que va ser professor de tots dos i que sabia que havien tingut una relació, i que aquest lligués caps i deduís que en Gael era el pare del fill que l'Ítaca Expósito esperava.

«I si l'home tenia problemes de joc i deutes, cent milions eren massa temptació», vaig pensar.

—Només sé que el teu pare va morir a la seva llibreria poc després que em visités. I que els que havien estat temptats van llegir la doble esquela i es van considerar informats que algú l'havia matat, si més no el meu pare va arribar a aquesta conclusió. Però jo mai les vaig tenir totes, perquè faltava l'esquela d'un nen i la de l'Ítaca, i sempre he viscut amb por que algú desesperat per un problema econòmic et busqués per completar l'encàrrec i publiqués una altra doble esquela.

Em vaig quedar una estona en silenci, digerint, sense res a dir perquè estava en blanc.

—He de confessar-te una altra cosa —em va dir, amb la mirada clavada al terra del parc—, i em fa por que no em tornis a parlar mai més.

—No pot ser pitjor que la bomba que m'acabes de deixar anar —li vaig dir.

—No li vaig explicar res a l'Ítaca del Custodi, ni que els tres estàveu amenaçats. I no li vaig explicar res a l'Ítaca d'això de la mort d'en Gael. Jo sabia que tu eres viu i vaig pensar que continuaves en perill si ella tornava a buscar-te i algú ho arribava a saber. Em vaig distanciar d'ella, li donava respostes cada vegada més vagues. Ella em demanava fotos de tu, amb insistència. Diria que gairebé com una prova de vida. I jo li posava més i més excuses per trucar-li cada cop menys, perquè també em demanava fotos d'en Gael. Encara n'estava enamorada, i jo pensava que, si li deia que havia mort el teu pare i també la mare d'en Germán, es presentaria aquí i vindria a buscar-te.

«I aquest era el meu somni, una mare viva», vaig pensar amb ràbia.

—Durant molt de temps vaig esquivar les seves preguntes, fins que, gairebé deu anys després, em va trucar, em va tornar a demanar fotos, i em vaig decidir a explicar-li la mort d'en Gael. També li vaig demanar que no tornés a Vitòria. Vaig pensar que us salvava la vida amb aquesta petició, però us he robat dècades de temps en família.

—És veritat —hi vaig estar d'acord.

—Però és que l'Ítaca, malgrat les seves bones intencions, acaba provocant morts i caos sempre que intenta formar una família. Mentre continuï activa com a falsificadora, estarà en contacte amb gent perillosa. No acaba mai bé.

—Temo que mare i fill som iguals. Jo he triat, curiosament, estar a l'extrem oposat de la llei, i jo també acabo provocant morts i caos cada vegada que intento formar una família. Devem tenir un gen específic, ella i jo, Goya? —li vaig preguntar—. A tu què et sembla?

—A mi el que em sembla és que necessito que em perdonis.

—T'agraeixo molt que hagis tingut el valor de venir a buscar-me —li vaig dir—. T'agraeixo que m'hagis cuidat, i no tinc ni idea de si les teves decisions ens han castigat o ens han afavorit. Però, per avui, és massa per a mi.

Em vaig aixecar del banc i em vaig perdre hores i hores, sense rumb.

51

El «*palazzo*»

Ítaca

Venècia, 21 de novembre de 1992

Pugeu a la llanxa negra de fusta envernissada. No coneixies aquesta part de la llacuna nord, el viatge dura una mitja hora.

No hi ha gaire de què parlar, us heu vestit totes de negre. Sabeu que assistireu al vostre propi funeral.

L'alegre Madison està més seriosa que mai, i no es treu les ulleres de sol malgrat que el dia no és gaire lluminós. La Kora i la Harper, sempre unides, moltes vegades agafades de la mà, ara miren distretes el paisatge que s'escola per les finestres.

No ho fan per curiositat, saps que algunes d'elles han visitat moltes vegades Venècia en el passat. Però ara és diferent, és com l'última passejada abans d'arribar al patíbul, a la cambra de gas, a la cadira elèctrica.

Saps que és l'illa triada perquè la llanxa enfila cap a l'únic embarcador que veus i el *palazzo* emergeix, amb les seves tres plantes i els seus xiprers custodiant-lo.

Desitjaries que en Leone estigués equivocat, ha arribat per fi l'hora de saber si les seves sospites són certes.

El conductor del *bragozzo*, a qui no has vist mai abans,

amarra la soga al pal, us ajuda a baixar i us assenyala la passarel·la de fusta que condueix a l'entrada del *palazzo*.

—*Avanti* —es limita a ordenar. Després arrenca la llanxa i desapareix.

Us quedeu totes sis mirant com es perd en les aigües verdes de la llacuna, el traç blanc de l'escuma es dissol en l'aigua i us quedeu soles.

—Acabem amb això d'una vegada —diu l'Ava.

Però abans que us encamineu cap al vostre destí, agafes la mà de la Charlotte, la Charlotte la de la Kora, la Kora fa el mateix amb la Madison, la Madison amb l'Ava, l'Ava amb la Harper i la Harper amb tu, de manera que el cercle de les Egèries es tanca.

—Potser ens hem equivocat —diu la Madison—. Han matat els que estimem per les nostres males decisions. En Matthew ha mort per un maleït llenç de Dalí.

—És massa tard per penedir-nos de res —replica la Harper, sempre pragmàtica.

—Doncs jo me'n penedeixo —dius tu—. I molt. De no haver-ho deixat abans, d'haver seguit unes lleis que es van crear anys i panys abans que nosaltres, en un món que ja no existeix.

—Hauríem d'haver estat més flexibles —diu la Madison—. Tanta reunió, tanta votació, tanta obediència cega a les deu lleis.

—No, no em sembla que fos aquest, el problema —li respons—. Dic que hauríem d'haver deixat de fer encàrrecs cada vegada que estàvem en un forat.

—En tot cas ho pagarem —diu l'Ava—. Quan entrem al *palazzo*, tot això, la nostra vida, acabarà.

Totes hi estan d'acord. Notes que la Charlotte i la Harper t'estrenyen la mà, imagines que tot el cercle ho ha fet. Aquest és el vostre comiat.

—Hem d'entrar —dius—. Sigui qui sigui, ens espera aquí dins.

Hi ha alguna cosa de justícia poètica que tot plegat hagi d'acabar en un bellíssim *palazzo*, envoltades de frescos i d'art. Mires al voltant i et sembla que sents la remor dels morts entre els xiprers, són els murmuris de què parlen els taxistes i els gondolers. El vent doblega la punta dels arbres, agafes aire abans d'acomiadar-te del món exterior i travesses el llindar amb les teves germanes de costat.

Les portes d'entrada al *palazzo* estan entreobertes, a dins s'hi veuen llums encesos pel passadís, avanceu cap al que sembla una sala immensa.

Està decorada amb motllures, estucs, frescos i miralls. Hi ha una llar de foc, uns quants mobles bar repartits per l'estança. Algunes cadires i sofàs daurats escampats aquí i allà per omplir l'espai. Taules i mobles alts i baixos amb prestatgeries i objectes decoratius que han superat la prova del pas dels segles. Als vostres peus, el clàssic terratzo venecià ha estat substituït per marbre cimentat. Alguns dels finestrals, abrigats per cortinatges de vellut verd, són enormes i donen a l'immens jardí posterior.

D'altres, els que tu controles, donen a la llacuna, pots veure el moll des d'allà on ets.

A l'estil dels edificis antics, la sala serveix per distribuir totes les cambres. Comptes vuit portes, totes tancades, excepte la que dona al corredor per on heu entrat.

Potser per un instint d'animals gregaris us poseu al centre de la sala, en cercle, esperant, mentre aguanteu la respiració, a veure per quina porta entrarà qui us ha estat torturant les últimes setmanes de les vostres vides.

I, finalment, després d'esperar més de mitja hora, la més tensa de la teva vida, veus a través del finestral la figura negra d'una gòndola que apareix silenciosa davant de l'embarcador. Poc després s'obre una porta i entra ella.

Pietra da Riva.

Porta una bossa de vellut negre, però tu, per desgràcia, ja saps el que conté.

52

L'avenc d'Okina

Unai

Okina, 8 de novembre de 2022

L'endemà, l'Estíbaliz, que no es podia estar quieta al despatx sabent que la seva investigació no avançava, em va fer una proposta a mig camí entre la muntanya i la mitologia.

—Farem feina de camp, t'hi apuntes?

Al cap d'una estona, l'Estíbaliz conduïa trenta quilòmetres al sud de Vitòria, en direcció al Parc Natural d'Izki.

Va aparcar al costat de la font del poble d'Okina, i després de xerrar sobre l'avenc i demanar indicacions a uns quants veïns jubilats, vam seguir la GR-38, la ruta del vi i del peix, i vam tirar muntanya amunt.

La meva companya anava per davant, portàvem un parell de motxilles amb el material d'espeleologia corresponent i, després d'haver anat pujant prou i haver agafat un parell de bifurcacions, vam arribar a la clariana d'un bosc que ens va portar a un sender. Un quart d'hora després arribàvem a la capçalera del barranc.

L'avenc impressionava, era un immens forat de més de deu metres de diàmetre i feia molt vertigen dirigir la mirada cap als seus trenta metres de baixada en roca. Estava pràcticament sec, excepte per una petita cascada d'aigua. Hi havia una reixa amb un filat, però en part estava oberta i vam poder passar-hi amb facilitat.

—És a dir que aquí és on, segons la vella llegenda, hi ha un vedell d'or —vaig comentar, després de mirar arreu amb una certa precaució.

—La del vedell d'or és una llegenda molt estàndard, aquest avenc té històries molt més autòctones. Diuen que hi viu el *Txekorgorri*, un moltó vermell; el *Zezengorri*, un toro de foc, també vermell; o una ovella bastant amenaçadora anomenada *Ardi*. En tot cas, tots aquests animals són representacions de la deessa Mari, la deessa de la terra. Ja saps que sempre que hi ha una cova o un avenc, la gent del poble diu que Mari hi té casa seva.

—Doncs els veïns ens han dit que ells no hi han baixat mai, aquí. Em sembla que els fa respecte, aquest forat —li vaig comentar.

—I et sembla que deu ser per les llegendes? —va preguntar mentre treia les cordes de la motxilla i començava a muntar el seu arnès.

—No, jo diria que és perquè el ramat s'hi estimba. Diuen que els ramats s'hi acosten massa i no veuen el forat —vaig dir—. I ho entenc. Les ovelles no són gaire llestes, si una s'estimba, les altres li van al darrere. I perdre un ramat és una ruïna. Llavors, pel que diuen, aquest lloc està una mica deixat de la mà de Déu.

—Tant pels veïns com pels muntanyencs —va dir ella—. Izki està aquí al costat, se'n van més al naixement del riu Ayuda.

—De debò vols baixar sola, no prefereixes que avisem algun company i vinguem un altre dia amb més equip?

—Tu queda't aquí, jo et dic el que has de fer. No vull que baixis tu amb aquest pegat a l'ull, i no tens tanta experiència en espeleologia com jo. Aquesta baixada és neta.

—Són trenta metres —li vaig recordar.

—La baixada és neta —va ignorar el meu comentari— i després la paret serà fàcil de pujar. Per sort no ha plogut aquesta última setmana i està gairebé seca, excepte per la zona on cau aquest raig d'aigua. No relliscaré, tranquil, i si rellisqués pujant, només m'hauràs d'estirar i carregar amb el meu pes. I un Kraken com tu pot amb una libèl·lula com jo. Quan arribi a baix, et truco i et vaig ensenyant el que veig amb el mòbil.

Es va posar un casc amb una llanterna adaptada i es va amarrar l'arnès a la corda.

Jo vaig agafar la corda després de fer-la passar per un tronc i assegurar-ne l'extrem, i l'Estíbaliz es va endinsar a l'avenc com qui baixa l'escales automàtiques d'un centre comercial. Suaument i sense donar-hi gaire importància.

Quan va arribar a baix es va desenganxar l'arnès, va fer un xiulet que es va sentir fins al Gorbea i em va fer una videotrucada.

—Digue'm, què hi veus?

—Més que veure res, de moment, aquí noto molta humitat. El terra està moll i tou, és tot molsa, i rellisca molt. Inspeccionaré una mica —em va anar dient.

Des de dalt vaig veure com caminava pel perímetre interior de l'avenc, encara que algunes zones no es veien des de la meva posició.

—Veus res?

—No sembla que hi hagi res. La gent és una mica porca, o ho era fa temps, perquè sota la molsa sobresurten llaunes de refresc abonyegades i descolorides.

—I res més?

—Dona'm temps, home —va dir, i va continuar escombrant el perímetre, malgrat que a la pantalla del mòbil jo només veia la paret de roca que tenia a l'esquena.

—Aquí hi ha un petit monticle de branques seques i esbarzerars —em va comentar, no gaire entusiasmada, al cap d'una estona—. I continuo afirmant que la gent abans no tenia consciència ecològica, perquè hi ha escombraries, llaunes, brics... Estic veient ossos!

—Ossos? —vaig exclamar—. Ensenya-me'ls!

—Espera, que em poso els guants —va dir.

Després l'Estíbaliz es va ajupir, es va acostar a tota aquella pila de brutícia i va encendre la llanterna.

Va apartar un parell d'esbarzers que envoltaven un dels ossos i, amb una branca, va netejar una mica les herbotes del voltant.

—Sembla el crani d'una ovella, els pastors d'Okina fan bé de no acostar-se aquí amb el ramat —va comentar, desil·lusionada—. Mira.

Em va mostrar el que havia estat el cap d'una ovella, ja descarnada del tot, ennegrida per la pluja i la humitat.

—Un moment, Kraken!

—Què passa?

—Estant dreta no veia res, però ara que m'he ajupit, darrere de tota aquesta mala herba mig podrida i del petit abocador, sembla que hi ha una petita gruta, un moment que aparto les branques.

Em va penjar i em vaig quedar esperant, sense veure res des de dalt, ni tan sols a ella. La fisonomia del forat, amb la seva forma de campana, ho impedia.

Em vaig començar a inquietar quan va passar una bona estona i no donava senyals de vida.

Li vaig trucar i no em va agafar el telèfon.

—Estíbaliz! —vaig començar a cridar—. Estàs bé?

Però res, l'Estíbaliz no responia.

—Estíbaliz! Baixo! —vaig cridar.

I li vaig tornar a trucar i no el va agafar i li vaig escriure un whatsapp:

«Baixaré. Ara».

Només llavors em va trucar i la seva cara va aparèixer dins un espai fosc.

—Estàs bé? —li vaig dir al mòbil—. Estàs atrapada?

—No, és un espai molt estret, però puc sortir. Encara sort que duia el casc, perquè m'hauria donat un cop de cap contra la roca. Unai, hi ha branques a l'entrada, i em sembla que estan posades expressament per amagar aquest buit a la roca. Des de la base de l'avenc no es veu res del que hi ha aquí —va dir, però el seu rostre tenia una expressió molt tèrbola.

—Què passa? Què has vist?

—D'acord —va dir, i va començar a parlar més a poc a poc, en to professional—, t'aniré dient les troballes que he fet, però ara mateix trucaré a Lakua i que ens enviïn uns tècnics a processar tot això.

—Què és «tot això»?

—Hi ha una caixa de fusta, podrida, de la grandària d'una maleta petita. Jo diria que fa quaranta per cinquanta. Està buida, però sembla una d'aquestes cistelles de nadal que envien les empreses —va començar en to monòton.

—D'acord, i?

—La caixa té impresa als laterals la paraula «Olivier». És la tipografia de la fàbrica de naips.

—«Olivier», dius? I està buida, no hi ha ni rastre de bitllets, encara que siguin podrits, a dins?

—No, res, està neta del tot, si és que pots dir «net» d'un objecte que fa uns quants anys que és aquí.

—Tot i això, tens idea del que significa?

—Pot significar mil coses i mil casualitats, qualsevol va poder abandonar això aquí per mil motius —em va tallar—. Però he començat pel més neutre, ara passo a descriure't el que tinc aquí al davant.

—D'acord —la vaig animar.

—Hi ha un cadàver, parcialment descarnat, amb zones on s'aprecien els ossos, com a les mans. Està vestit, per la roba et diria que és dels anys setanta o vuitanta. Jaqueta gruixuda, pantalons texans, però de senyor, amples, no rectes, botes de muntanya molt bàsiques, no professionals.

Tampoc no ho era el gec, no era muntanyenc. I no es veu al voltant cap altre objecte com un simple mosquetó, uns metres de corda, un casc. Entens el que vull dir, oi?

—Sí, Estíbaliz —li vaig contestar—. La pregunta és senzilla: com coi va davallar per l'avenc i va entrar en aquest orifici sense material d'escalada?

53

La pedra a la riba

ÍTACA

Venècia, novembre del 1992

Dies abans, quan en Filippo et va entregar el sobre negre, en Leone havia acabat confessant. Estàveu arrupits sota una manta al sofà de casa teva, veient la televisió, i ell canviava de canal una vegada i una altra, distret.

—T'he d'explicar una cosa. Ho temia i m'avergonyeix, però està passant —es va sincerar.

—Per això estàs tan tens últimament?

Deixa anar un sospir, frustrat. Agafa la targeta i te la mostra.

—El pictograma —t'assenyala—. En realitat, és un emblema. A la meva família tots en tenim un. El meu, mira... —Treu de la butxaca interior de la seva americana el fi targeter platejat i te'l mostra—. El meu és un lleó a la riba.

—Ho sé, també el vaig veure a la targeta que em vas donar.

—Aquest dibuix que veus és una pedra, i les línies horitzontals paral·leles representen la riba. Una pedra a la riba. Pietra da Riva.

T'aixeques, amb una mica de por.

—Tu sabies això, això de les morts al voltant de les meves sòcies?

Ell també s'aixeca, però no vol fer-te por, no s'acosta a tu.

—No, *Madonna mia!* Encara no saps quin són els meus valors? La *vendetta traversa* és infame, però és una infàmia que la meva família ja va cometre en el passat. Venècia i els seus llibres d'història sempre ens han tractat bé, però fa segles els meus avantpassats ja eren tan rancorosos com la meva mare, pel que veig.

—Digue'm que no has estat tu qui li ha explicat això de l'exposició de Dalí. Tu ho saps, és la teva mare, treballes per al Guggenheim.

—Digue'm tu que no em creus capaç d'una barbaritat com aquesta. Tindrem un fill junts, necessito saber el que penses de mi.

Li sostens la mirada, però saps la resposta: ho creus. Saps que no és capaç d'encarregar tres assassinats a Nova York i de matar en Nicola només perquè tu apreciaves l'ancià peixater.

54

Mirant a càmera

UNAI

Vitòria, 9 de novembre de 2022

L'endemà em va despertar la trucada de la Mencía.

—Bones o males notícies? —la vaig temptejar, somnolent, sense incorporar-me.

—La veritat és que, per a mi, no gaire bones —va dir, amb el to apagat.

Em va estar posant al dia de les novetats de la investigació a Venècia, però es va encreuar una trucada de l'Estíbaliz.

—Mencía, aquí també em reclamen. Et truco quan acabi el que estic fent i parlem. Ja saps, si...

—Si la teva mare es posa en contacte amb mi o apareix... el que sigui, tu seràs el primer que ho sabràs —va repetir, era el nostre mantra des de feia més d'una setmana.

Li vaig penjar i vaig acceptar la trucada de l'Estíbaliz.

—Pots venir? —em va demanar—. No han acabat l'autòpsia, però han trobat una cosa que la forense, la doctora Guevara, ens vol ensenyar per si agilita la investigació.

La meva companya va tenir la deferència d'esperar-me a l'entrada del Palau de Justícia, un edifici triangular de metall brillant al final de l'avinguda Gasteiz. Ella vivia a prop, i va preferir no entrar fins que jo arribés, cosa que vaig agrair quan la vaig trobar asseguda sobre el respatller d'un banc.

—T'he d'explicar una cosa. Seu aquí amb mi, va —em va dir com a salutació—. El comissari Medina ha volgut premiar-nos per la nostra actuació amb en Ricardo fill i ha mogut els fils entre alguns dels seus companys jubilats per rescatar l'arcaic expedient en paper de l'atracament del teu pare.

Finalment, alguna cosa sòlida.

—El tens?

—No, només m'ha passat escanejos de l'atestat, sense fotografies —va dir.

—Per què no t'ho ha donat sencer perquè ens ho puguem mirar? —vaig preguntar, sense comprendre-ho.

L'Estíbaliz es va fregar les mans, nerviosa.

—No t'has preguntat mai quina va ser l'arma homicida? I com el van matar?

—Mil vegades... cada nit —vaig contestar amb tota sinceritat—. Arma blanca, un mal cop al cap si el meu pare es va resistir i si hi va haver forcejament?

—Va ser amb arma de foc —em va tallar—. L'arma no va aparèixer, la bala era com totes en l'època. El tret va ser disparat molt a prop.

Em vaig quedar callat uns segons, digerint-ho.

—On? —em vaig limitar a preguntar.

—On què?

—A quina part del cos li van disparar?

—Al cap. El comissari m'ha dit que no ha volgut fer fotos de les imatges perquè no t'arribin. Suposo que no confia que te les amagui i creu que m'acabaries convencent perquè te les ensenyés.

—Però tens l'atestat amb el croquis del cos.

L'Estíbaliz va sospirar, incòmoda.

—Sí. Hi ha esclat d'ossos cranials i pèrdua massiva de

massa encefàlica. M'ha dit que les fotografies de l'escenari són molt crues i que te les vol estalviar.

—D'acord —vaig dir per fi, com un autòmat.

L'avi no ens va donar mai detalls quan en Germán i jo preguntàvem per l'atracament, encara érem molt petits i, ja d'adolescents, sabíem que no respondria perquè sempre tirava pilotes fora.

Un tret al cap. Era cru fins i tot per a mi, que havia vist dotzenes d'autòpsies.

Vaig pensar en l'Alba, em vaig alegrar que estigués fora d'aquella investigació. Tenir notícies de caps volats no era la millor manera de superar un trastorn d'estrès posttraumàtic.

Vaig pensar també en la Deba. Què li explicaria, fins on, amb quin nivell de detall li parlaria, quan tingués l'edat adequada, de la mort del seu avi Gael?

I em vaig adonar que l'avi es va haver de fer el mateix plantejament amb en Germán i amb mi.

—Entrem, la doctora Guevara deu tenir feina —li vaig pregar, sense ganes de continuar parlant del tema.

Una vegada a dins de l'edifici, esperava que la doctora ens fes passar a la sala on es feien les autòpsies, però en comptes d'això ens va guiar fins a l'entrada d'un petit despatx adjacent.

—No cal que passeu pel tràngol de veure un cadàver —va dir—. No he acabat amb l'examen, però sí que he retirat la roba, i suposo que és important que vegeu el que he trobat. Respecte al cos, està en un estat propi d'un cadàver exposat a humitat i fred des de fa unes quantes dècades. En tot cas, puc confirmar que va morir d'una caiguda, i amb les lesions seria compatible que fos una caiguda d'uns trenta metres, tal com heu descrit el lloc de la troballa.

—Què ha trobat? —la va urgir l'Estíbaliz.

Va obrir la porta i ens va convidar a passar.

—Vosaltres mateixos ho podeu veure.

Damunt del plàstic estès sobre una taula hi vam veure uns quants objectes ordenats. Alguns d'ells semblaven molt deteriorats, com un parell de carteres de cuir podrides o un joc de claus molt rovellat. D'altres estaven en més bones condicions perquè eren de plàstic.

—S'han trobat dues carteres, com veieu, a la butxaca posterior dels pantalons i en una butxaca interior de l'abric. Una d'elles conté el DNI de José María Aldecoa.

—Això confirma la nostra línia d'investigació principal —va dir l'Estíbaliz.

—De totes maneres, encara hem de comprovar amb una prova d'ADN que el cadàver pertany a aquest home —va al·legar la doctora.

—Consta que va deixar dues filles —va dir l'Estíbaliz—. Una d'elles va morir de càncer fa un parell d'anys, i l'altra viu a Londres. Ens posarem en contacte amb ella i li demanarem una mostra d'ADN, haurem de coordinar la recollida amb algun laboratori.

—I l'altra cartera? —li vaig preguntar a la doctora.

—Acosta't, si us plau. Des d'aquesta distància és impossible que ho vegis. Em sembla que és important... per a tu —va dir, i després de mirar-me amb una expressió que no vaig saber identificar, va tornar a parlar amb el seu to neutre de forense—. La segona cartera, la que he trobat a la butxaca de la caçadora, contenia tots aquests objectes. Passo a enumerar: un DNI a nom de Gael López de Ayala, un permís de conduir, un carnet de l'Esportiu Alabès i dues fotografies plastificades de sengles grups familiars. També un parell de bitllets de mil pessetes en estat inutilitzable.

Em vaig acostar als documents fets malbé, ennegrits i humits després de viure durant quaranta anys a l'orifici d'un avenc.

Una fotografia mostrava la que sempre havia pensat que era la meva mare, la Marta Gómez, amb el meu pare i amb mi, embarassada d'en Germán.

La foto va ser feta a la cuineta vella de la casa de l'avi, a Villaverde.

L'altra fotografia, possiblement feta per la Goya, perquè la fageda que es veia darrere seu era de Bajauri, revelava una parella somrient i il·lusionada mirant a càmera.

El meu pare abraçava la meva mare, una Ítaca inflada per un incipient embaràs que ja era impossible de dissimular.

Em vaig agafar el meu temps per mirar-les, malgrat que, en aquell context tan asèptic, allà al costat de la sala d'autòpsies, resultaven una mica pertorbadores. No era com mirar un àlbum familiar assegut al sofà i comentant anècdotes entranyables.

—No han trobat cap arma de foc, suposo —va dir l'Estíbaliz, per trencar el dens silenci de què no em veia capaç de sortir.

La doctora Guevara va fer que no amb el cap.

—Espero haver-vos ajudat. Continuaré amb l'autòpsia i te n'enviaré els resultats —li va dir a la meva companya.

Vam sortir del palau en silenci i vam anar caminant cap al parc de la Florida, a seure en algun banc allunyat i a envoltar-nos de vegetació.

Necessitava treure'm la sordidesa del que acabava de veure, tot en la investigació de la mort del meu pare m'estava resultant dur i llunyà.

Res a veure amb el record que els meus avis s'havien entestat que jo en tingués: rialler, pallasso, alegre, un pare jove i juganer.

—Llavors, suposo que no queda gaire més per investigar —vaig dir finalment, mirant endavant.

—Sí, per part meva, poca cosa més puc fer. Respecte al que va passar a l'avenc, és evident que en José María va poder caure o el van empènyer, però algú en va amagar el cadàver al costat de la caixa de la fàbrica de naips. Don Ricardo, el Custodi, segons el seu fill, és mort, i la seva dona no parlarà. Encara que només tingui demència a estones, seguirà fingint-la, per molt que li fem un interrogatori. —Em va esquivar la mirada, vaig pensar que buscava les paraules adequades—. Saps com acaben alguns casos —em va dir per fi—. Després de quaranta anys, trobar la pistola que va matar el teu pare, amb el possible assassí mort uns dies després, és missió improbable. Només podem donar una narrativa coherent a les conclusions a què hem arribat. El que em demano és si per a tu són suficients.

—Ho serien per a tu si això hagués estat, per exemple, l'assassinat d'algun familiar que estimessis, saps què vull dir?

—Ja ho sé, sí. —Es va escurar el coll.

—N'hi hauria prou? T'hi conformaries?

S'ho va pensar un moment, però no gaire.

—Diria que sí.

—Per estrany que et sembli, per a algú tan obsessiu com jo, em sembla que també en tinc prou. Molt més que fa una setmana. Sé que el van matar, que no va ser un atracament. Sé que va ser per la relació que va tenir amb la meva mare, sé que va ser pel rancor d'un Olivier, tot plegat em sona massa per passar-ho per alt. Ja n'hi ha prou. En Germán em va dir fa uns dies que havia d'aprendre a deixar anar, que m'entesto massa a intentar doblegar el que no flueix. Em va dir que la renúncia dona molta calma i molta llibertat.

L'Estíbaliz em va mirar com si fos la primera vegada que em veia.

—Ni en cent anys esperava sentir això dels teus llavis, vaig pensar que continuaries forçant a tots els vius que queden, en Ricardo fill, la mare amb demència..., que aniries a Londres si calgués a interrogar la filla viva de l'Aldecoa. I no, no és així?

—No t'emocionis, no és que hagi canviat de la nit al dia. Tant de bo. Però tinc una altra urgència al cap, la meva mare no dona senyals de vida des de fa més d'una setmana, i la Mencía m'ha trucat aquest matí per dir-me que ha trobat un àngel de Murano a l'habitació del seu hostal. En realitat, la figura té un àngel gran i un altre més petit, però és la mateixa signatura, l'incendiari també l'ha marcat. Vull ajudar-la, em sembla molt que demà me n'aniré cap allà. Puc quedar-me aquesta tarda aquí al teu despatx a visionar tots els vídeos que m'ha enviat en Renzo Scarpa? Vull descartar un parell de ximpleries que se m'han acudit.

Era això, i també que no volia tornar al meu pis buit, on l'absència de l'Alba em feia massa mal.

—Tot teu —va dir l'Estíbaliz. I em va llançar les seves claus—. Tanca quan surtis.

55

Jimena

ÍTACA

Venècia, 21 de novembre de 1992

La Pietra us fa una repassada a totes, amb calma.

—Ha costat, portar-vos fins aquí —diu finalment en anglès, a manera de salutació—. No us perdonaré que m'hàgiu fet posar fi a la vida d'un venecià. Vaig sospitar que seria la Jimena la que us convenceria.

Et bull la sang quan parla d'en Nicola, saps que et penediràs tota la vida de no haver-lo ajudat econòmicament abans que el matessin, però t'adones que, jubilat o no, en Nicola no hauria abandonat mai Venècia, i la Pietra hauria ordenat el seu assassinat igualment.

—Ava, Charlotte, això ha salvat els vostres pares. Totes dues heu estat la nineta dels ulls dels vostres progenitors respectius. I avui són vius perquè vau acceptar la meva invitació a temps.

—Com és que sap tantes coses de nosaltres? —la interromp la Charlotte.

La Pietra se li acosta.

—Jo volia ser una de vosaltres. Fa molts anys, abans que vosaltres entréssiu al cercle. Amb les altres Egèries.

I se t'acosta, et ronda, com una lleona davant un ramat de gaseles.

—Tu en sabies alguna cosa, Jimena Garay?

—Jo no la coneixia a vostè fins que vaig venir a Venècia —afirmes, per bé que dubtes que et cregui.

—Què se'n va fer, de la primera Jimena Garay? —et pregunta.

—Va morir.

—Conseqüència de la vida de falsificadora?

—No —menteixes—. Va morir al seu llit, plàcidament. Va tenir una bona mort.

No penses regalar-li aquest plaer.

—Era la teva mare, la teva àvia...?

—La meva mentora.

—És clar, i tant, la que et va ensenyar tots els trucs de l'ofici. Tot i que no ets infal·lible, ja ho saps, oi?

I calles, sospites el motiu del seu comentari.

—Sabies que no vaig entrar al cercle precisament per ella? En aquell moment estaven buscant una Egèria europea, per ampliar contactes al vell continent. Jo complia tots els requisits. Culta, poliglota, de bona família, amant de l'art, amb tots els contactes del món a un costat i a l'altre de l'Atlàntic... Però havien de ser cinc, només cinc. Sou molt estrictes, les Egèries, amb les normes.

Se t'escapa un sospir, almenys en això hi esteu d'acord.

—Jo treballava per a la fundació de Solomon Guggenheim al seu museu, al 1071 de la Cinquena Avinguda. La Jimena estava sempre en parador desconegut, Déu sap què la mantenia allunyada del seu país natal. I jo no li vaig explicar mai que la desesperació aguditza l'enginy. Va investigar la meva família. Va convèncer les Egèries que seria perillós per a elles que jo entrés al cercle, que seria fàcil fitxar-me i fer caure tot el grup. Quan la Peggy, la neboda d'en Solomon, va morir, vaig tornar a Venècia a ocupar-me del museu... I quina ironia que ara hàgiu vingut vosaltres a mi.

—I tota aquesta *vendetta* és per no haver pogut entrar al cercle fa tants anys? No és pas culpa nostra! —exclama la Madison.

—No, Madison. No t'equivoquis, amb el temps em vaig alegrar de no haver de viure com vosaltres, i he convertit Venècia en el meu territori, ja des de fa molts anys. Però algú us ha d'aturar. Vaig desconfiar de la Jimena Garay quan es va posar en contacte amb mi, però vaig sospitar que, si ho feia obertament, era perquè no coneixia el nostre passat comú. Llavors vaig decidir deixar-la fer, el meu fill va confiar en ella. Vaig comprovar que els museus que van donar els vuit llenços consideraven que tot estava correcte per la seva banda. Però, fa unes setmanes, en Carlo Trevisan va venir a visitar-me.

Et mira fixament, li tremola el llavi inferior.

—Era un gran amic, un amic estimat. En Carlo estava furiós, havia comprat la *Reminiscència arqueològica de l'Àngelus de Millet*, va pensar que m'estafava i va descobrir que l'estafat era ell. Al llenç hi faltaven unes quantes siluetes al peu dels agricultors. Quina falsificació més grollera, Jimena!

Totes les Egèries et miren, amb uns rostres que van de l'enuig a la sorpresa, passant per la decepció.

Com explicar-los allò. Com explicar-los que vas ser incapaç, aquells dies de dol per en Gael, de pintar en el nou llenç la petita figura del pare donant-li la mà al fill i assenyalant la immensa mare que els plora.

Saps que va ser el teu inconscient qui va prendre la decisió de no pintar-lo, d'entregar una còpia incompleta, de posar fi a aquell cicle de vida de falsificacions.

Saps que estaves buscant un final com el que ara se't presenta en una bossa negra de vellut.

56

«Ceralacca»

Unai

Venècia, 10 de novembre de 2022

Després de passar unes quantes hores visionant en bucle els vídeos de la càmera de l'embarcador de l'illa de Santa Cristina, vaig començar a veure alguna cosa diferent en el patró: una anomalia.

Els vídeos durant i després de l'incendi només mostraven les llanxes dels serveis d'emergència atracant al moll i deixant-hi els equips de bombers, de la policia i dels tècnics.

Un anar i venir gairebé infinit de les mateixes llanxes que descarregaven mànegues, destrals de mà i la resta de l'equip d'emergències.

Aquella mateixa nit vaig reservar novament un bitllet per a l'endemà, el primer vol que m'havia de tornar a Venècia, i vaig escriure a en Marcantonio demanant-li habitació a l'hostal San Lio.

Era ja fosc quan vaig arribar a la recepció de l'establiment. Per guanyar temps, havia quedat amb la Mencía allà mateix. Quan vaig arribar, la vaig veure cansada, massa dies en tensió ens estaven passant factura en aquell novembre interminable.

M'esperava al carrer. Ningú passava pels voltants i vam poder parlar amb llibertat.

—Ha arribat la simulació de l'aspecte actual de Calibà, o els possibles aspectes, com tu vas demanar —em va dir, com a rebuda.

Em va mostrar la pantalla del seu mòbil i va anar passant fotos mentre vèiem un Calibà sense barba i els seus possibles trets. Sense ulleres i amb ulleres, amb pentinats més o menys rapats, curts, degradats, més clar, més castany, més morè. Tot un repertori de possibles Calibans.

—Creus que l'has vist des que has arribat a Venècia? —li vaig preguntar—. Et sona d'alguna cosa?

—No, la veritat és que no. I a tu?

—Podria ser, per descomptat, el que em va empènyer des del pont el primer dia. Però més que els seus trets, el vaig veure d'esquena amb el rostre ja girat. Gairebé estic convençut que va ser ell, però hauria de reconèixer la complexió. Pel que fa a les muntures, ja he après que aquí hi ha molta tradició de muntures d'autor i m'he acostumat a veure venecians amb muntures de totes les formes i colors. En tot cas, això ens pot servir perquè estiguem sobre avís, ara que tant tu com jo hem rebut la mateixa figura de l'àngel de Murano que l'incendiari.

—Sí, i per a l'ordre de crida i cerca. Ja l'he enviat perquè la tinguin present, tant la policia dels dos països com la Interpol.

—D'acord —li vaig dir, mentre entràvem a la recepció de l'hostal—. Hem de parlar amb en Silvano. És molt important, he vist una cosa que...

—Bona tarda, m'alegra veure't un altre cop —ens va interrompre en Marcantonio des de darrere el taulell—. T'he tornat a posar a la mateixa habitació, a la tercera planta. Et sembla bé?

—Sí, perfecte —li vaig dir.

—Hi ha alguna altra cosa —va afegir.

—Digues.

—Aquest matí he trobat un sobre al teu nom. L'havien fet passar per sota de la porta de l'entrada. Té. —En Marcantonio em va allargar un petit sobre blanc.

El vaig girar, estranyat. Portava un lacre blau que el segellava i semblava que contenia només paper, gairebé sense pes ni volum.

La Mencía i jo ens vam mirar, preocupats.

—Gràcies, Marcantonio —li vaig dir, i vaig pujar amb la Mencía a la meva habitació després que em donés la clau.

Una vegada a dins, ens vam quedar mirant el sobre.

—Creus que és segur que l'obris aquí? —em va preguntar la Mencía, mirant-se'l com si hagués de ser una bomba.

Vaig agafar la targeta de plàstic que m'acabava de donar en Marcantonio per obrir l'habitació i la vaig fer servir per esquinçar el lacre.

A dins hi havia una invitació en una petita cartolina, també blanca:

> Unai, sé que la Mencía i tu m'esteu buscant.
> Veniu avui. Res de policia. Només vosaltres.

A sota hi havia la ubicació: Isola de San Francesco del Deserto.

—Coneixes el lloc? —li vaig preguntar a la Mencía.

—No hi he estat mai, però sé quina illa vol dir.

Vaig girar el sobre, inspeccionant el lacre de color blau intens.

—Això és molt típic de Venècia, hi ha moltes papereries i botigues especialitzades que venen la *ceralacca*, la barra de cera de tots els colors i el segell amb totes les inicials i dissenys que et puguis imaginar —em va dir—. Quina lletra creus que és?

—Jo diria que és una «ce» —vaig contestar.

—Això sembla. —I la Mencía va pronunciar en veu alta el que tots dos estàvem pensant—: És la inicial de Calibà.

57

La bossa negra

Ítaca

Venècia, 21 de novembre de 1992

Llavors se t'acosta, freda com una pedra.

—Necessito que m'ho diguis, i creu-me, no estàs en condicions de mentir ni de negociar, les altres falsificacions eren tan barroeres com aquesta?

—No, res a veure. Ningú ho sabrà mai. No m'havia passat mai, abans. I va ser l'única vegada.

—N'estàs segura? És important.

—Ho sé, el prestigi del Guggenheim i el seu propi depèn que ningú més sàpiga que al seu museu es va produir una estafa —t'avances.

—Exactament —et confirma la Pietra.

—I què ha passat amb en Carlo Trevisan? —intervé la Harper, sempre resolutiva—. Han arribat a algun acord? Podem fer-nos-en càrrec, compensar-lo econòmicament.

La Pietra abaixa la mirada, per primera vegada la notes avergonyida.

—Ja és tard per a això... —murmura—. Va ser un bon amic, durant molt de temps. Molt bon amic, li puc perdonar que sense jo saber-ho es pensés que comprava un Dalí autèntic i jo n'entregava un de fals a un museu, però no li puc perdonar les amenaces. Era gran, en tot cas, era... fàcil, encara que va ser dur per a mi haver de fer-ho.

Assumeixes que és el més semblant a una confessió de l'assassinat de Trevisan que sentiràs mai.

—Això ha d'acabar, ara i aquí. Com veieu, els vostres actes, els vostres errors, ens arrosseguen a tots. Us he fet venir perquè trieu, com us vaig anticipar en la invitació: «VT *vs.* RV». *Vendetta traversa versus* ruleta veneciana.

Us allarga la bossa de vellut, primer a la Harper.

Ella no dubta, fica la mà a la bossa i en treu una pistola.

—Fa temps que no es practica la ruleta veneciana, però em sembla molt que en aquesta ocasió és procedent, amb vosaltres. Sis morts més són difícils de fer passar per accidents. I vull que el cercle de les Egèries acabi amb mi present, vull veure com acaba tot. Teniu.

Us va oferint la bossa, aneu traient una pistola cadascuna.

—Heu d'apuntar al cap. La Harper a l'Ava. L'Ava a la Kora. La Kora a la Charlotte. Jimena, a tu i a la Madison us toca fer-ho al rostre de cadascuna, alhora. Sabeu l'altra opció, la *vendetta traversa*. Aniré acabant amb tots els que hàgiu estimat alguna vegada.

Les sis us mireu tenses, als ulls, una mica incrèdules, amb les pistoles a la mà.

La Pietra s'impacienta.

—Va, ara! Heu de prendre una decisió —us insisteix.

Però, per sort, en aquell moment, una de les portes s'obre i apareix en Leone.

—Mare! —la interromp—. Hi ha una cosa que has de saber.

58

San Francesco del Deserto

Unai

Venècia, 10 de novembre de 2022

No vam haver de debatre res, ni la conveniència o no d'avisar en Renzo Scarpa ni a ningú més. La Mencía semblava tan decidida com jo a presentar-se a la cita que ens proposava Calibà.

—És una illa diminuta, està a la llacuna nord, passat Murano, a mig camí de l'illa de Santa Cristina —em va informar—. És una illa apartada, i hi viu una petita congregació de monjos franciscans, hi tenen el convent. Sé que admeten gent amb comptagotes si volen fer retirs de meditació. Em sembla que fan vot de silenci i que cal seguir les regles estrictes de l'orde i participar en tots els oficis.

—Hi has estat alguna vegada?

—No, no hi he anat mai perquè diuen que a l'estiu hi ha molts mosquits.

—Però hi podem anar ara, avui? —li va preguntar la Mencía.

—Sí, agafem un taxi aquàtic i ens hi portarà. Suposo que hi deu haver un embarcador.

Vam sortir de l'hostal i vam comentar el que volíem fer amb un taxista que vam trobar. L'home ens va dir:

—Sé que són els monjos els qui s'encarreguen de recollir els pocs que hi van des de Murano, però si ja tenen una persona que els hi espera, jo no tinc problema a portar-los fins allà.

Aquesta vegada el viatge per la llacuna nord va durar la meitat que el trajecte fins a l'illa de Santa Cristina. El taxista es va desviar cap a l'oest i vam veure aparèixer per l'horitzó una illa perfilada per uns xiprers molt alts.

A l'embarcador ens esperava, assegut en un banc de fusta, un monjo calb i força gras.

Anava vestit amb els hàbits marrons i el cordó franciscà lligat amb un nus sobre el que havia estat una cintura. Malgrat el fred que feia, el monjo portava unes sandàlies molt espartanes.

El taxista es va acomiadar de nosaltres i ens vam quedar allà al davant del monjo, sense saber molt bé què dir.

—Hem rebut una... una invitació per venir a l'illa —va dir la Mencía.

—Sí, n'estic al cas. Jo m'encarrego sempre de rebre els qui es volen quedar uns dies entre els germans de la congregació. Em dic Virgili —va contestar, tenia aquell somriure sense forçar dels que són amos del seu temps i estimen el que fan.

Tenia també el parlar ràpid dels venecians, semblava acostumat a oferir la mateixa rebuda una vegada i una altra.

—Malgrat el que pensen tots els que venen a l'illa per primera vegada, no hem fet vot de silenci com els benedictins, però heu de dormir en habitacions separades. Tenim una zona amb les cel·les per als homes i una altra zona diferent per a les dones. Disposem de biblioteca, una antiga farmàcia on encara preparem herbes medicinals i una petita destil·leria. Podeu passejar, resar a la capella, sortir pel jardí a les nits... Avui hi ha lluna plena i, si suporteu el fred, és una experiència que ajuda molt a assolir la pau mental que tots busqueu quan arribeu aquí. És important que sapigueu que heu de col·laborar amb els set oficis diàriament. Teniu —va dir, i ens va allargar uns penjolls fets amb un cordó negre i una lletra de fusta en forma de «te».

—És una tau, és l'última lletra de l'alfabet hebreu i sant Francesc la va adoptar com a símbol. Tots els franciscans en portem una i, mentre sigueu aquí, també l'haureu de dur vosaltres. És el símbol de la conversió, de la penitència, i també protegeix de la venjança. Quan acabeu el retir, us la podeu endur com a record de la vostra experiència. Molts no se la tornen a treure i moren amb ella al coll —va comentar amb un matís d'orgull a la veu.

Tots dos ens vam posar les taus i les vam deixar ben visibles, però jo no entenia res.

Vaig mirar la Mencía mentre seguíem el monjo pel recte sender envoltat d'arbres i vegetació que ens portava al petit convent. Ella es va encongir d'espatlles, tan desconcertada com jo.

—Hi ha una capelleta, i em sembla que algú us hi espera —ens va dir el monjo, i ens va guiar per un claustre quadrat amb un pou i una figura de sant Francesc d'Assís presidint l'espai.

Ens va obrir una porta de fusta, tota desmanegada, amb una clau d'aquestes tan pesants d'església i ens va convidar a entrar.

Vaig notar que la Mencía es posava, per instint, la mà a la cintura.

«Bé», vaig pensar. Vaig suposar que portava la seva arma reglamentària i en un gest que era inconscient per a tots els que alguna vegada havíem dut pistola, va comprovar que seguia al seu lloc. Jo sempre ho feia quan sentia el perill al clatell.

No esperàvem el que vam veure, o a qui vam veure, quan el monjo va tancar la porta darrere nostre.

Perquè, contra tot pronòstic, va ser l'Alistair Morgan qui va aparèixer del no-res.

59

La sala verda

Ítaca

Venècia, 21 de novembre de 1992

La Pietra mira el seu fill com si el veiés per primera vegada. Durant un parell de segons, es veu incapaç de reaccionar.

En Leone ho aprofita per acostar-se a tu.

—Què hi fas, aquí, Leone? Això no t'incumbeix —el frena ella, i l'agafa pel braç.

—Al contrari, mare —diu ell, desfent-se'n—. M'incumbeix massa.

—No sé el que has sentit, però...

—La Jimena. Estem plegats. Estem promesos.

Per una vegada, és el fill qui interromp i silencia la mare.

La Pietra sembla oblidar-se de les Egèries, la seva mirada passa del rostre del seu fill al teu, com buscant alguna cosa que ho corrobori.

—Com?

—Està gestant la teva neta —s'afanya a dir, abans que la seva mare reaccioni en un sentit o en un altre—. Anem, parlem-ne a la sala verda. És un afer privat, de família. Atès que la Jimena està implicada en el cercle de les Egèries, però també està embarassada de mi, haurem de prendre una decisió.

El rostre de la Pietra canvia de l'horror de la sorpresa a l'alegria de la sorpresa.

—Una neta? N'esteu segurs?

—Encara no se li nota, però la doctora que l'està atenent ens ho ha confirmat. Vull que vinguis el pròxim dia a la consulta. Se sent el batec del fetus, ràpid, molt ràpid.

La Pietra es pren un moment per digerir la notícia, però després torna al present.

—No penso deixar-les sortir —diu, mirant el cercle de dones que té al davant.

—Deixa-les a la sala, no s'escaparan, han vingut perquè han volgut. Però abans que facin res, parlarem de la Jimena i de la teva neta —li diu, i et fa un gest perquè entris amb ells a la sala del costat—. Tots tres.

Deixes la pistola a la taula més propera, alleujada de no tenir una arma a les mans.

Seguiu en Leone a la sala de parets folrades amb teles verdes i ell tanca la porta darrere seu.

—És veritat, Leone? Estic esperant una hereva? —diu, i s'acosta a tu, amb intenció de tocar-te la panxa.

Has sentit el soroll de la clau girant al vell pany. En Leone i tu us mireu, la Pietra s'abalança sobre la porta.

—Obriu! Què passa?

Però, en aquell moment, se senten cinc trets, nítidament.

60

La Tau

Unai

Venècia, 10 de novembre de 2022

Pompós com el recordava, l'Alistair em va fer una bona abraçada, i jo, després d'uns segons de total desconcert, l'hi vaig tornar.

—Unai, estimat Unai. Encara som vius, tu i jo, malgrat tot —es va separar de mi com per comprovar que seguia sencer i, després de mirar-me de dalt a baix, va tornar a abraçar-me—. I els teus ulls? Tot bé?

—És complicat —vaig resumir.

Jo també me'l vaig mirar bé, no sense una certa preocupació. L'Alistair havia estat un *hippy* als anys setanta que continuava vestint com un *hippy* dels setanta, amb una armilla llarga de coll de pell i pantalons de campana. La seva cabellera llarga i arrissada fins a mitja esquena el feia inconfusible, però estava horriblement prim i tenia un color grogós.

Portava, això sí, igual que nosaltres, un cordó negre a manera de penjoll amb la tau dels franciscans.

—Jo no estic tan segur que tu estiguis bé, què t'ha passat? —li vaig preguntar.

—Estic mig enverinat. Però els brous de peix de la llacuna que els monjos saben cuinar em van curant, a poc a poc. Milloro amb els dies, tot i que em vaig pensar que em moriria.

—Què vol dir, enverinat? —va preguntar la Mencía, alarmada.

—Estimada Mencía! —va exclamar l'Alistair, i se li va llançar al damunt per abraçar-la amb el mateix entusiasme i sentiment que a mi.

—Segueixes viva, i mira que ets difícil d'amagar —va dir, acariciant-li la cabellera blanca.

—Què està passant, Alistair? —el vaig tallar—. Necessitem una explicació.

—I per això us hem fet venir, a més de fer-ho per protegir-vos —ens va explicar—. Però em sembla que deveu estar esperant trobar-vos amb més gent, aquí.

Va fer un gest teatral i va assenyalar la porta lateral de la capella que donava al jardí.

La Mencía i jo vam aguantar la respiració, esperàvem que aparegués l'Ítaca. Del jardí van sorgir, en canvi, en Gaspar, l'Alicia, en Benedict i en Solomon. Ningú més.

En tot cas, em vaig alegrar de veure'ls vius, encara que en Gaspar portava el turmell esquerre embenat i coixejava.

Duien a la vista, com l'Alistair, la seva tau de fusta penjant del cordó negre.

—Què t'ha passat, Gaspar?

—Algú em va empènyer des de dalt de les escales de la llibreria Acqua Alta.

—Em sembla que heu de posar-nos al dia de moltes coses que han passat des que vau arribar a Venècia —va dir la Mencía.

—Alicia, tu estàs bé? M'alegra comprovar que ets viva —la vaig saludar.

—Amb ganes que tot plegat s'acabi d'una vegada i poder tornar, com tu, a Vitòria. Però jo no estic lesionada, si és això el que vols saber.

—Benedict, Solomon, vosaltres...? —va preguntar la Mencía.

—Jo sí que he patit una advertència, ara us ho explicarem tot, però no estic ferit —va dir en Benedict, el vidu de la Sarah Morgan i gendre de l'Alistair.

Però per l'entrada lateral de la capella no va aparèixer ningú més. Només cinc de les sis persones que apareixien en la gravació de la càmera.

—És millor que ens asseguem tots i comencem les explicacions —va intervenir en Gaspar, que no va esperar més i es va dirigir coixejant cap als bancs de fusta de la capella.

Els altres el vam imitar i, quan tots set vam estar asseguts, l'Alistair va començar:

—Jo vaig ser el primer. Els cinc que som aquí vam arribar a Venècia a finals d'octubre per organitzar la Fira Internacional del Llibre Antic. En Gaspar i jo havíem de rebre i enregistrar els vint volums cedits per la Biblioteca Nacional. L'Alicia i en Benedict portaven peces interessants i en Solomon venia per Sotheby's a l'espera de tancar algunes transaccions per després fer-ne la subhasta a Madrid. Ens vam allotjar tots al Palazzo Canova, a la Riva del Vin, a pocs metres del Rialto. Té les millors vistes al Gran Canal i des d'allà fàcilment podíem anar cada dia fins a l'illa de Santa Cristina. La segona nit que érem aquí, després de visitar el palau on havíem d'organitzar la nostra exposició de llibres prohibits, els de la recepció de l'hotel em van donar un paquet que havia arribat al meu nom. Ens havíem passat el dia amb col·legues de l'Associazione Librai Antiquari d'Italia, i vaig pensar que devia ser un regal seu. Al nostre gremi, si vols fer feliç un amic, t'informes dels seus gustos literaris i li regales algun exemplar que tinguis a la teva llibreria i que li encaixi. Era un exemplar de *La tempesta*, de Shakespeare. Sí, ja ho sé. Hauria d'haver-me cridat l'atenció el detall, hauria d'haver recordat que Calibà és un dels seus personatges, però em va poder més la passió shakesperiana, vaig obrir el llibre i a dins hi tenia el regal: un *kit* d'absenta. Amb la seva petita ampolla verda, la cullereta de plata foradada i el terròs de sucre preceptiu.

Tots se'l van mirar com si fos un nen sense remei.

—Me la vaig preparar. Sí, no se'm va acudir res més que preparar-me-la. Vaig abocar l'absenta verda en un vas de vidre de l'hotel, vaig col·locar el sucre sobre la cullera i hi vaig abocar aigua per sobre. Després em vaig prendre l'absenta, per sort, no d'un glop. Em sembla que això em va salvar la vida —va dir, seriós com poques vegades.

—Et vas adonar que l'absenta no s'havia tornat blanca —em vaig avançar.

—Exacte. I això volia dir que alguna cosa anava malament. Que el sucre no era sucre o que l'absenta no era absenta. No sé si de l'aprensió o no, però vaig cridar en Gaspar perquè vaig començar a tenir molt mal de cap, una pressió a les temples tremenda. Vaig sentir vertigen i em vaig marejar. A la recepció del Canova van ser ràpids, de seguida van avisar una llanxa d'emergències i em van portar a l'hospital. No vaig necessitar un rentat d'estómac, només em van fer ingerir uns quants vasos de carbó activat. Pels símptomes, era una intoxicació lleu. I vam tornar a l'hotel aquella mateixa nit, jo no volia que en Gaspar ni ningú la passés cuidant-me a l'hospital. Vaig suposar que tots cinc estaríem més segurs a l'hotel, en habitacions contigües.

—No vas anar a la policia? No vas posar cap denúncia? —va preguntar la Mencía.

—No, no vaig voler aixecar la llebre.

—Per què?

Tots es van mirar en silenci.

—Perquè estava clar que era Calibà. Era la seva signatura: *La tempesta*. I em coneixia en persona, coneixia la meva afició per l'absenta. Llavors no sabíem que s'havia escapat de la presó.

—Però a l'hospital tenen l'obligació d'avisar d'ofici la policia quan sospiten que s'ha comès algun delicte —li vaig dir—. No hi ha denúncia?

—Els vam dir que m'havia equivocat, no vaig parlar de sucre ni d'absenta, només que vaig pensar que havia ingerit per error una medicació que no era per a mi. Com que no vaig saber donar-los més indicacions, van aplicar el primer protocol del carbó activat davant els símptomes que presentava i, quan van veure que em trobava millor, em van enviar cap a casa. Vaja, cap a l'hotel.

—Però, l'endemà encara no es trobava bé, i es va quedar al llit, i els altres quatre ens vam quedar a l'hotel una bona estona. Teníem temps per muntar l'exposició i no vam anar a l'illa —va continuar en Gaspar.

—Al migdia ens van trucar de Madrid, de la Biblioteca Nacional, per confirmar-nos que ja havien rebut per part de l'empresa de transport l'albarà signat per l'Alistair aquell matí mateix. En aquell moment em va semblar que era millor no dir res i vaig callar, em vaig adonar que Calibà ens acabava de robar els vint llibres i que oficialment constava que nosaltres els havíem rebut al *palazzo* de l'illa de Santa Cristina —ens va explicar.

—Va ser llavors que em vas trucar per preguntar-me si Calibà seguia a la presó? —va preguntar la Mencía.

—No, et vaig trucar després d'això de la llibreria. Quan vaig rebre la trucada, vam consensuar que l'Alicia, en Benedict i en Solomon es quedarien a l'Hotel Canova cuidant l'Alistair i que jo aniria, discretament, a parlar amb el director de l'Associazione, un gran amic, en Filippo, l'amo de la llibreria Acqua Alta. Ell està al capdavant del comitè que organitza la Fira Internacional, el dia abans ens havia mostrat l'illa de Santa Cristina i ens havia entregat les claus del *palazzo* perquè organitzéssim nosaltres la nostra exposició.

Volia saber si aquell matí havia estat a l'illa, si havia vist l'embarcació que ens havia d'haver portat les caixes amb els llibres cedits, però no vaig arribar a parlar amb ell.

—Algú et va empènyer des de la part alta de les escales, oi? —vaig preguntar.

—Em vaig fer mal en una costella i em va costar un esquinç —va resumir—. Després d'això, no vam voler implicar en Filippo. Per a nosaltres estava clar que Calibà ens estava encalçant des que havíem arribat a aquesta ciutat, i no volíem posar ningú més en perill, però ni tan sols sabíem que s'havia escapat.

—Alguna altra cosa? —vaig preguntar. Ja tenia un patró: algú que ens empenyia quan arribàvem a Venècia. Calibà era molt recurrent amb els seus *modus operandi*.

—El meu gendre, en Benedict —em va confirmar l'Alistair.

—Jo vaig ser el següent —va dir en Benedict—. Vaig rebre un facsímil del mateix llibre que va matar la Sarah. Algú el va deixar abandonat en una de les taules del jardí del pati interior del Palazzo Canova. Anava al meu nom. No vaig voler ni tocar-lo, per si m'explotava, com li va passar a la meva dona.

La Sarah Morgan havia mort d'una manera horrible quan va rebre a la seva editorial una joia bibliogràfica el llom de la qual estava impregnat d'una glicerina modificada que li va esclatar a la cara. Allò va donar peu a la investigació del *Llibre Negre de les Hores*.

—Llavors, com vas saber que era el mateix títol? —va preguntar la Mencía.

—Perquè aquest bastard és endiabladament llest i va un pas per davant nostre. Va preveure que no l'obriríem i el va deixar embolicat en un plàstic transparent —va dir en Benedict.

—I l'Alicia i en Solomon? —La Mencía es va girar cap a ells.

—Ningú ens ha atacat ni hem rebut res —va contestar l'Alicia.

—Pot ser perquè vosaltres no vau participar en la detenció de Calibà. Potser només es vol venjar dels que el vam fer entrar a la garjola. Jo únicament vaig sondejar l'Alicia perquè em donés informació dels llibres d'hores, i amb tu ni tan sols vaig posar-m'hi en contacte, només et vaig veure a l'enterrament de la Sarah —vaig dir.

—No ho sabem, però no ens hem quedat esperant a esbrinar-ho —va dir en Solomon.

—Una pregunta, Alistair, Gaspar, Benedict... vosaltres no heu rebut en cap moment una figura d'un àngel blanc de vidre de Murano? A mi també algú em va llançar per un pont al canal quan vaig trepitjar Venècia i, tant a la Mencía com a mi, ens han entrat a l'habitació i ens han marcat amb l'àngel.

En Gaspar es va aixecar, una mica dificultosament, i es va asseure al meu costat.

—No, encara no has entès la situació, benvolgut Kraken. L'àngel era un missatge per a vosaltres, perquè sabéssiu que estàveu protegits, ja sabreu qui hi ha al darrere al moment oportú.

—I heu acabat aquí, en un convent de franciscans, amagats —va concloure la Mencía.

—Aquesta és l'única manera d'amagar tantes persones, a Venècia és impossible —ens va confirmar en Gaspar.

Em vaig aixecar i em vaig posar al davant de tothom:

—Tinc una teoria que no he pogut confirmar fins ara i no tinc clar que el vostre còmplice es decideixi a confessar. Va ser en Silvano Scarpa qui us va portar a aquesta illa, oi que sí?

La Mencía em va mirar sense comprendre res. Els altres van creuar les mirades.

—Com ho has endevinat? —es va rendir l'Alistair.

—Algú us va proporcionar sis uniformes de bombers.

Els cascos negres us van permetre passar desapercebuts davant la càmera del moll. En Silvano i el seu equip van arribar en una llanxa dels *vigili del fuoco* amb una bandera d'Itàlia a popa. La llanxa va i ve unes quantes vegades, arriben altres bombers de reforç a l'illa, descarreguen els seus equips, s'endinsen al moll en direcció al *palazzo* en flames. D'altres tornen, hi ha un formigueig incessant d'uniformats. Per això vau passar inadvertits. Però quan l'incendi ja està controlat, set bombers surten i es fiquen en una llanxa que no té bandera d'Itàlia. Un d'aquests bombers, l'únic, va amb el casc a la mà. És en Silvano Scarpa, el cap dels bombers. Se'l pot reconèixer per les ulleres de pasta, vermelles. La resta dels sis bombers portaven cascos. Aquesta llanxa, la que no té bandera italiana, tarda més de mitja hora a tornar i, quan torna a atracar, només en surt en Silvano. Els altres sis bombers no tornen. Perquè no eren bombers, éreu vosaltres.

—Volíem llançar un missatge contundent a Calibà. Que ens donés per morts en l'incendi. Per això era important que se'ns reconegués a la càmera de l'embarcador —va dir l'Alistair.

—Però a l'embarcador éreu sis i ara sou cinc —vaig puntualitzar.

—Exacte —va dir en Gaspar—. I era important que les càmeres veiessin aquesta sisena dona i que totes les televisions del món ho retransmetessin perquè Calibà també s'ho cregués.

—Es cregués què, Gaspar? —va preguntar la Mencía, que es va posar dreta al meu costat.

—Que l'Ítaca Expósito és qui ens ha ajudat —va dir en Gaspar, amb un gest eloqüent.

Llavors es va obrir la porta que donava al jardí, era la segona vegada a la vida que veia la meva mare viva.

61

«Clemenzia»

Ítaca

Venècia, 21 de novembre de 1992

La Pietra comença a picar la porta de mala manera.

—Maleït sia, obriu! —crida, fora de si, en italià.

En Leone se li acosta, la frena.

—Mare, no poden sentir-te, em sap greu.

La Pietra l'ignora, com sempre fa, i continua copejant la sòlida i immensa porta amb els punys.

Tu necessites asseure't, no les has suportat mai, les armes de foc, i els cinc trets t'han encongit l'estómac.

De manera que ja està, ja no hi haurà més cercle, ja no ets una Egèria. Han pres la decisió.

Només se senten els exabruptes de la Pietra, que intenta sortir, rabiosa, però al cap d'uns minuts, una veritat s'imposa, i és que esteu atrapats.

Finalment, la dona s'asseu en una altra cadira, cansada i amb les mans envermellides.

—Deixa que ho intenti, mare.

En Leone copeja amb una espatlla contra la porta, una vegada i una altra, però no hi ha manera. La porta pesa massa, i el pany, fabricat com es fabricaven abans, sembla indestructible.

Tu t'aixeques, inspecciones tota la sala, no arribes a les finestres.

T'acostes a en Leone.

—La porta no cedirà, l'única sortida és la finestra, ho saps prou bé. Traslladarem la taula al costat de la paret i pujarem en una cadira. Trenca el vidre, tu ets més alt. Elimina les arestes amb la teva americana o amb les cortines perquè no ens tallem i salta tu primer. És un primer pis, després saltarem nosaltres.

En Leone està d'acord amb el teu pla, i l'explica a la seva mare, que l'accepta, desesperada.

Entre tots dos arrossegueu una pesant taula, que queda sota el finestral. S'encimbella en una cadira i copeja el vidre amb la base d'un llum. Després dedica una bona estona a netejar els fragments de vidre que han quedat adherits al marc.

Queda prou espai perquè passi un cos amb una certa facilitat, de manera que en Leone s'hi encabeix i es llança al buit exterior.

Sents un cop sec sobre l'herba. En Leone crida el teu nom.

La Pietra també s'enfila a la taula, rebutja l'ajuda que li ofereixes per pujar.

Passes pel buit que ha quedat a la finestra, són un parell de metres, en Leone et recull abans que arribis a la gespa. Espereu la seva mare, que també salta i cau il·lesa.

Així que és a terra, comença a córrer cap a l'entrada del *palazzo*. La seguiu, ella arriba abans a la sala de l'entrada.

No oblidaràs mai el que veus allà aquell dia, perquè és l'infern deslliurat.

Hi ha cinc cossos a terra, els caps esclatats en mil fragments, els trets, sembla, han estat disparats des de molt a prop. No arribes a distingir qui és qui, totes anàveu vestides de negre.

La Pietra s'acosta, et costa endevinar si està impressionada o consternada. Una cosa és ordenar assassinats a distància, una altra és ser testimoni d'una carnisseria i saber que aquest era l'objectiu que perseguies.

En Leone la mira, amb aquella intensitat tan seva, diries que profundament decebut.

—I ara què, mare?

Ella sembla que per fi surt del seu món i es fixa en ell per una vegada.

—Ho tenies tot pensat, què faràs ara, amb cinc cadàvers al teu *palazzo*? —li insisteix.

—Han estat suïcidis, a l'antiga manera veneciana. Trucarem a la policia. Que els investiguin. Jo seré l'amfitriona espantada pels fets. Al jardí posterior vull ordenar que hi projectin un laberint amb unes estàtues que honorin la seva memòria, hi estàs d'acord?

—Almenys en això, sí —assenteix en Leone.

—No vull que el que avui ha passat s'oblidi. De fet, la meva neta es dirà Clemenzia, per la clemència que he mostrat en perdonar-li la vida a la seva mare.

En Leone s'acosta a tu, en silenci, es gira d'esquena a la seva mare, et dona la mà i l'estreny, com si et digués: «Tranquil·la, ja s'ha acabat».

Però no és veritat, està lluny d'haver-se acabat.

Perquè entre els grans cortinatges sorgeix un home amb una arma.

Un home desesperat que ho ha sentit tot.

62

L'illa de les dues vinyes

Unai

Venècia, 10 de novembre de 2022

Per a la meva sorpresa, la Mencía es va llançar als braços de la meva mare. Les dues es van abraçar, i van romandre en silenci una bona estona.

La meva mare li acariciava els cabells llisos, com si ho hagués fet cent vegades abans.

Em vaig quedar dret, esperant, incòmode davant la seva demostració de tendresa.

Tot i que em sembla que també em vaig emocionar i vaig perdre una mica la noció del temps, perquè, quan em vaig girar, els cinc bibliòfils havien desaparegut sigil·losament de la capella. Ens havien deixat sols a tots tres, en un gest de respecte que vaig agrair i em va commoure.

Quan l'abraçada entre la Mencía i la meva mare va cedir, ella em va mirar i m'hi vaig acostar, sense saber ben bé com actuar.

—Ho sento, Unai. Sento haver-te involucrat novament en això.

—Tu no m'ho has demanat, he vingut jo —vaig dir.

—Però sabia que estaves en perill amb Calibà al carrer,

i et conec poquíssim, molt menys que no pas voldria, i tot i això sé que has heretat el meu perfeccionisme. M'enorgulleix la teva tenacitat, però em sento molt culpable de la vida que us estic donant, a tots dos —va dir, mirant també la Mencía.

—Podria... podria abraçar-te jo també? —li vaig pregar.

La mare se'm va acostar i ens vam abraçar una bona estona.

Era la primera vegada que la veia a plena llum del dia, era alta i prima, ara amb els cabells castanys, una cabellera llisa com la de la Mencía.

Tenia la barbeta partida per un clotet i els ulls foscos, iguals que els meus, però jo havia heretat més trets del meu pare.

Vaig notar que el coll se m'humitejava, ella m'havia repenjat el cap a l'espatlla, i vaig comprendre que estava plorant.

Vaig desitjar poder deixar-me anar jo també.

Perquè no tornaria a caminar amb l'Alba, agafats de la mà, pels camins de Laguardia, perquè ja veia que la vida de la Deba no seria la que jo havia somiat per a ella, per l'injust final que va tenir la vida del meu pare.

Desitjava plorar per tots nosaltres en aquell moment, però, per algun motiu, aquella abraçada em va mantenir d'una peça.

Em vaig separar d'ella, la meva mare es va eixugar els ulls discretament i ens va fer un gest perquè sortíssim al jardí.

Vam travessar en silenci un camí de pedretes envoltat per arbres i més xiprers fins que vam arribar a una zona de terra al costat de la riba que no estava sembrada de gespa.

—Aquí no hi venen, els monjos. Quan sant Francesc d'Assís va tornar de la cinquena croada va trobar aquesta illa, en deien de les dues vinyes, i va construir el convent que ja coneixeu per a la seva congregació. Ara no hi ha vinyes, i aquest terreny està abandonat, podrem parlar amb tranquil·litat —ens va dir.

La Mencía i jo la vam seguir fins a la riba, on vam trobar una estàtua de pedra d'un àngel infant i un banc.

—No entenc res, em pensava que era Calibà qui ens havia convocat aquí. Per la lletra «c» del lacre blau del sobre —va dir la Mencía, quan ens vam asseure tots tres mirant cap a les aigües platejades de la llacuna.

—No és una «c», és una «g», en realitat, de Jimena Garay, la identitat amb què vaig viure uns anys a Venècia.

—Com t'hi has involucrat, en això? —va preguntar la Mencía.

—En Gaspar em va avisar. Em va trucar quan van comprendre que els havien robat els vint exemplars de la Biblioteca Nacional. Si algú sap de robatoris de llibres antics..., en fi, per desgràcia, soc jo. En Gaspar volia saber si al mercat negre s'havia sentit a dir alguna cosa d'aquests volums. Normalment els robatoris d'exemplars únics es fan per encàrrec. S'emparaulen amb mesos, de vegades amb anys d'antelació, i només llavors es planeja com dur a terme la sostracció. Ningú roba un *unicum* si no té comprador per col·locar-lo. I vint és un nombre gairebé impossible de col·locar *a posteriori*, sense encàrrec previ.

—És a dir que us vau adonar que ningú havia robat els vint llibres prohibits per vendre'ls, que la motivació del robatori era una altra —vaig dir.

La meva mare va assentir.

—Només quedava la motivació personal. Robar-los per a un mateix. O per malmetre la reputació d'altra gent i enfonsar-los. Quan en Gaspar em va explicar això de l'exemplar de *La tempesta*, la seva caiguda per les escales a Acqua Alta, i la rebuda del mateix títol que va matar la meva enyorada Sarah... Tots dos vam tenir clar que, de la manera que fos, hi havia Calibà al darrere. I a mi em sonava tot a *vendetta traversa*. Ja ho havia viscut abans, aquí mateix, a Venècia.

—Abans que continuïs, en Gaspar i tu esteu en contacte? No sabia que us coneguéssiu —va intervenir la Mencía.

—Aquest món del llibre antic és més vell que tu, benvolguda Mencía. És impossible ser algú en el món de la bibliofília i que en Gaspar no et conegui —va dir, a manera d'explicació.

—Això de *vendetta traversa* ens ho hauràs d'explicar, tot i que no sembla que hagi de portar res de bo —li vaig pregar.

Va agafar la seva pròpia tau de fusta, que també duia penjada al coll, i la va acariciar, com si aquell gest la reconfortés.

—És una venjança que comença afectant l'entorn dels qui van agreujar el qui l'executa. El que identifica la *vendetta traversa* és que, una vegada comença, no s'atura mai. Els accidents i les coaccions es van succeint sense parar. Sempre van a més. El que estava passant a Venècia anava prenent l'aire de *vendetta traversa.* I jo ja n'havia viscut una. Hi ha una cosa que us vull explicar. Mencía, tu no has sabut mai que jo també vaig estar implicada en l'anterior incendi del *palazzo* de Santa Cristina.

La Mencía la va mirar, estranyada.

—No, no en tenia ni idea, però ara mateix, és important? —va preguntar.

—L'Unai no sap res del teu passat. Sé que et vaig dir que no volia que ho sabés, però estic farta de mentir a les persones que estimo, i mereix saber la veritat.

—Quina veritat? —vaig dir, incòmode.

Llavors va començar a parlar.

Va ser una història llarga, reposada, amb detalls. Ens va parlar de la seva arribada a Venècia el 1992, de la seva ingènua intenció que es tractés de l'últim encàrrec per al cercle de les Egèries.

Va parlar també d'un amor aristocràtic, d'en Leone da Riva i de la seva mare, Pietra da Riva.

Em va parlar del dia que va trucar a la Goya i li va exigir, una vegada més, fotos meves i del meu pare.

De la notícia, deu anys després, de la mort d'en Gael López de Ayala.

—Li vaig dir que tornava a Vitòria, que tornava per tu. Em va demanar, o gairebé em va exigir, que no ho fes. Va ser categòrica, hi havia por en la seva veu, era una advertència. Tu llavors tenies disset anys, m'havia perdut la teva infància. Només t'havia vist créixer en la distància, omplint un àlbum de fotos robades.

—Vas fer bé —li vaig dir, encara que em sabés greu.

—Com? —es va sorprendre—. Per què m'ho dius, això? No hauries volgut veure'm, no m'hauries acceptat?

—Si quan jo era un adolescent et presentes a Villaverde i em dius que ets la meva mare, m'hauries fet la persona més feliç del món. No és això. Per molt que em faci mal admetre-ho, per molt que una part de mi no perdonarà mai la Goya per tantes omissions, ella pensava que ens estava protegint i que ens salvava la vida. Tinc una història que et vull explicar. Ara mateix vinc de Vitòria, d'una investigació que tot just es va acabar ahir. Aquests dies he sabut que en Casto Olivier va posar preu als nostres caps.

La meva mare em va mirar, va aclucar els ulls, com si un dolor antic encara l'afectés.

—Quin preu? —va preguntar finalment.

—Cent milions de les antigues pessetes per matar-nos a tots tres: a tu, el meu pare i a mi.

La meva mare va assentir, suposo que intentava processar-ho. Li va tremolar una mica la barbeta.

—Sempre vaig témer que encarregués la seva venjança a un parell de sicaris, saps que per això me'n vaig anar a Madrid i et vaig deixar amb el teu pare —va dir.

—No va anar d'aquesta manera, però. Va ser diabòlicament més efectiu i més cruel que dos sicaris. Va convertir tota una ciutat en potencials mercenaris. Va nomenar un

Custodi, l'home més acabalat i més recte de Vitòria, perquè s'encarregués de guardar aquests milions i els fes arribar a qui complís l'encàrrec. Va enviar cartes a tots els seus coneguts, els va temptar amb els diners.

—Per què estàs investigant ara una cosa que va passar fa quaranta anys, Unai? —va preguntar.

—Perquè em sembla molt que jo també tinc notícies per donar-te... del meu pare. D'en Gael, de com va morir. I, sobretot, de per què va morir.

63

Després d'una vida

ÍTACA

Venècia, 21 de novembre de 1992

—Tota una vida al seu servei, al seu humil servei, i vostè mata el meu pare, o encarrega que el matin. Com si res, com si fos un peix més —diu.

És en Gennaro, el fill gondoler d'en Nicola.

Empunya una pistola, probablement la que has deixat sobre la taula, es dirigeix cap a vosaltres tres.

En Leone se li posa al davant.

—Gennaro, si us plau. No hauries d'haver sentit tot això.

—No, he de fingir que no sospitava que ella estava darrere la mort del meu pare.

La Pietra s'ha espantat al principi, però perd tot l'interès així que el reconeix. Només és el silenciós gondoler que ha escoltat durant anys tots els seus tripijocs sense obrir la boca.

Un altre que assumeix i acata la llei d'en Filippo de veure, sentir i callar.

No compta amb el fet que un fill que ha perdut el seu pare pel capritx d'un altre no pot perdonar. Això no ho sap, no ho pot saber.

I en Gennaro actua com algú que ja no té res a perdre.

Empeny en Leone amb el colze, l'aparta, i dispara a boca de canó a la Pietra, al cap.

La matriarca cau a terra, també vestida de negre, ja sense rostre, ja sense vida.

No oblidaràs, per molt que visquis, el dolor que veus en en Leone quan s'abraça al cadàver de la seva mare.

64

El sisè cadàver

Unai

Venècia, 10 de novembre de 2022

La mare em va fer callar posant la seva mà sobre la meva.

—Vull que m'ho expliquis tot amb calma, fill. Vine aquesta nit a la meva cel·la, podrem parlar en pau. Però hi ha algú que ens espera, a nosaltres tres i, sobretot, a la Mencía.

—A mi?

—Sí, Mencía. Ja és hora que afrontem aquest moment. Però vull que vinguis amb tota la informació que t'he negat aquests anys.

—Et refereixes a això que dius del *palazzo* de l'illa de Santa Cristina?

La meva mare va assentir.

—Aquella primera *vendetta traversa* també va ser culpa meva. El que jo havia de fer a Venècia era travar-ho tot perquè el Museu Guggenheim muntés una exposició temàtica de Dalí amb vuit llenços que les Egèries havien aconseguit que ens cedissin temporalment de diferents institucions repartides pel món. I ho vaig aconseguir, al principi la Pietra da Riva hi era refractària, no es fiava de mi, i amb raó. Però el seu fill, en Leone, sí que va confiar en mi i la va convèncer.

La Mencía va arrugar el front en un gest que no vaig comprendre.

—Jo vaig falsificar els vuit llenços i les Egèries es van encarregar de trobar col·leccionistes una mica tèrbols que volguessin tenir un Dalí original a la sala dels seus xalets a Gstaad. Però jo en vaig entregar un de voluntàriament incomplet. Ho vaig fer sent conscient de les implicacions que tindria. Ho vaig fer com qui es dispara un tret al peu, sabent que s'autosaboteja. Estava molt afectada per la mort d'en Gael i volia arrencar-me el passat de sobre. No vaig trobar cap altra manera de sortir del cercle de les Egèries.

—I què va passar després? —vaig preguntar.

—Entre en Leone i jo va sorgir una història, jo havia decidit canviar de vida, arrelar-me, quedar-me a Venècia. Vaig pensar a acabar aquest últim encàrrec i, durant un temps, vaig ser tan il·lusa que vaig creure que realment podria deixar la meva vida enrere. Però va començar a morir gent. La família més estimada de cada Egèria, en accidents absurds. Una persona cada setmana. Aviat es va fer evident que hi havia algú al darrere disposat a castigar-nos. A mi també em va arribar la *vendetta traversa*. Van matar un ancià venedor de peix, en Nicola, una de les persones que més he apreciat aquí. Encara no soc capaç de passar pel mercat del Rialto, em sento massa avergonyida i culpable quan me'n recordo. I en Leone va descobrir la meva cara B, es va assabentar de tot. Heu d'entendre que és impossible que passi res a Venècia sense que un Da Riva ho sàpiga. Això funciona d'aquesta manera des de fa més d'un mil·lenni. És endèmic, és part de l'educació i la cultura dels venecians. En Leone va acceptar continuar amb mi sempre que jo no tornés a la meva vida delictiva, cosa que vaig estar més que encantada d'acceptar, però que no havia de ser fàcil, tot i que llavors no ho sabia.

—Com va acabar la *vendetta*? —vaig preguntar.

—Vam rebre una invitació, un sobre negre, un presagi de mort segons l'antic llenguatge de les cartes. Ens van citar les sis Egèries al *palazzo* de l'illa de Santa Cristina. El lacre era l'emblema de la Pietra da Riva, en Leone coneixia bé la seva mare i no estava pas justament orgullós que executés la *vendetta traversa*, com havia fet segles enrere algun dels seus avantpassats més infames. En Leone, que tot ho observava, que tot ho sobrepensava, i que sempre s'anticipava, va idear un pla per salvar-nos. Però no era de franc. Sabia que la seva mare no acabaria mai la *vendetta traversa* fins que no ens eliminés.

—Ara ja ho puc endevinar —va dir la Mencía—. Us va obligar a arribar a la ruleta veneciana.

La meva mare es va sorprendre.

—I tu com ho saps, això?

—Quan l'Unai i jo vam anar a l'illa de Santa Cristina, pensant que tu podries estar entre els enderrocs, en Renzo Scarpa, l'inspector d'homicidis, ens va explicar que les sis dones que hi van morir fa trenta anys es van suïcidar mitjançant l'antic ritu. I que no les van identificar mai. Però no ho entenc. Les Egèries van morir llavors? Si tu te'n vas sortir, de qui era el sisè cadàver?

65

Gennaro

Ítaca

Venècia, 21 de novembre de 1992

En Leone es pren el seu temps per plorar la pèrdua de la seva mare, són uns minuts, però tu no pots deixar de mirar en Gennaro, que ha quedat immòbil, dret, amb una pistola a la mà.

—Hi falta dignitat pertot arreu, aquí —diu, destrossat, sense poder apartar la mirada del cadàver de la Pietra da Riva, fins ara la seva cap—. Prefereixo no continuar vivint després del que he fet.

S'apunta amb l'arma, no té clar si disparar-se un tret a la templa o encanonar-se a la boca.

«Prou», penses. Prou de morts, ja n'hi ha hagut massa.

—Gennaro, ja n'hi ha prou.

T'hi acostes i li parles amb una veu dolça. I encara que el teu pols sempre ha estat ferm, quan toques el canó i l'abaixes perquè no faci mal a ningú, tremoles tu i tremola la pistola.

—No moriràs, avui. El teu pare voldria que visquessis.

—El meu pare no voldria això. I ja he destrossat la meva vida. Penso entregar-me, penso pagar pel que he fet —diu, com si se'n convencés, però captes que dubta i que sent l'horror de la perspectiva d'una vida sense gòndoles.

—Ja ho has sentit, tot això, fins i tot la mort del teu pare, ha estat part d'una *vendetta*. Amb la mort de la Pietra acaba la *vendetta*. S'ha acabat —li repeteixes, amb l'esperança que la idea li arreli al cervell.

—I què passarà, ara? —demana.

Bona pregunta. T'acostes a en Leone i l'abraces.

—Amor. Has de deixar-la anar. Hem de solucionar tot això —li murmures.

En Leone s'eixuga les llàgrimes amb el palmell, s'aixeca lentament, acluca els ulls, s'obliga a centrar-se.

Però, llavors, en Gennaro t'arrenca la pistola i intenta posar-l'hi a la mà. En Leone la rebutja, com si hagués notat una descàrrega.

—Acabi amb mi, és el més just —li prega.

—Ella va matar el teu pare, tu has matat la meva mare. Això ha de parar, ja. No continuaré cap *vendetta*.

Treu el mocador de tres puntes de la seva americana, agafa la pistola d'en Gennaro amb cura i neteja les empremtes de la culata i el gallet.

Després posa la pistola a la mà esquerra de la seva mare i li estreny els dits perquè no es mogui.

—Era esquerrana —et murmura, a manera d'explicació—. La policia trobarà una ruleta veneciana de sis angles. Però sé amb qui parlar perquè silenciïn el fet que una d'elles ha estat la meva mare. A Venècia no poden relacionar la mort de la meva mare amb això. *Dai*, Gennaro. És hora que tornis amb la gòndola, que et vegin per San Marco, fes molts trajectes pel Gran Canal. Però necessito que te'n vagis ara mateix. I canvia't de camisa, hi tens unes quantes esquitxades.

—Llavors, estem en paus? —pregunta, incrèdul.

—Tu i jo sempre ho hem estat —replica en Leone.

El gondoler abandona, entre atordit i atabalat, la sala funesta que l'ha convertit en un assassí.

Et quedes sola amb la desolació d'en Leone, el qual, ja sense testimonis vius, no dissimula el dolor que l'aclapara.

—No esperava que aquest assalt acabés així per a ella —et diu—. Necessito una abraçada.

L'obeeixes, però el pla segueix endavant i queda encara molt a fer.

El consoles durant una estona, però fins i tot ell comprèn que cal seguir i marxar d'allà.

Agafes unes quantes capses de llumins de la lleixa de la xemeneia, algunes ampolles d'alcohol del moble bar, amares cortinatges i les flames comencen a cremar, però el foc no agafa amb prou intensitat.

—Com gestionaràs la notícia de la mort de la teva mare, doncs? —li preguntes, quan el veus més calmat.

—Diré al museu que ha marxat de viatge a Saint Tropez i a Cannes, com fa, com feia —es corregeix— cada any a l'hivern. Per Nadal, quan tothom estigui celebrant les festes i viatjant, diré que va morir allà, d'un infart. Que ningú relacioni el que avui ha passat amb la seva defunció. I hauré de recórrer a la Chiara novament, sé que hi havia més difunts al dipòsit de cadàvers. Esperem que em pugui ajudar.

66

La grip a Venècia

Unai

Venècia, 10 de novembre de 2022

La meva mare es va aixecar del banc i ens va convidar a seguir-la mentre passejàvem per la riba. El sol va anar baixant per l'oest i va tenyir la llacuna. L'hora blava, el moment que tots els fotògrafs adoren, no va tardar a presentar-se i a pintar-ho tot amb un mantell que encara no era la foscor total.

—El de l'any noranta-dos va ser un hivern cru, de molta grip. Una grip molt mortífera, l'Hospital Civil enviava al dipòsit de cadàvers cada setmana una dotzena de venecians i venecianes. La millor amiga d'en Leone, la Chiara Corner, era la directora de l'hospital. En Leone i la Chiara es protegien des de sempre, es cuidaven i guardaven els secrets de l'altre, eren com germans —ens va explicar la meva mare.

—Quan en Leone va veure la targeta que m'havien enviat va comprendre que era la seva mare qui estava executant la *vendetta traversa*, però va comprendre també que en el *palazzo* ens obligaria a triar. Com a signatura, havia deixat una antiga fórmula familiar: VT *vs.* RV.

—*Vendetta traversa versus* ruleta veneciana? —vaig preguntar.

—Exacte. En Leone va parlar amb la Chiara i va aconseguir cinc cossos del dipòsit de l'hospital. Cinc cossos de dona. Entre tots dos els van vestir de negre i els van traslladar, una nit abans, al *palazzo* de l'illa de Santa Cristina, propietat de la família des del segle XVIII. En aquell moment els Da Riva hi anaven molt poc, estava apartat de l'ambient de Venècia i bastant abandonat, encara que per dins conservava part del seu encant.

—Només cinc cossos? No ho entenc. Éreu sis Egèries, esperàveu morir totes sis.

—No, en Leone esperava que la seva mare em perdonés a mi.

—I per què t'hauria de perdonar?

—No pels meus mèrits, sinó perquè... en aquell moment jo ja estava embarassada.

Un altre embaràs. Vaig fer els meus càlculs.

La meva mare va tenir un altre embaràs quan jo tenia disset anys.

No havia pensat, des que vaig saber que era viva, que la meva mare podria haver tingut altres vides, altres famílies, altres fills.

—De gairebé quatre mesos. En Leone sabia que la Pietra desitjava molt tenir una hereva. I ho va endevinar, coneixia bé la seva mare. No em va fer prémer el gallet contra les altres Egèries. Confiàvem en això. Comptàvem amb la sorpresa de la Pietra davant l'anunci del meu embaràs. Havíem pensat que la portaríem a una sala del palau i que li explicaríem la nostra relació. En Leone ho va orquestrar tot, com una obra de teatre, amb els seus escenaris, els seus trucs, la segona trama discorrent fora del focus.

—Quins trucs?

—Quan en Leone la va convèncer perquè parléssim els

tres en una sala del costat, les Egèries es van afanyar a deixar-nos tancats amb clau. Això els va donar temps.

—Temps, per a què?

—Per col·locar els cadàvers de cinc dones vestides de negre, com nosaltres, i disparar-los al rostre per esborrar les faccions. Nosaltres vam sentir les cinc detonacions. La Pietra s'ho va creure tot. Vam trigar a sortir, al final ho vam poder fer per un dels finestrals, i quan vam entrar novament al palau, hi vam trobar els cinc cadàvers. La Pietra es va creure l'escena. Era dantesca. Em sembla que si hagués tingut la vostra formació en ciència forense s'hauria adonat que havien disparat a cinc persones ja mortes, que la sang ja no circulava per aquells cossos ni deixava el mateix toll que quan es dispara a un ésser viu. Però els cranis esclatats en mil fragments, els cervells escampats per terra, amb allò n'hi va haver prou perquè es cregués tota aquella farsa.

—Però, si el pla era que la Pietra cregués que cinc de les Egèries, efectivament, havien acceptat suïcidar-se, què els esperava, després? —em vaig avançar—. Una vida com aquesta, un retir per sempre en una illa o en un lloc remot?

—Van acceptar ser considerades mortes, i van assumir que la Pietra no deixaria de matar a tots els que estimaven. Per una vegada van ser conscients que el que fèiem tindria conseqüències reals en les seves vides. Fins llavors, només jo m'arriscava, només jo tenia una vida itinerant, d'encàrrec en encàrrec, vivint en mil ciutats i en cap. Gràcies a la Pietra, van comprendre que la seva estabilitat havia de quedar enrere. Cadascuna d'elles va renunciar a la seva vida anterior per tal de salvar els seus pares, els seus fills, les seves parelles. Quan van arribar a Venècia, ja havien preparat els documents per a les seves noves identitats.

—Però van trobar sis cadàvers —va insistir la Mencía—. Qui va morir?

—La Pietra. També a ella li van arribar les conseqüències dels seus actes. El gondoler que la va portar a l'illa, en

Gennaro, era el fill del vell peixater assassinat. En Gennaro sospitava que la Pietra estava darrere de l'estranya mort del seu pare. Va ser testimoni de tot el que va passar en aquella sala amagat rere els cortinatges.

—Ell la va matar? —vaig preguntar.

—Amb la pistola que m'estava destinada, sí.

—I què va passar després?

—Les Egèries van sortir de les sales adjacents on s'havien amagat. La situació havia canviat amb la Pietra morta. El pla també va canviar, encara que teníem el seu cadàver i calia anunciar i explicar la seva mort a tota la ciutat. Era la directora del Museu Guggenheim. La Chiara i en Leone tenien contactes a la policia, tot i que l'*ispettore* Scarpa, el pare d'en Silvano i en Renzo, era una persona molt escrupolosa que no creia en això de mirar cap a una altra banda. Pobre home. No va tenir res a fer. Tot plegat es va netejar i es va falsificar perquè en sortís un sèxtuple suïcidi de sis persones sense resoldre. Sense identitats. La Chiara va portar al dipòsit el cadàver de la Pietra i el va guardar allà més d'un mes, prou temps perquè ningú relacionés els dos fets. En Leone va anunciar que la seva mare havia mort d'un atac de cor a la Costa Blava. Li vam fer un funeral i l'enterrament prescriptiu al cementiri de l'illa de San Michele, al panteó de la família Da Riva.

—I amb les Egèries, què va passar? —va dir la Mencía.

—Es van estalviar el canvi d'identitat. Van tornar a les seves vides, a casa seva, amb les seves famílies.

—I què va passar amb tu? —li vaig dir.

—Em vaig quedar a Venècia, amb en Leone. Van ser els anys més estables de la meva vida. I sí, malgrat el dolor i el dol per la pèrdua de la seva mare, van ser uns anys feliços.

—Però el vas tenir, aquell fill? Què se'n va fer? —vaig insistir.

—Aviat hi arribarem, a això, però ara hem de tornar al convent. Ha arribat el moment que us trobeu amb algú. Jo li vaig demanar ajuda quan en Gaspar em va trucar. Vaig comprendre que a Venècia només ell ens podria protegir i amagar. Diguem que és l'àngel de la ciutat. Ell vetlla per tal que no passi res dolent al seu territori. Estem amagats des de llavors. No sabia com respondria, no sabia si ens ajudaria. Feia vint-i-cinc anys que no hi parlava.

67

L'àngel blanc

Unai

Venècia, 10 de novembre de 2022

Vam travessar el claustre del convent, ja a les fosques i desert. La meva mare ens va demanar silenci amb un gest, i quan va arribar a una porta de fusta en una de les cantonades, hi va picar amb suavitat.

—*Possiamo entrare?* —va preguntar, en un italià molt dolç.

Va esperar uns segons i ens va convidar a passar.

Era una estança molt àmplia, més moblada del que es podria esperar en un convent franciscà, com si algú que no fos un monjo hi visqués de manera habitual. Al principi no hi vaig veure ningú.

L'habitació estava feblement il·luminada amb uns canelobres i unes espelmes, com si no coneguessin l'electricitat. Però, malgrat els clarobscurs que creaven les ombres, el que vaig veure em va deixar glaçat.

Una gran taula de fusta, del que semblava ser un despatx, acollia tota una col·lecció de figures d'àngels blancs de Murano. De totes les grandàries, i en totes les postures i situacions. Un àngel blanc ballant, un altre oferint una poma, un altre al costat del Ponte dei Sospiri.

I llavors el vaig veure.

Era un home albí, alt i una mica més prim que jo. La pell nívia, com la de la Mencía. Les pestanyes gebrades, com les de la Mencía. Les celles espesses i blanques, com les de la Mencía.

Estava assegut en un racó, en una butaca d'orelles on vaig imaginar moltes hores nocturnes de lectura gràcies a la biblioteca que tenia al darrere.

Em va mirar durant un segon, diria que amb curiositat. Tenia una manera de mirar molt intensa, com si ho calibrés tot.

Però, després, va posar tota la seva atenció en la Mencía, que estava dreta al meu costat.

—És hora que perdonis el teu pare —li va dir la meva mare a la Mencía.

Ella va fer uns passos enrere.

—Ell és qui t'ha de perdonar a tu —va fer ella.

—A mi ja m'ha perdonat —va contestar la meva mare.

Ell es va aixecar i va sortir de les ombres.

—Clemenzia...

—Digue'm Mencía, Leone —va contestar ella, a la defensiva.

—Donaria el que fos perquè em diguessis pare —li va dir ell, en un castellà suau.

—No en vas exercir mai.

—No m'ho vas permetre quan et vaig buscar.

—Ja era tard. Em vaig criar sense tu, només amb la mare. Les dues soles, sense família, sense suport, sempre viatjant, sempre canviant de cognoms fins que em vaig establir a Madrid i vaig triar una vida pròpia i una identitat.

—Això no va ser culpa seva, Mencía. El teu pare no volia aquesta vida per a tu —va intervenir la meva mare.

—Però és el que ens va deixar.

—No saps tota la història. No saps el que li vaig fer. Sé

que m'adores perquè em vaig ocupar de tu i vas créixer al meu costat. Però no coneixes tots els meus pecats, filla.

—En sé uns quants i no m'han importat mai —va dir la Mencía.

—No et parlo de la meva manera de guanyar-me la vida, sinó d'una cosa molt pitjor. És hora que et parli del dolor que li vaig causar al teu pare i que, durant trenta anys, ha estat irreparable.

«Filla?», vaig pensar. La Mencía era la meva mitja germana, filla també d'Ítaca Expósito o com fos que es digués en aquell moment.

Va ser estrany presenciar aquell retrobament. Em vaig sentir una mica aliè, una mica intrús, però la meva mare i en Leone havien permès que jo hi fos, i encara avui els ho agraeixo.

68

Ignició

ÍTACA

Venècia, abril del 1997

Anomeneu Mencía la petita Clemenzia. Va néixer tan albina com el seu pare, ha de portar ulleres de sol quan a Venècia el dia és assolellat, i de vegades l'empastifes amb tanta protecció solar que rellisca com un sabó de dutxa.

Viviu a la casa de San Vidal, ni en Leone ni tu heu volgut viure a cap *palazzo* de la seva família. El jardí de les teves passejades s'ha convertit, cinc anys després, en el seu jardí de jocs, i estàs muntant una caseta de la seva mida que li heu regalat per al quart aniversari.

En Leone ha tornat del seu despatx. Va deixar el Guggenheim, penses que després de tot el que va passar amb l'exposició i amb la seva mare no va voler saber res del món de l'art, però també creus que així et manté allunyada d'aquell microcosmos. La vida que us heu creat a Venècia des que va morir la Pietra discorre en un compartiment estanc respecte al passat.

O això penses fins aquest dia d'abril en què veus en Leone creuar el pontet que porta a casa vostra, ho ha fet mil vegades els últims anys. El saludes amb un crit perquè sàpiga que sou al jardí i li fas un gest amb el braç.

L'esperaves somrient i ansiós per tornar a casa amb algun regal per a la Mencía, perquè l'adora, però saps que alguna cosa va malament quan li veus el rostre, massa seriós, massa pensatiu.

Abraça la vostra filla i li fa magarrufes després de despentinar-la. És el seu joc privat, barregen les seves cabelleres blanques d'àngels, conscients que són únics.

Però, després, et fa un gest silenciós amb el cap perquè passeu a l'interior de la cuina, on estàs preparant un pastís amb glacejats de mil colors.

—Què passa, amor meu? —preguntes, preocupada.

T'acostes a fer-li un petó, però s'aparta i et dona l'esquena.

—Vinc de Cannaregio, he trobat en Gennaro al Paradiso Perduto. Te'n recordes, d'ell?

Es gira, t'està escrutant, prefereixes no dir-li cap mentida.

—Sí, fa temps que no el veig amb la seva gòndola. Està bé?

—L'han apartat de la feina. Era un perill —diu.

—Un perill? Per a qui?

—Per als turistes, per als companys. Massa queixes per guiar borratxo la seva gòndola.

—Com ha pogut acabar així algú que estimava tant la seva feina? —et preguntes en veu alta.

—D'això precisament hem parlat, del fet que va començar a beure fa cinc anys.

—Després de la mort d'en Nicola?

—No, no va ser després de la mort del seu pare. Va començar amb la beguda després del que va passar a l'illa de Santa Cristina. Hi ha una diferència. La mort d'un progenitor és llei de vida, sigui violenta o no. El que l'està destrossant és el que va fer al palau.

Evita dir que «va matar la meva mare». Sempre l'ha perdonat, i tu admires un cor tan noble que pugui parlar amb l'assassí de la seva mare sense rancúnia.

Però saps que està a punt de detonar una bomba i no saps de quin material està fabricada.

—A on vols anar a parar, Leone? Per què estàs tan afectat?

—Ha estat una confessió. Com una vomitada de paraules. M'ho ha explicat tot. Em sembla que era això el que portava a dins i que no podia assimilar.

—Què t'ha dit?

I engegues en el teu cap el compte enrere que posarà final a la vida de cada dia: tres, dos, un... Ignició.

—M'ha explicat que es va amagar rere els cortinatges perquè tu li vas dir que havia d'escoltar la conversa que tindria lloc en aquella sala. Que l'afectava, que tenia a veure amb la mort del seu pare. Per què, Ítaca? Per què ho vas fer?

—Perquè faltava ell, Leone. Mereixia saber qui havia matat el seu pare i per què. Per a la teva mare, en Nicola i en Gennaro només eren peons. Fins i tot per a tu, només han estat actors secundaris, només nosaltres érem els importants, les Egèries, les nostres famílies. A en Gennaro també li va partir la vida en dos la *vendetta traversa* de la teva mare. Mereixia saber-ho.

En Leone et mira amb aquests ulls de decepció que ja coneixes, com quan li vas explicar el teu passat mentre éreu al jardí del Pavelló dels Esperits.

—I les omissions, i les mentides? Hem tingut una filla junts, que potser jo no mereixia saber la veritat i amb qui estic compartint la vida? No mereixia saber que vas estar implicada en la mort de la meva mare? Que tu la vas facilitar?

—Ni per un moment vaig pensar que dispararia a la Pietra. Ni per un moment. Era en Gennaro, Déu meu! L'home més pacífic que he conegut mai.

Sabies que en Leone no et perdonaria. Ho has sabut

sempre. Però la Mencía mereixia una família, un pare, una mare, una estabilitat. Has pagat diàriament el pes de la consciència cada vegada que t'has mirat al mirall, cada vegada que heu anat a la tomba de pedra de la teva sogra al cementiri de San Michele.

En Leone surt de la cuina, celebreu la festa de l'aniversari de la vostra filla com la peça de teatre que ja és, amb una mare i un pare somrients que han deixat de petonejar-se. Hi ha pinyata i garlandes, un *kit* de disfressa de policia perquè la Mencía, quan sigui gran, vol ser comissària.

Aquella nit és l'última que dorm al teu llit, però vigila que el seu cos no et toqui, i no et tornarà a tocar perquè saps que tot ha acabat i en Leone no és un home que sàpiga dissimular els afectes ni fingir cap carícia.

Casa vostra es converteix en un mausoleu, on la família que va ser ara reposa morta, mentre els que abans hi vivíeu us arrossegueu pel dia a dia cada vegada més cansats de la tensió, dels silencis, de la falta de conversa perquè la confiança ja se n'ha anat i no sembla pas que hagi de tornar. Arriba l'estiu, però la teva vida és tan gèlida que és en Leone qui posa veu al que ja sabies que havia de passar.

La família es trenca. Ell, fart també de tota una vida lluitant, es retira a una illa a la llacuna nord, en una petita comunitat de franciscans.

Tu, amb la vostra filla, t'escapes d'una Venècia que et resulta massa dolorosa.

La Mencía creixerà dolguda amb un pare que va deixar de parlar a la seva mare. Es cansarà de la teva vida itinerant i trobarà el seu lloc a Madrid, encalçant gent com tu.

69

La cel·la

Unai

Venècia, 10 de novembre de 2022

Després que la meva mare acabés la història, la Mencía es va quedar callada, es va asseure en un dels braços de la butaca del seu pare, gairebé sense adonar-se del gest que feia, digerint el que acabava de sentir.

En Leone també va seure, recolzat a la taula.

—Vas rebre els meus àngels? —li va preguntar a la Mencía—. Va ser una figura una mica òbvia, un àngel blanc adult cuidant un petit àngel blanc. Esperava que entenguessis de qui procedia.

—Vas ser tu, llavors. Pensàvem que era la signatura de Calibà —li va dir ella.

—Res més lluny. Era la meva manera de dir-te que et protegia, que a Venècia ningú et tocaria, que la teva seguretat era cosa meva. Sento molt que malinterpretessis el gest i que t'hagis sentit en perill, quan, en realitat, he vetllat per tu cada vegada que has trepitjat l'illa. No directament, no deixaves que m'acostés a tu, però en Renzo i en Silvano eren els teus àngels protectors. I en Filippo sempre em posava al dia de tots els casos que anaves resolent quan es tractava de robatoris de llibres antics o falsificacions. No tens ni idea de l'orgull que sento pel fet que siguis filla meva. Durant molt de temps el que em feia més por era que acabessis falsificant art com la teva mare. I tu vas triar, igual que el seu altre fill, ser policia. I, potser per això, al final l'he perdonat.

Es va aixecar i va agafar una petita figura d'un àngel de vidre de la taula, pensatiu.

—Cada àngel és un regal que em solen portar els venecians quan em demanen un favor i els ajudo en el que puc. La cosa va sorgir espontàniament fa uns anys, fins que es va convertir en un ritual.

—Quan vas deixar l'àngel al *palazzo* després de l'incendi, va ser la teva manera de dir-li a la policia que no s'hi fiquessin, que era cosa teva —li vaig dir a en Leone.

—L'hi va deixar en Silvano, en realitat. És com un fill, compartim la mateixa filosofia i uns valors molt semblants —em va explicar—. Avui dia la policia té molta més formació que abans. És molt difícil enganyar la tecnologia. Si en Renzo s'hagués posat amb la investigació al cent per cent, haurien localitzat la teva mare i les seves cinc col·legues tot d'una, i això els hauria posat en perill una altra vegada respecte de Calibà. Però els fills de l'Scarpa saben quan han d'entrar a fons i quan no. Hem après, amb els anys, quan convé que un afer el resolguin ells i quan és que jo hi puc ajudar més silenciant-ho.

En Leone va anar contestant, pacient, a tots els dubtes i serrells que em quedaven per lligar, però la mirada li anava una vegada i una altra al sofà on la seva filla s'havia assegut. Diria que la mirava amb adoració.

De manera que la meva mare i jo ens vam fer un gest i els vam deixar sols.

Com havien fet hores abans els cinc bibliòfils, vam abandonar l'habitació en silenci, i ells amb prou feines van ser conscients de la nostra absència.

Es miraven fixament, no com reptant-se, més aviat s'observaven com si s'estiguessin descobrint.

Al passadís ens va interceptar el monjo que ens havia rebut a l'embarcador:

—Us estava buscant, la comunitat us espera per sopar —ens va informar en Virgili.

—Potser faran una excepció, ells, i no soparan —va dir la meva mare.

El monjo s'ho va pensar un moment.

—Sense que serveixi de precedent, potser jo també faré una excepció i els duré un plat d'aquí a una estona.

El vam seguir cap a l'interior de l'edifici i vam arribar a l'auster menjador, on la petita comunitat de mitja dotzena de monjos, alguns voluntaris d'altres congregacions i els cinc bibliòfils ens esperaven per començar a sopar.

Si bé era veritat que no guardaven vot de silenci, el sopar va transcórrer entre murmuris mentre un germà llegia un passatge de la Bíblia.

Ens van servir uns humils *bigoli* amb salsa d'anxoves i una taronja de postres per a cadascú, un sopar molt frugal.

L'Alistair, en Gaspar i els altres ens observaven, pendents de la meva mare i de mi. De seguida que ens vam poder aixecar i vam haver recollit la taula entre tots, es van acostar i vam poder xerrar durant una estona abans d'anar-nos-en al llit.

—Vaig fer portar algunes peces de roba perquè tant la Mencía com tu us poguéssiu quedar a dormir —em va murmurar a cau d'orella la meva mare, abans que ens diguéssim bona nit—. Els monjos són molt estrictes amb el tema de les cel·les femenines i les masculines, però gairebé tots se'n van a dormir d'hora i nosaltres ens solem quedar llegint cadascú a la seva habitació. Espera una estona i vine a la zona de les dones. La meva cel·la és la segona, la tercera és per a la Mencía. La resta estan buides. I els monjos no s'acosten per aquí a la nit, per motius obvis. Limita't a no encendre la llanterna del mòbil perquè ningú vegi llum en la foscor. Però aquesta nit hi ha lluna plena, sabràs guiar-te?

—Hem de parlar de moltes coses, i amb tu he après a no menysprear ni un sol segon que puguem passar plegats —li vaig dir—. Ensopegar amb un xiprer serà el més petit dels meus problemes.

Es va posar de puntetes, em va fer un petó al front i ens vam acomiadar.

No vaig aguantar ni una hora, així que em vaig instal·lar en la meva austera cel·la, al costat de la de l'Alistair, en Gaspar, en Benedict i en Solomon, em vaig ajeure durant una estona sobre el jaç de fusta sense desvestir-me, i vaig esperar fins que vaig comprovar que ja no entrava llum per sota de la porta.

Em vaig escapolir com un lladre cap a la zona dels dormitoris de les dones i vaig trucar molt suaument a la porta de la mare.

Ella em va obrir i em va fer passar, tampoc s'havia canviat.

—Xxtt! la Mencía ja és a la seva cel·la, aquí al costat. Ha estat un dia molt llarg per a ella. Vine, seu.

La cel·la estava gairebé buida, només hi havia el llit de fusta i una petita taula que feia d'escriptori en un racó. Una cadira, un parell d'exemplars de l'Antic i el Nou Testament i un llum de nit molt antiquat al costat d'una figura de pedra de sant Francesc d'Assís que ocupava més que els llibres.

Ens vam asseure sobre el matalàs i vam haver de mantenir la conversa entre murmuris.

—És a dir que tinc una mitja germana. Per què no me n'havies dit res?

—Perquè era perillós per a ella, Madariaga no és el seu cognom, no va voler portar el Da Riva quan es va instal·lar a Madrid. Tota la seva documentació és falsa.

—Em vaig adonar des del primer moment que éreu més que mentora i deixebla, que us teníeu un afecte especial, però no sé per què, aquests mesos, des que sé que existeixes, i que m'he fet un tip de pensar en la vida que has fet, no havia cregut mai possible que t'haguessis refet després d'això del meu pare i que haguessis format una altra família.

—Necessito que m'expliquis el que havies començat a dir, abans. Vull saber tot el que has esbrinat de la mort d'en Gael. La Goya no me'n va donar ni un sol detall —em va pregar.

—Em sembla que et volia estalviar el dolor.

—Estic més enllà del dolor, necessito la veritat. Ja em curaré la ferida després, però no vull viure més temps en la incertesa —va insistir.

Li vaig relatar, buscant les paraules adequades, tot el que havia aconseguit saber o suposar d'una mort sense testimonis i sense protagonistes vius. Tots els presents en els fets estaven ja enterrats, pràcticament havia estat una investigació arqueològica.

La meva mare em va escoltar mentre li parlava del Custodi, de l'avenc d'Okina i de la Librería de la Almendra.

Es va esfondrar quan li vaig parlar d'en José María Aldecoa.

—Llavors, va ser ell? Don José María?

—Duia la cartera del meu pare quan el van llançar a l'avenc d'Okina. La cartera que li van robar durant l'atracament en què va morir. Això el situa a la llibreria o, almenys, l'hi posa en contacte abans que el pare morís. El cas és que vaig veure un parell de fotos de carnet del tal José María i vaig saber que l'havia vist alguna vegada, sabia que tenia una taca vermella a la calba abans d'ampliar la imatge. Hi he donat moltes voltes, però no l'acabo de situar.

—No t'imagines com el vaig arribar a odiar, aquell home, durant la meva adolescència. Ens va enxampar mig nus a la biblioteca de l'Escola d'Arts i Oficis i va parlar amb la directora del col·legi de la Veracruz. Em van expulsar de l'escola per comportament indecent, però el pitjor càstig va ser que en Gael i jo no ens vam poder posar en contacte per tornar a veure'ns. Vaig pensar en ell durant molt de temps, anys, i el col·legi es va convertir en un penal. Tenia prohibit, sota amenaça d'expulsió, traspassar el reixat del pati. Vaig passar tres o quatre anys, no ho recordo bé, reclosa. Va ser un miracle tornar a coincidir amb ell a Vitòria, podia no haver passat mai i tu no existiries.

En aquell moment, el so d'uns artells rere la porta em va sobresaltar.

—Em sembla que és el germà bibliotecari. Es relleven per portar-nos els llibres que els demanem als matins —em va murmurar—. Amaga't sota el llit.

—Mira, no som criatures —vaig objectar—. Digue'ls que soc el teu fill, que estem parlant i ja està.

—I demà ens invitaran amablement a abandonar l'illa, recorda que estem amagats aquí, i que el perill no ha passat. És una congregació religiosa i tenen les seves normes inviolables. Vinga, fica't sota el llit.

Vaig obeir a contracor, no gaire convençut.

La meva mare es va aixecar i va obrir la porta.

—*Buonasera, vi porto il libro che avete riquiesto* —vaig sentir que li deia en un italià macarrònic.

—Gràcies, germà, per portar-me'l —va contestar ella, també en italià—. Ja havia acabat amb Marco Aurelio.

Des de la meva posició, ajagut a terra sota el llit i panxa enlaire, només podia veure els peus del germà i la seva túnica marró de franciscà.

Però, llavors, vaig sentir que tancava la porta i que entrava a la cel·la amb el carret de la biblioteca, cosa que em va estranyar.

—Perdona, vols res més? —li va preguntar ella.

—Obre el llibre —li va dir el monjo en castellà.

Aquella veu... Aquella veu em va posar el cos tens, i encara no sabia per què.

—Vaja, parles molt bé el meu idioma... —va contestar ella—. Però... aquest no és el llibre que he demanat. Deu ser un error.

—És una *Odissea*, Ítaca —va dir el monjo—. Obre'l.

—Què és això? —vaig sentir que deia la meva mare.

—És una preciosa ampolleta de vidre de Murano. I és plena de cicuta. I també saps que no et parlaré de Sòcrates.

—No —va dir la meva mare, mentre feia un pas enrere.

—Ja saps qui més es va suïcidar amb cicuta. I tu te la prendràs.

—Per què hauria de fer-ho?

—Perquè li estic agafant el gust a la cultura clàssica i m'està fascinant l'existència de la *vendetta traversa*. He investigat la genialitat criminal dels antics venecians. Començaré per l'Unai.

—No caldrà que ho facis —va dir la mare—. A hores d'ara sé que no pararàs.

No vaig sentir res més, no em va fer cap falta.

Vaig sortir de sota el llit just a temps per ser testimoni de com la meva mare treia el petit suro de l'ampolla i en bevia un glop.

Quan vaig veure el monjo ho vaig comprendre tot. Era corpulent, ja l'havia vist abans, uns dies enrere, quan em va llançar pel pont.

I s'havia rapat els cabells i ja no hi havia rastre de cap barba, no coneixia els seus trets, certament. Però aquells ulls ja els havia vist una vegada, quan va intentar matar-me, i no els havia oblidat.

Per desgràcia, la ràbia de Calibà seguia intacta.

70

Un sobre groc

ÍTACA

Torcello, octubre del 2022

Travesses el Pont del Diable, al cap de trenta anys poc ha canviat, en algun moment l'han restaurat. Per sort, n'han respectat l'estructura original i no hi han afegit cap barana anacrònica.

Baixes l'escala i el veus d'esquena, amb els seus inconfusibles cabells blancs i curts.

Es gira, sospires alleujada perquè ha respost al teu requeriment.

Li vas enviar un sobre groc amb el lacre blau que et va regalar a l'illa dels franciscans, amb l'esperança que li arribés. Però no volies anar-hi directament, no saps si és segur i per res del món vols posar-lo en perill.

L'has citat amb un concís:

«On no aniries una Nit de Nadal».

T'hi acostes, et sents una mica intimidada, són vint-i-cinc anys sense veure'l.

—Has vingut —sospires de pur descans.

—Difícil resistir-s'hi. Ens donem la mà, ens fem dos petons, una abraçada com vells amics...? —et tempteja.

—Jo tampoc ho tinc clar —admets.

—Els germans em van fer arribar el teu sobre. Em va deixar molt intranquil.

Un sobre groc significa «estic en perill».

És un crit que demana ajuda, el receptor no necessita obrir la carta. Si no pogués fer-ho, pels motius que fossin, el missatge ja està entregat, en tot cas.

—No soc només jo. Uns col·legues bibliòfils d'Espanya m'han demanat que els ajudi, sembla una *vendetta*, i està passant a Venècia. Potser també acabaran buscant-me a mi. I la Mencía. Havies de saber-ho. De totes maneres, ho hauries sabut. Continues sent l'àngel de la ciutat, suposo.

—Així em diuen alguns veïns, tot i que em sembla excessiu. Has fet bé de posar-te en contacte amb mi. Com és de greu?

El poses al dia mentre camineu pel *campo* de Torcello, massa allunyats dels edificis a l'altre costat del riu perquè ningú us vegi en aquest paisatge d'herbes crescudes i canyes altes.

En Leone reflexiona i assenteix mentre continues parlant de fires, llibres desapareguts i llibreters enverinats amb absenta.

—Què? —pregunta, quan torna al món real i et sorprèn mirant-lo.

—No has canviat gens. És com si avui fos el dia abans del quart aniversari de la Mencía.

—Ja ha passat —diu finalment.

—Com dius?

—Que ja ha passat. La rancúnia. Me'n vaig cansar. Era un verí que m'amargava només a mi. Em sembla que vaig deixar anar pes, amb els anys.

—Almenys ara em mires als ulls —dius—. Tots aquells mesos, fins que te'n vas anar amb els monjos, no suportaves mirar-me als ulls. I jo no suportava que tu no ho suportessis. Era el tribut que havia de pagar, però era molt dolorós. Va ser dura, aquella llei del gel.

—Per això me'n vaig anar, era incapaç de revertir-la. Hi estàs d'acord, ja ho sabies.

Seguiu caminant, en Leone està muntant mentalment un dels seus plans elaborats. Aquesta vegada no hi haurà cap Gennaro amagat rere els cortinatges. Acceptes tot el que et proposa i saps que en Gaspar i companyia també ho faran.

En Leone utilitza totes les seves discretes i fidels xarxes de suport per dur-vos a l'illa dels franciscans i amagar-vos-hi. Ha sacrificat el *palazzo* on va morir la seva mare, creus que en part resulta catàrtic intentar per segona vegada calar foc als records. En aquesta ocasió el líquid accelerant fa la seva feina i les flames de Santa Cristina ocupen totes les pantalles del món.

L'improvisat retir en una illa on no hi ha res a fer excepte llegir i passejar esdevé un regal. Els antany col·legues es converteixen en confidents després de les tertúlies interminables regades amb el licor d'avellanes dels franciscans.

L'Alistair —l'anomenes Ali— et parla d'en Gael i de la seva etapa a Madrid, estàs entestada a cobrir totes les llacunes de la teva memòria, us van robar massa i massa anys.

L'Alicia i tu acostumeu a esquitllar-vos a la cel·la de l'altra cada nit, sou les úniques dones de l'illa, el pavelló és per a vosaltres. Responsable com és, vol tornar a Vitòria a resoldre totes les comandes de la llibreria que han quedat als llimbs.

I amb els dies ho vas notant.

Un sentiment antic i enyorat: Venècia comença a arrelar dins teu com ho va fer en el passat. Fas els teus càlculs, et permets fantasiar de tornar a la casa al costat del riu San

Vidal. No saps si estarà buida, si l'han llogat o si deu pertànyer a algú altre.

I llavors t'adones que, durant tots aquests anys, no has tornat a viure en cap lloc que puguis anomenar llar i que, tot aquest temps, fins a trepitjar Venècia altra vegada, ha estat com aguantar la respiració.

Va ser travessar la Via della Libertà amb el taxi que et va recollir a l'aeroport que l'encanteri de la boira que circumdava la carretera va tornar a dominar-te.

De tot això i de vint-i-cinc anys d'absència parles amb en Leone, asseguts al banc de l'embarcador, nit rere nit. De vegades, quan et despertes d'hora, una matinada i una altra, quan surts a passejar per les antigues vinyes per veure la sortida del sol, ell ja és allà, com una estàtua d'alabastre, un lleó blanc a la riba.

Tot arriba suaument, de vegades a la seva biblioteca i altres vegades, a hores intempestives, al llit de la teva cel·la, tapant-vos mútuament la boca amb les mans quan cremeu en flames perquè l'Alicia no s'assabenti de les vostres envestides.

Per bé que, de fet, tots plegats semblen còmplices del que heu reprès i fins i tot els monjos us beneeixen amb les seves mirades quan us acabeu, afamats, tot l'esmorzar.

71

La cicuta

Unai

Venècia, 10 de novembre de 2022

Calibà no duia les muntures blaves amb les quals el vaig veure el meu primer dia a Venècia. També s'havia rapat, m'hauria resultat impossible reconèixer-lo pel carrer, i menys encara vestit de frare franciscà, tot i que, en un moment de lucidesa, em vaig adonar que a la seva disfressa hi faltava un detall: no portava el penjoll amb la tau.

—Sabia que ens seguiries a l'illa! —vaig cridar mentre sortia de sota el jaç i intentava incorporar-me.

De reüll controlava la meva mare, que havia retrocedit uns passos, trontollant, i s'havia recolzat al llit.

Calibà se'm va abalançar. Estava tan fort i tan musculat que li va sobrar temps per tirar-me a terra.

Després es va asseure a cavall al meu damunt, mentre m'immobilitzava un braç amb el seu.

—Avisa la Mencía! —vaig ser capaç de cridar a la meva mare amb tot l'aire que em van permetre els pulmons.

Però vaig mirar cap amunt, i la mare semblava desorientada i es va haver d'asseure al llit, amb uns moviments lents i maldestres. La cicuta que Calibà li havia fet ingerir li estava fent efecte.

Jo també tenia problemes, perquè Calibà havia agafat l'ampolla de cicuta i pretenia acostar-me-la a la boca per obligar-me a beure el líquid verd que hi quedava.

Des de terra, i amb un braç immobilitzat, només vaig poder intentar frenar-lo amb el que tenia lliure, però ell agafava l'ampolla amb aquella mà i centímetre a centímetre la va anar acostant a la meva boca i, tot i que em vaig mossegar els llavis i vaig apartar la cara cap a un costat, intentant que el verí no m'entrés a la boca, Calibà va anar guanyant terreny i es va asseure sobre el meu pit per subjectar-me el braç dret amb el pes del genoll i així alliberar el seu altre braç.

Tan bon punt va tenir les dues mans lliures, va intentar obrir-me la boca mentre m'hi acostava l'ampolla amb cicuta i intentava que m'empassés el verí.

L'últim que vaig veure amb claredat, quan vaig alçar la mirada, va ser la meva mare desplomant-se sobre el llit, començant a tenir convulsions.

Després vaig sentir una forta detonació al costat de la meva orella i durant uns segons, com si estigués en una bombolla, no vaig sentir res més.

L'ampolla es va abocar sobre meu, vaig poder esquivar el líquid i no em va entrar a la boca ni a l'ull de miracle, però vaig seguir immobilitzat perquè el cos de Calibà havia caigut sobre el meu.

Un cap rapat sobre un pit, el meu. Del seu coll, obert per la ferida de bala, en brollava sang de mala manera.

—Unai! —va cridar la Mencía—. Estàs bé? Estàs ferit?

La seva veu m'arribava com si jo encara estigués sota l'aigua. Després vaig sentir un xiulet, i uns quants més, fins que l'atordiment em va anar passant i vaig poder entendre el que em deia.

Vaig preferir no obrir la boca i no contestar fins que em

netegés el verí líquid de la cara. Ella va apartar el cos inert de Calibà, jo tenia la roba amarada de la seva sang, i la Mencía, amb l'arma reglamentària a la mà, em palpava l'estómac per veure si hi tenia cap ferida.

Em vaig netejar el verí de la cara amb la màniga i la vaig frenar:

—Estic bé, Mencía! —la vaig tranquil·litzar—. Ha intentat obligar-me a beure cicuta, però has arribat a temps.

Em vaig incorporar fet un nyap, amb la roba molla i tenyida de vermell, i amb un persistent dolor a les orelles, però la meva mare tenia convulsions i no semblava pas que millorés.

La Mencía s'hi va acostar i li va posar la mà al pit.

Es va girar i em va dir:

—Té taquicàrdia, està empitjorant.

—Doncs truca a Urgències, corre! —li vaig cridar.

Ella va marcar el número, va intercanviar breument unes paraules i va penjar.

—Tardaran mínim mitja hora. És el que intento que comprenguis. Si segueix així, no arribaran a temps.

72

Sota la lluna plena

Unai

Venècia, 10 de novembre de 2022

En aquell moment van aparèixer per la porta en Leone i el monjo ventrut que ens havia donat la benvinguda a l'embarcador.

—Què passa? —ens va urgir en Leone—. Hem sentit un tret.

Quan van entrar a la cel·la van topar amb el cadàver a terra.

—Qui és?

—Era Calibà —vaig dir—. És mort, la Mencía li ha disparat per salvar-me la vida.

—Ajudeu la meva mare! —ens va interrompre la Mencía, desesperada, asseguda al seu costat, al llit—. No sé què li ha fet Calibà.

—L'ha obligat a beure cicuta —li vaig repetir.

En Leone s'hi va acostar corrents.

—Té les pupil·les dilatades —va dir en un ràpid italià—. Porta l'antídot, Virgili! —va ordenar.

El monjo va sortir corrents, després d'esquivar el cos inert de Calibà.

En Virgili va tardar uns minuts que se'm van fer eterns, la meva mare havia començat a suar i a amarar tota la roba. Tenia el rostre esquitxat de gotes i el cos li tremolava sense control.

El monjo va entrar amb un petit flascó de ceràmica blanca i blava en què es podia llegir *Triaca magna*, semblava molt antic.

—Leone, estàs segur que això de la triaca no li farà més mal encara? —li vaig preguntar.

—Tu veus que hagi vingut algun metge? O és això, o la cicuta la matarà en uns minuts. Si té les pupil·les dilatades, vol dir que el tòxic ja ha arribat al sistema nerviós central. La triaca no la matarà. I tampoc la curarà. Només podem esperar que ens permeti guanyar uns minuts i freni una mica l'efecte de la cicuta —em va dir en un italià tan ràpid que gairebé vaig ser incapaç de comprendre'l.

En Virgili es va asseure al matalàs i va fer incorporar la mare, després li va posar l'ampolla a la boca i l'hi va fer empassar el líquid.

Però els tremolors no van remetre, ni la suor tampoc.

Llavors l'Alicia va entrar a la cel·la amb un camisa de dormir i una bata.

Quan va veure l'escena, es va posar la mà a la boca.

—Déu meu! Com és que aquest frare és mort? —va cridar.

—És Calibà, ha enverinat la meva mare amb cicuta. Hem trucat a Urgències, però no sé si hi seran a temps —li vaig explicar.

—Tu estàs bé? I aquesta sang? —va preguntar, preocupada.

—És de Calibà, no és meva.

—Doncs el que hem de fer és portar-la a l'embarcador! —ens va ordenar—. Guanyarem uns minuts!

En Leone, la Mencía i jo ens vam mirar, sorpresos. L'Alicia tenia raó, a la cel·la no podíem fer res més per ella.

—El matalàs! —vaig dir jo—. El podem fer servir com a llitera.

Ens vam posar cadascú en un extrem, l'Alicia, la Mencía, en Leone i jo.

El matalàs era estret, però va suportar el pes de la mare quan el vam alçar entre tots quatre, vam passar pel costat del cos de Calibà al mig de la cel·la, i vam aconseguir sortir per l'estreta porta.

—Avisa els altres, Virgili. Han de saber el que ha passat. I truca a en Renzo. Hem de comunicar la mort d'aquest Calibà —li va ordenar en Leone al monjo, amb l'autoritat de qui està acostumat a ser obeït sense necessitat de posar-se a cridar.

I ens va guiar sota la lluna plena pel camí que duia al moll de l'illa.

Va ser un trajecte penós. De vegades ensopegàvem, de vegades havíem de parar per descansar, o perquè les convulsions de la meva mare ens desnivellaven i corríem el risc de caure.

Amb penes i treballs, i exhaustos, vam arribar a l'amarrador, i hi vam deixar el matalàs amb la mare al damunt.

La llanxa d'urgències encara va tardar uns quants minuts a aparèixer. Els dos metges que van venir van saltar de l'embarcació en marxa quan van veure que la mare tenia convulsions.

—*Dai, dai!* —va cridar un d'ells.

Els quatre que l'havíem traslladat ens vam apartar per deixar-los espai lliure i que poguessin treballar.

Li van injectar alguna cosa, li van posar una màscara d'oxigen, la van carregar en una llitera i la van ficar a la llanxa davant les nostres mirades d'impotència.

Abans d'arrencar novament el motor, un d'ells es va girar cap als que estàvem al moll i ens va dir:

—Que vinguin els familiars. No sabem si la podrem salvar.

73

La llarga nit

Unai

Venècia, 11 de novembre de 2022

Va ser una nit llarguíssima. Vam arribar a l'Hospital Civil i la van ingressar sense donar-nos cap pronòstic ni previsió. Vam esperar hores i hores, sense saber res, a la sala d'espera.

Al cap d'una estona, després que en Leone mantingués mil converses des del mòbil, se'ns va presentar la directora de l'hospital, una dona morena de cabells llargs, enfundada en un vestit pantaló fosc i unes sabates de taló.

—Dona'm alguna novetat, Chiara. Aquí no ens diuen res —li va demanar en Leone quan va aparèixer pel passadís de rajoles blanques.

—Hauran d'analitzar-ho més tard, però el tòxic que ha ingerit estava molt concentrat i ha arribat molt de pressa a la sang i al sistema nerviós. Han començat per un rentat d'estómac. No puc avançar-vos més, no saben si n'hi haurà prou.

Després em va mirar de dalt a baix.

—Estàs bé, necessites que t'examinem? —em va preguntar.

Havia oblidat que la sang de Calibà m'havia tacat la roba.

—No estic ferit, però m'aniria bé poder-me posar alguna cosa que no estigui mullada de sang —li vaig demanar.

—Vaig a buscar-te algun uniforme, pots dutxar-te als vestidors del personal. Ara t'ho indico —em va dir.

—No prefereixes anar a l'hostal i canviar-te i dutxar-te allà? —va preguntar l'Alicia—. Nosaltres vetllarem per la teva mare.

—No, no penso moure'm d'aquí —em vaig limitar a contestar.

Quan vaig tornar a la sala d'espera, vestit amb un uniforme blau de metge, continuaven sense tenir novetats de la mare.

Havien passat més de cinc hores i ningú ens deia res.

Va ser de matinada, mentre la Mencía pesava figues a la meva espatlla, vençuda pel cansament, quan la Chiara ens va venir a buscar.

—S'ha salvat. Sembla que ja no li queda verí a l'organisme, però necessitarà repòs i és aviat per avaluar si hi haurà seqüeles. El que compta és que és viva. Podeu veure-la, però només un moment.

La Mencía i jo ens vam abraçar, en un gest que no vam saber processar. La vaig alçar per sobre del meu cap i la vaig tornar a abraçar abans de fer-la aterrar. Després, la noia es va acostar al seu pare, que s'havia hagut de recolzar a la paret quan va rebre la notícia.

—Anem, *babbo* —li va dir.

En Leone li va passar el braç per l'espatlla i van caminar plegats cap a l'habitació de la meva mare.

L'Alicia i jo ens vam quedar mirant pare i filla mentre es perdien pel passadís.

—Doncs tornem a Vitòria, finalment —em va dir l'Alicia amb un somriure que traspuava un descans immens.

74
L'Art Laguna
UNAI

Venècia, 12 de novembre de 2022

L'endemà van venir l'Alistair, en Gaspar, en Benedict, l'Alicia i en Solomon a visitar la mare. Seguia feble, però havia sortit de perill. Ni en Leone, ni la Mencía ni jo no havíem volgut sortir de l'hospital des del dia abans, ni amb bones paraules ni amb discretes amenaces van aconseguir que ens apartéssim del seu llit.

Amb la meva mare sempre em dominava la incòmoda sensació que els minuts en què la tenia a prop i present podien ser els últims. I que serien molt pocs en el sumatori de la vida que havia passat al seu costat.

Després que l'auxiliar ens enviés a tots a la sala d'espera, vaig demanar a la Mencía que m'acompanyés i vam deixar la malalta, que dormia, amb en Leone.

En Renzo Scarpa havia anat a l'illa de San Francesco del Deserto quan la Mencía el va posar en antecedents i allà només va poder confirmar la defunció de Calibà després de comprovar la seva vertadera identitat.

La Mencía em va explicar que havien procedit a acordonar tota la zona i que aquell mateix matí estaven realitzant la inspecció tècnica ocular.

La meva mitja germana va haver d'absentar-se durant unes hores per redactar el seu atestat i signar la declaració dels fets, però, quan va acabar, va tornar a l'hospital i es va quedar tota l'estona al costat de la nostra mare.

—Què fareu, ara? —els vaig preguntar—. Ja ha passat el perill de Calibà, però ha mort i no tenim ni idea d'on deuen ser els vint exemplars que us va robar. Seguirà endavant la Fira del Llibre Antic?

—En part, hem vingut a parlar amb la Mencía i amb tu d'aquest tema. La fira se celebra la setmana vinent i, de moment, continuen tenint el *Codex Gigas*, la *Bíblia del Diable*, com a atracció per atreure els mitjans.

Vaig sospirar, a mi m'estaven sobrant els diables, a Venècia.

—En Filippo m'ha dit que també han aconseguit una cessió d'un monestir budista a Bhutan —va continuar—. És un llibre d'oracions de pàgines negres i la tinta blanca amb què està escrit va ser elaborada pels ossos molts d'un lama amb fama de sant. Però no et vull enganyar, sense els vint exemplars de la Biblioteca Nacional, la mostra quedarà molt insulsa, si em permets l'expressió.

Però llavors en Gaspar em va donar un cop a l'espatlla i va somriure com si sabés un acudit molt graciós.

—I on són, les bones notícies? —vaig preguntar, sense comprendre el seu posat.

—Mira, Unai. És que sap més el dimoni per vell que per dimoni.

—Doncs sí, em consta —vaig dir.

—Quan ens vam ocupar de supervisar l'embalatge i el transport des del dipòsit de la Biblioteca Nacional a Madrid vam posar una balisa GPS a la caixa de la *Biblia del Oso*.

—Una balisa, com les que fem servir nosaltres? —va preguntar la Mencía, amb entusiasme.

—No, tant de bo. Molt menys professional. És una

microbalisa, només té un radi de d'acció d'uns quilòmetres, i s'activa amb una aplicació de mòbil que tinc instal·lada.

—I...?

—Aquests dies no hem sabut res d'on era aquesta caixa i ni les altres perquè vam apagar els mòbils de seguida que ens van considerar desapareguts durant l'incendi, per si Calibà ens rastrejava, però ara que ell ja no hi és i no ens pot continuar empentant... Mireu.

Tots dos vam acostar el cap a la pantalla del mòbil amb curiositat.

—Digue'm, Mencía. Tu coneixes millor Venècia. Et sona, aquest lloc?

Un petit cercle assenyalava el *sestiere* de Castello.

—Ja sé on són, aquests edificis —va dir la Mencía—. És l'arsenal, l'Art Laguna Exhibition. Allà se celebra cada any l'Art Laguna Prize. Els immobles de l'antic moll que no es feien servir s'han reconvertit en magatzems on es fan exposicions d'art, molt espectaculars, les millors performances del món quant a formats gegants.

—Té sentit? —li vaig preguntar.

—I tant, hi hauria espai —va convenir ella.

—Jo puc parlar ara mateix amb un contacte que treballa a l'Art Laguna de manera permanent —va dir una veu darrere nostre.

Ens vam girar, en Leone havia sortit de l'habitació de la meva mare i portava un petit vas de cafè de màquina entre les seves llargues mans blanques. Feia unes ulleres més aviat negres i, per una vegada, li vaig veure una cosa semblant a la vulnerabilitat.

Llavors me'n vaig adonar: estava enamorat de la meva mare. El que vaig veure al seu rostre va ser la preocupació que només es té per la família, com la del meu avi quan jo gairebé em matava en cada investigació.

—Ens aniria molt bé que ho fessis de seguida. Si encara

es pot salvar la fira, pensa que hem perdut gairebé dues setmanes irrecuperables —li va pregar l'Alicia.

En Leone va assentir, feliç de poder ajudar-los novament, i va fer les seves trucades.

A més, ens va demanar un taxi aquàtic i ens va donar les indicacions de com arribar al lloc.

Al cap d'una estona, després d'una curta travessia, la Mencía i els cinc bibliòfils atracàvem en el que semblaven els magatzems d'un embarcador construït amb maó vermell i amb teulades a dues aigües.

A l'entrada del primer pavelló hi vam trobar l'amic d'en Leone, un vell porter que duia una gorra de costat i que ens va saludar com si ens conegués de tota la vida.

—Ara fa molt fred i, als matins, la boira baixa em destrossa les cames i m'empitjora el reuma, però m'agrada molt l'art i continuo treballant aquí, tot i que, ja ho sé, hauria d'estar jubilat i dedicar-me a... Però aquest lloc té molta vida amb les exposicions i m'entreté. També s'hi organitzen balls de carnestoltes per a empreses i esdeveniments amb molts llums LED d'aquests que ara hi ha a tot arreu —ens va anar explicant—. El *signor* Da Riva m'ha dit que busquen el material d'una exposició que han perdut, oi?

L'Alistair i en Morgan l'escortaven mentre l'ancià bidell ens anava obrint d'un en un tots els pavellons que mostraven exposicions en diversos estats d'organització.

El primer pavelló acollia una exposició de vasos de cristall, atrapats tots a les vitrines corresponents.

En el pavelló següent estaven desembalant uns panells gegantins que contenien unes mans de més de deu metres d'alçada, amb els dits que s'arribaven a tocar dibuixant un pont. Vam passar amb cura per sota de l'espai que ens permetia l'arc que formaven dues de les mans que ja estaven desembalades.

Els vuit presents buscàvem amb la mirada en qualsevol racó dels pavellons mig buits les caixes de fusta que poguessin contenir vint volums de llibres únics, però vam anar recorrent la resta dels edificis i poc més hi podíem trobar.

—Què diu la teva balisa, Gaspar? —li vaig preguntar.

—No és gaire exacta i no amplia gaire més, però continua marcant aquesta zona —va contestar, frustrat.

—I no hi ha cap lloc on les embarcacions puguin descarregar caixes que no siguin per a les exposicions? —va preguntar la Mencía.

—No, tret del magatzem. Allà s'hi guarda de tot, inclòs el que no sé a quin pavelló va. Algunes coses s'hi queden per sempre, perquè són peces d'alguna exposició que no arriben a temps i després cap museu ni cap sala ni cap artista les reclama. És com un calaix de sastre —va comentar—. Però no crec que vint caixes estiguin al magatzem, els passadissos són estrets i no hi ha gaire espai.

—Insistim-hi —li vaig dir, tot i que no gaire convençut.

Vaig mirar l'hora, volia tornar a l'hospital per estar amb la mare si es despertava, però tots ens vam mirar, vam assentir i vam seguir el conserge a l'exterior de la filera dels pavellons.

Fent cantonada vam trobar un altre edifici, també de maó vermell, que semblava més humil; l'home, amb una mica d'esforç, ens va obrir la persiana metàl·lica i gris, amb una capa de pintura que havia conegut temps millors.

Vam entrar tots a inspeccionar el vell magatzem, llevat del vell, que es va quedar a fora. A dins hi vam trobar unes prestatgeries de metall molt altes amb caixes de totes les mides, formes i procedències.

Ens vam dispersar entre els passadissos. N'hi havia que eren tan estrets que en Gaspar i el seu lleuger sobrepès no hi cabien.

Sabíem el que buscàvem, m'havien descrit les vint caixes de fusta embalades amb el precinte blanc i negre de la Biblioteca Nacional, però hi havia la possibilitat que Calibà les hagués embolicat perquè ningú les reconegués.

Al cap d'una estona, en què entre tots set vam pentinar la dotzena de llarguíssims passadissos del magatzem, l'Alicia va cridar, exultant:

—Les he trobat! Veniu, estaven sota unes mantes de mudança!

Tots vam córrer cap al passadís on hi havia l'Alicia, al costat del meu. I vaig ser el primer que hi va arribar.

Quan l'Alicia va estirar les mantes per descobrir les caixes, em vaig adonar que era l'última trampa de Calibà.

Igual que havia actuat amb l'Olmedo, el seu pres ombra, Calibà tornava a fer servir els llibres com a arma del crim. Igual que havia fet en Casto Olivier, ho deixava tot disposat per seguir venjant-se després de mort.

75
El parany
UNAI

Venècia, 12 de novembre de 2022

Malgrat saber que ja era inevitable, vaig córrer endinsant-me pel passadís, però les caixes superiors, amagades sota la manta de mudances, estaven col·locades a tres metres sobre el cap de l'Alicia, i el que ella no podia veure era que les havien deixat inclinades gràcies a unes fustes que actuaven com a falques.

—Alicia, surt d'aquí! —vaig cridar, i vaig córrer cap a ella, però les pesants caixes li van caure a sobre amb un estrèpit que va arribar arreu del magatzem.

Vaig sentir els crits de la Mencía, l'Alistair i els altres rere meu.

—Ajudeu-me, l'hem de treure d'aquí! —vaig cridar.

Perquè només es veien les cames sota les caixes, i no sabia quant de pes li havia caigut a sobre.

El passadís era tan estret que vam haver d'organitzar una cadena humana. Jo vaig anar passant a la Mencía cada caixa que podia aixecar, ella l'hi donava a l'Alistair, i així vam poder, caixa a caixa, anar desbloquejant el corredor.

—Alicia, ja som aquí! —li va cridar l'Alistair.

Però l'Alicia no responia.

Quan per fi vam poder aclarir el passadís i aixecar l'última caixa que li aixafava el cos, tots sabíem ja que la pressa amb què havíem actuat havia estat inútil des del principi.

L'Alicia estava inerta, amb un gran cop al cap provocat per la cantonada d'una de les caixes. També el pit i les costelles estaven aixafats. El braç amb què havia intentat protegir-se estava trencat en uns quants angles.

És estrany quan algú mata després de mort. És estrany saber que l'assassí no sabrà mai que la seva víctima ha estat executada i, tot i això, ho ha deixat tot disposat perquè un innocent trepitgi el parany i caigui en la trampa.

76
Bitllets de tornada
Unai

Venècia, 13 de novembre de 2022

Va ser un dia de tràmits i paperam. Tots plegats vam decidir tornar a Vitòria, acompanyar la repatriació del cadàver de l'Alicia i anar al seu enterrament. Fins i tot la meva mare ens volia acompanyar, però encara seguia ingressada i vam haver de persuadir-la que no signés l'alta voluntària.

Anava creuant un petit pont, en direcció a l'hospital per acomiadar-me d'ella i d'en Leone, quan vaig rebre la trucada de l'Estíbaliz.

—Tinc notícies. I no són bones —em va dir com a salutació.

—Jo també, Estíbaliz. I les meves tampoc són bones perquè la coneixes —em vaig avançar.

—Què vols dir?

—L'Alicia, de la llibreria La Maga.

L'Estíbaliz va frenar el pas, darrere seu es veia la catedral nova, i va semblar que la imatge es congelava per un moment.

—Què li ha passat?

—Calibà, li ha passat.

Va mirar amb ràbia la pantalla, vaig pensar que llançaria el mòbil i que la trucada es tallaria.

—Redeu, no s'aturarà mai?

—Sí. En realitat, ja ha parat. O més aviat la Mencía, la meva germana, l'ha aturat.

—La Mencía? La teva germana?

—Et falta context. Ho sé. Tinc massa coses per explicar-te. Però, resumint, aquesta tarda agafo un vol de tornada, demà passat es farà el funeral de l'Alicia Lasarte. Aquí la investigació s'ha acabat. Hem trobat els cinc bibliòfils i la meva mare, amb alguna sorpresa vital al damunt, i hem recuperat els vint exemplars de llibres prohibits, que estan intactes malgrat que eren l'arma del crim. No he preguntat a en Gaspar i companyia si continuaran amb l'organització dels llibres cedits. Ara mateix estan massa afectats. Es coneixien de feia segles i han conviscut en un monestir durant un parell de setmanes. No ho sé, tot és molt dur. Digue'm alguna cosa que m'animi.

—Doncs..., home, no és per animar-te, encara que sigui un pas endavant.

—Dispara, Esti. Estic entrant a l'hospital para acomiadar-me de la meva mare, cada segon amb ella compta.

—D'acord, allà va: l'Asunción, la viuda d'en Ricardo Ruiz de Azúa, s'ha suïcidat.

—Com ho ha fet aquesta vegada? Més nicotina líquida?

—No, l'altura de la terrassa que tanta feina et va donar. Va aprofitar un descuit de la cuidadora i es va precipitar mentre ella li estava preparant el sopar. No hi havia gent pel carrer, no hi ha hagut víctimes col·laterals que s'hagin de lamentar.

—Ves quin final, per a la parella. I per què em dius que és un avanç?

—Perquè en Ricardo fill, quan ha sabut que la seva mare era morta, s'ha posat en contacte amb mi. Diu que vol explicar la veritat i que només parlarà amb tu.

—Ja hi hem passat, per aquí, no em va dir quan vaig estar amb ell que m'estava explicant tot el que sabia?

—Vine a Vitòria, va, que se't troba a faltar, i ho esbrines.

Vaig entrar a acomiadar-me de la meva mare, però estava adormida i, malgrat que m'hi vaig quedar una bona estona, me'n vaig anar amb la pena de no haver-hi pogut parlar. Però el temps passava i començava a ser hora d'abandonar Venècia.

El vol de tornada, sabent que teníem el cadàver de l'Alicia als nostres peus, a la bodega de l'avió, va resultar trist i incòmode per a tots.

L'endemà em vaig presentar a Lakua, a primera hora. En Ricardo fill m'esperava a la mateixa sala en què havíem parlat uns dies enrere.

—T'acompanyo en el sentiment —li vaig dir en entrar.

—T'ho agraeixo —va dir el professor, molt seriós—. M'alegra que els teus ulls estiguin millor.

—M'ha dit la meva companya que vols explicar-me no sé què.

—Vull explicar-t'ho tot, en realitat —va matisar.

—I fa uns dies no ho vas fer? Vas dir que et preguntés el que fos, que volies col·laborar.

—Això vaig dir, però ara tot ha canviat.

—Què és el que ha canviat?

—Ara no hi és, ella, i t'ho puc explicar.

—Doncs comença, Ricardo. Comença d'una vegada.

—No et vaig dir què va passar a l'avenc d'Okina. El que va passar amb l'home de l'esquela que em vas ensenyar.

77

El nen que vaig ser

Unai

Vitòria, 14 de novembre de 2022

—Ja et vaig dir que els meus pares i jo solíem fer excursionisme i espeleologia per les coves d'Àlaba els caps de setmana. De vegades pujaven al Gobea; d'altres, anaven per la serra de Toloño, però era molt recurrent que anessin a l'avenc d'Okina. El més habitual en aquesta zona és fer la ruta del naixement del riu Ayuda, però ells portaven sempre un parell de motxilles amb l'equip per baixar a l'avenc i sempre hi anaven sols, a mi em deixaven a mitja ruta, o al poble. Aquell dia els vaig seguir, vaig sortir uns deu minuts després que ells des de la font del poble i els vaig anar seguint el rastre.

»Quan vaig arribar a l'avenc, vaig veure que estaven parlant amb un home més aviat baix que no tenia pinta d'excursionista, la veritat, tot i que duia botes i caçadora de muntanya, però semblava més un urbanita fent de pixapins.

—Era en José María Aldecoa? —el vaig tallar.

—Sí, era el mateix de la foto de la necrològica. T'he de dir que no vaig poder sentir la conversa i això que m'hi vaig acostar tot el que em van permetre els matolls, de manera que només sentia alguna cosa quan algun d'ells alçava la veu. L'Aldecoa semblava una mica nerviós, gesticulava molt. Es va treure no sé què de la jaqueta i ho va ensenyar als meus pares.

—Vas poder veure què era?

—No, no era gran i no ocupava més que el palmell de la mà.

—Quin objecte diries que era?

—No ho sé, ja t'ho he dit, alguna cosa més aviat petita, una foto, un carnet, una cartera, un bitllet, una targeta..., ho podia dur a l'interior del gec.

—Una arma, una pistola...? —el vaig temptejar.

—No. L'hauria vist des de la distància a què estava. A més, els meus pares haurien reaccionat d'una altra manera. No li van tenir por en cap moment.

—D'acord, i què va passar després?

—Que la discussió va anar a més. El meu pare no era un home d'aldarulls públics. Ni tan sols a casa discutia o cridava, però l'Aldecoa el va empènyer unes quantes vegades, em sembla que li reclamava alguna cosa.

—I la teva mare, què, va participar en la discussió?

—La meva mare n'era testimoni, estava com a mig metre, i no deia res, només els escoltava amb els braços encreuats, però jo la conec. La coneixia —es va corregir—, i estava empipada i, en un moment determinat, va ser ella qui va fer un pas endavant i el va empènyer.

—La teva mare? —vaig repetir, sorprès.

—Sí, l'home va caure i des de la meva posició no el vaig tornar a veure, però era impossible que sobrevisqués a trenta metres de caiguda, això jo ho tenia molt clar.

—I què va passar després?

—El meu pare es va posar les mans al cap i va girar sobre ell mateix, desorientat, però la meva mare va començar a muntar les cordes i els arnesos. Em sembla recordar que li va dir que es quedés a dalt per ajudar-la a pujar quan calgués i ella va baixar.

—Carai —se'm va escapar en veu alta.

—Va baixar amb dues motxilles. Les dues buides. El meu pare va esperar al caire de l'avenc, subjectant les cordes, una bona estona. De vegades hi treia el cap, abocant-s'hi una mica, però mirava als costats i no la va cridar en cap moment. Quan finalment la meva mare va pujar, ho va fer amb les dues motxilles a l'esquena. Estaven plenes, ho sé perquè li pesaven, i perquè ho van recollir tot i el meu pare va tornar amb les cordes i tot l'equip als braços.

—I tu saps què portava la teva mare a les motxilles?

—No ho vaig veure mai, però no era ximple, m'ho vaig imaginar. Sobretot perquè a partir d'aquell dia els drames monetaris es van acabar a casa dels meus pares. I com que no era estúpid, sempre vaig saber que tot allò tenia relació amb el fet que el meu pare fos el Custodi. Vaig imaginar mil teories durant anys, més o menys desencertades. Fins avui, que espero que entre tots dos puguem acabar el trencaclosques de mil peces que ha estat la vida dels meus pares.

—Tots aquests anys has volgut protegir la teva mare.

—No hauria suportat la presó.

—Però una altra dona i una altra mare de dues nenes va suportar la incertesa de no saber res durant tota una vida. Aquella dona no va saber mai el que li va passar al seu marit. I una de les seves filles tampoc, va morir fa uns anys.

Però vaig callar. Estava defensant l'assassí del meu pare. Ell tampoc va pensar en el nen que una vegada vaig ser.

78
La campana de llautó

Vitòria, maig del 1982

L'home va baixar pel Cantón de la Soledad per tercera vegada, va passar per davant de la Librería de la Almendra, també per tercera vegada i, quan va arribar a la torre de Doña Otxanda, va girar.

«Ets un ximple, José Mari», va pensar.

Va mirar carreró enllà i va comprovar que no hi passava gaire gent. Es va decidir d'una vegada i va tornar a pujar. En aquesta ocasió no es va trobar amb ningú i es va decidir a entrar.

Una petita campana de llautó sobre la porta va anunciar la seva entrada a la botiga.

Aquell so era el senyal secret entre en Gael i el seu fill perquè aquest s'amagués sota el moble. Van riure una vegada més del joc que més els agradava, còmplices i riallers, i en Gael va fer el seu rostre d'adult seriós que a l'Unai tanta gràcia li feia.

—Hola, Gael. Com va el negoci? —va saludar l'home.

A en Gael se li va congelar l'expressió durant un segon. Va sentir un cop de peu a l'estómac, el mateix que deuen notar els cérvols davant un cotxe quan se'ls tira a sobre.

—Don José María —va contestar, fingint un somriure despreocupat—. Quin gust veure'l per la llibreria!

Va empassar-se la saliva, va sortir de darrere el taulell. El seu antic professor no podia veure que el seu fill estava amb ell, ajupit dins el moble de la caixa registradora. I sabia que l'Unai estava veient tota l'escena a través del forat dels cables.

—Sí, feia temps que volia venir a visitar-te. Em va alegrar molt veure't l'altre dia, vaig pensar que et devia haver quedat un record agredolç de mi, després del que va passar fa anys, quan et van rescindir el contracte per aquella... ximpleria.

En Gael va fer un gest una mica pallasso i hi va treure importància amb la mà. Ho sabia fer bé, la gent gran no se'l solia prendre gaire seriosament i ell feia servir la seva vena còmica per sortir airós en segons quines situacions socials. Però en aquell context no s'hi havia vist mai.

—És aigua més que passada. Oblidi el que li vaig preguntar l'altre dia, és només que em vaig posar nostàlgic.

—Sí, allò de la nostra alumna superdotada, Ítaca Expósito... L'has trobat? En saps res?

—No, res de res. Va ser un arravatament sense sentit, gairebé adolescent. És que acabo d'enviudar, fa uns mesos. I... no ho sé, són situacions que ho remouen tot, no sé si m'entén.

«Potser si apel·lo a la pena...», va pensar en Gael, buscant sortides.

—Però ja va passar, segueixo amb la meva vida. Vaig fer unes quantes preguntes i ningú té cap idea del que se n'ha fet. I jo tinc un fill i un nadó, no és moment de fer criaturades.

—Ho sé, ho sé. Em consta. I el teu fill gran? Parla'm d'ell, com es diu?

En Gael va fer un pas més.

—No, don José María. Si us plau, no segueixi. Sé per què ha vingut. Estic al cas d'això del Custodi.

L'home també va fer un pas enrere, contrariat.

No podia perdre temps. L'endemà l'esperaven dos homes al bar de Zaramaga per cobrar-li el crèdit ràpid que havia demanat. L'endemà no tindria els diners, però podria demanar-los un ajornament si tenia en perspectiva cobrar els cent milions. Encara que sense la mare, i sense el fill, sabia que hauria d'implorar per cobrar una part de la recompensa total. Però trenta-tres milions també el traurien del compromís.

En José María es va treure la pistola, el noi era més alt que ell, però no era gaire corpulent.

—Fill, no parlarem del Custodi. Si ja saps per què he vingut, serà millor que em donis les dades que et demano.

En Gael, quan va veure la pistola, es va posar blanc com el paper. Aterrit, va pensar en l'Unai, que no fes soroll, que no sabia estar-se quiet dins el calaix del taulell i que aviat en sortiria saltant.

—D'acord —va fer—. Li he mentit, ho reconec. Li diré on és l'Ítaca Expósito, però sortirem de la botiga i anirem a casa meva a parlar. No tinc veïns i ningú el veurà, no faci cap bogeria amb aquesta pistola en aquest local, que pel Barri Vell hi passa molta gent i el veuran.

En José María es va impacientar, això del pis ni s'ho va plantejar. La llibreria li donava la coartada de simular un atracament, però no estava disposat a seguir el Gael fora de la botiga.

—Mira, Gael, no em tractis d'imbècil! —va alçar la veu. El geni el treia només a casa, quan bevia o quan perdia a la màquina escurabutxaques.

En Gael va veure la pistola que se li movia al davant i es va decidir a mirar d'agafar-la. Va calcular que l'hi podia agafar i va aixecar el braç, però aquest gest va espantar en José María, que va aferrar l'arma i va prémer el gallet.

Va passar una estona, una estona llarga. Unes quantes hores i tot. L'Unai es va cansar de mirar de cridar l'atenció del seu pare, que estava jugant a policies i a lladres amb un senyor calb, i va sortir del seu amagatall. Es va asseure al costat del pare, que seguia jugant. Avorrit, va tornar al taulell, va agafar el conte de la venedora de mistos, el que el pare guardava sempre a la botiga, i es va entretenir mirant els dibuixos.

Era gairebé de nit quan en Santiago el va anar a buscar. Preocupat perquè el seu fill Gael no responia al telèfon de la llibreria ni al de casa, havia agafat el cotxe des del poble i s'havia plantat al local. El petit Germán passava el dia amb ells a Villaverde. S'apanyaven com podien, un jove vidu, els seus pares, un nadó i un nen de cinc anys.

L'Unai va aixecar el cap quan va sentir el soroll de la petita campana de l'entrada.

—Avi, el papa m'ha dit que em prepararà un entrepà de Nocilla, aquesta tarda —va dir el nen, amb una mica de gana.

En Santiago va vacil·lar quan va veure el seu fill a terra amb un tret al cap.

Les sabatilles blanques del seu net estaven tenyides de vermell, també el mitjó dret. El petit i inquiet Unai no semblava ser conscient de res quan es va aixecar i es va plantar al mig del toll de la sang del seu pare.

En Santiago va agafar el net a coll, se'l va emportar de la botiga i es va jurar que no permetria que l'Unai tornés mai més a aquell lloc.

Aquella setmana va trucar, amb mà insegura, al metge de Bernedo.

—Andrés, que això no surti d'aquí.

Li va explicar el que havia passat amb el seu net. Li va preguntar com s'havia de comportar amb ell.

—Segueix-li el joc —li va contestar el seu amic—, és molt petit, a mi em va passar el mateix a la guerra. Vaig veure com afusellaven el meu pare i no me'n vaig voler adonar. A poc a poc serà conscient que el seu pare no hi és. Acaba de perdre la mare. Què fareu ara amb els dos nets?

—Doncs criar-los nosaltres. Què vols que fem, ves.

79
Els tres àngels
Unai

Villaverde, 19 de novembre de 2022

L'avi es va entestar a baixar al cementiri i canviar el ram de clavells blancs, una mica pansit, de la tomba del meu pare.

—Llavors l'Alistair ve demà, a veure en Gael —va repetir, per enèsima vegada, com si encara no es cregués la història que li havia explicat d'illes de franciscans i cicutes.

S'havia passat el matí preparant menjar per alimentar un convent, sobretot quan li vaig comentar que havia vist l'Alistair una mica desmillorat.

—Sí, avi —vaig repetir jo mentre l'acompanyava camí avall fins a arribar al mur del cementiri.

Tots els llibreters havien vingut a Vitòria a acomiadar l'Alicia. En Gaspar, en Benedict i en Solomon havien tornat a Venècia per tenir acabada l'exposició de llibres prohibits i organitzar un homenatge a l'Alicia que havia estat secundat per tot el gremi.

També s'hi havia presentat la Mencía. Hauria preferit que conegués Vitòria en altres circumstàncies, però ens vam prometre viatges a Madrid i videotrucades.

Abans d'acomiadar-me d'ella amb una abraçada, li vaig demanar si pensava tornar a Venècia aviat.

—Sé que ho preguntes pel meu pare, i sí, per descomptat, vull recuperar el temps perdut.

—Jo ho faria —vaig dir.

—Ho sé, però em sembla que també m'ho preguntes per en Renzo.

—No és cosa meva, Mencía. No m'has de donar explicacions, a mi.

—És clar que no, però sé que no ets cap ximple i que de vegades no dissimulem bé que hem estat i de vegades som alguna cosa més que companys —em va explicar amb un somriure—. Mira, Unai. Jo diria que les persones són com les ciutats. Hi ha ciutats bellíssimes, com Venècia, que són per visitar-les i anar-hi de tant en tant. Però, per viure-hi, no triaria Venècia. Amb en Renzo em passa com amb Venècia, és bell, agradable de visitar, i, de vegades, tinc nostàlgia, però em quedo a Madrid.

Li vaig despentinar la cabellera, com li feia el seu pare, i ens vam acomiadar amb una abraçada.

I l'endemà estava a Villaverde amb l'avi, preparant-nos per a la visita de l'Alistair. Baixàvem pel camí per arreglar la tomba del pare quan vam veure que hi havia una silueta a la porta del cementiri.

La meva mare, amb un abric i una corona de flors en una mà, s'esperava a l'entrada.

—Has vingut a Villaverde! —vaig exclamar.

—Volia visitar en Gael. I t'he portat un regal, fill. És d'en Leone, en realitat.

Em va donar un petit paquet que vaig obrir allà mateix, davant del meu pare.

—Tres àngels de Murano —vaig dir. Vaig pensar en en Leone, en la Mencía i en ella—. Molt adequat.

L'avi ens mirava, mirant de seguir la conversa.

—Soc l'avi de l'Unai, em dic Santiago —es va presentar ell mateix amb la seva contundent encaixada.

—Soc la mare de l'Unai, li agraeixo que hagi criat el meu fill, li agraeixo que l'hagi convertit en la persona que és avui.

L'avi va arronsar les espatlles i es va gratar els pocs cabells que li quedaven sota la boina.

—Vaig fer el que en Gael hauria volgut. Digue'm, filla, no vols unes ametlles garapinyades ben calentones?

La mare va somriure i l'avi només va accedir a deixar-nos sols quan ella li va prometre que pujaria a casa seva i s'emportaria uns quants pots de melmelada.

Després, quan ja només estàvem ella i jo, ens vam posar al dia de tot el que Calibà va interrompre la nit que la va enverinar.

Em va dir que havia représ la relació amb en Leone, que la Mencía havia perdonat per fi l'absència del seu pare, de com d'estranya se sentia en permetre's somiar de tornar a tenir una família.

—Ja hi havia renunciat —em va comentar.

—No ho facis. Aquesta és la teva vida, ara —li vaig dir.

—Què vols dir, amb això?

Li vaig parlar de l'Alba, de la seva ruptura, de la meva fugida cap endavant ficant-me de cap en dues investigacions.

—Estic espantadíssim pel que veig a venir —li vaig confessar—. El dol, construir-me noves rutines en solitari, la intendència amb la Deba, que no l'afectin les nostres decisions. Però... saps què? He estat parlant amb el meu pare, aquí, a la seva tomba. Ho he fet des de petit, no els he interromput mai, els nostres jocs. Jo era un nen i ell era mort, però jo baixava al cementiri per seguir jugant amb ell i dins del meu cap em responia com solia fer-ho, per tant, diria que he fossilitzat les seves expressions i la seva manera de parlar, perquè no són pròpies de mi i encara em sorprèn quan imagino les seves respostes, que no són les que jo faria servir. I l'hi he explicat tot. Això d'en José María Aldecoa, tot el tema del Custodi. No sé què n'havia arribat a saber, ell, de tot plegat. I saps què m'ha vingut al cap? «Aquesta és la meva vida, ara», ha dit. L'acceptava. Acceptava passar la resta del seu temps ajagut, amb els peus mirant cap a San Tirso, en aquest cementiri de Villaverde, rebent la visita diària del seu pare. I això és tot el que m'ha dit: «Aquesta és la meva vida, ara». Hi està conforme, ha acceptat el que li va passar i sap que estem bé, que en Germán i jo tirem endavant. Per això li he donat les gràcies per la lliçó de vida i jo també m'he dit aquest matí: «Aquesta és la meva vida, ara».

80
La vida ara
Ítaca

Venècia, 21 de novembre de 2022

Voles cap a casa novament, en Leone t'espera a l'aeroport, al costat de les lletres de Venècia.

—Tot bé per la teva antiga ciutat? —et pregunta mentre et passa el braç per l'espatlla.

—M'agradaria que vinguessis alguna vegada a conèixer la meva neta, la Deba.

—Penses continuar visitant l'Unai?

—Ja no m'amagaré mai més. La meva fugida acaba aquí. Em quedo a Venècia, ja t'ho vaig dir.

El vehicle recorre la carretera envoltada d'aigua que us endinsa en aquesta península en forma de peix que tant estimes.

—Jo també vull anar a Madrid a partir d'ara, vull que la Mencía sàpiga que té pare —et comenta.

—Ara em fa tres videotrucades al dia, està pendent de mi. Si vols estar en contacte amb ella, ho faràs, creu-me.

Busqueu un taxi aquàtic a l'estació de Santa Lucia. Has demanat al patró que et porti a una adreça, però en Leone no en sap res.

Quan enfileu el Gran Canal i la llanxa redueix la velocitat per passar per sota del pont vermell de l'Acadèmia en Leone encara no ho comprèn.

—No m'he estat sense fer res, aquests dies —li dius, mentre pagues al taxista, que us deixa en un moll que coneixeu bé de quan anàveu i veníeu amb la Mencía.

La que va ser casa teva a Dorsoduro té un cartell que diu «ES VEN» a la porta enreixada. En Leone et segueix, saps que va estimar aquesta casa tant com tu. Ho notes perquè es queda meravellat, allà al mig del petit pont sobre el riu San Vidal i estreny la barana, en un gest inconscient.

—L'he comprat. Està en ruïnes, i m'encantarà restaurar-la. Abans d'ahir vaig aprendre una cosa del meu fill.

—*Che cosa?* —És capaç de dir-ho, però per una vegada li falla la veu, massa emocionat pels records d'aquells anys tan feliços i de la perspectiva que, finalment, el càstig i la renúncia hagin acabat.

—He après a sentir alegria dient en veu alta: «Aquesta és la meva vida, ara».

En Leone somriu quan li ensenyes la vella clau que ningú ha canviat. Mires al teu voltant, tot el que t'envolta a Venècia és d'una bellesa corprenedora i camines cap a la resta de la teva vida amb la seguretat que has tornat, finalment, a casa.

Nota de l'autora

Hi ha novel·les que es comencen a escriure anys abans de veure la llum als aparadors d'una llibreria. La història de l'àngel protector de Venècia potser va començar quan vaig arribar a la ciutat per primera vegada, amb poc més de vint anys. Va ser el meu primer mal de Stendhal, no vaig ser capaç de superar l'impacte de tanta bellesa al meu voltant i vaig acabar amb una desena de carrets analògics i un voluminós àlbum de fotografies que periòdicament, al llarg dels anys, tornava a visitar.

Vaig tornar a Venècia el 2021 amb la intenció d'acabar la tasca de documentació, amb la novel·la ja planificada i coneixent en Leone da Riva, en Filippo i les Egèries. Hi vaig anar amb por, ho reconec. Temia que la ciutat no estigués a l'alçada dels meus records. Però Venècia em va tornar a enlluernar i a semblar-me inabastable.

A les seves llibreries hi vaig trobar les llegendes locals que la trama necessitava, per bé que vaig voler afegir-hi coses de la meva pròpia collita, com ara són la que he anomenat ruleta veneciana i la variant local de la *vendetta traversa*, totes dues fruit de la meva imaginació.

Per sort, ambientar una novel·la a Venècia t'ofereix regals, com imaginar escenes en llocs poc coneguts, per exemple l'illa dels franciscans o l'illa privada de Santa

Cristina. No hi havia manera de resistir-se a aquell encant.

D'altra banda, Vitòria i Àlaba em van proporcionar novament les arrels per assentar la història de l'Unai i els personatges que l'envolten. He volgut rescatar tradicions que en pocs anys han quedat oblidades com la *Gau Beltza* o les llegendes de l'avenc d'Okina, en aquest esforç personal de mostrar com és la meva terra a les lectores i els lectors de més de quaranta països arreu del món.

Quan rebo fotografies de les meves novel·les presentades en llibreries de tants i tants països sento que l'ofici que he triat i l'estil de vida que hi correspon han valgut la pena, perquè aquesta nit hi haurà algú, al Vietnam o al Brasil, que es preocuparà per en Kraken mentre passa les pàgines de la seva novel·la, d'aquesta mateixa novel·la que agafes tu entre les mans.

Bibliografia

Mentre buscava escenaris poc transitats per turistes i l'imaginari popular, vaig recórrer les llibreries venecianes a la recerca de guies diferents que permetessin a la meva imaginació idear una mitologia veneciana pròpia per a aquesta novel·la.

En els llibres següents vaig trobar-hi dimonis i ponts, ànimes en pena que gemegaven a la llacuna i llegendes terribles que sempre acabaven al cementiri de San Michele:

Alberto Toso Fei. *Leyendas venecianas e historias de fantasmas. Guía de los lugares misteriosos de Venecia.* Elzeviro, 2006.

Lucio de Meth. Venezia. *Itinerari esoterici tra calli, chiese e palazzi.* Supernova, 2021.

Thomas Jonglez, Paola Zoffoli i Irene Galifi. *Venecia insólita y secreta.* Jonglez, 2018.

Roberto Rottinelli i Manula Luraschi. *Insospettata Venezia. Misteri, leggende, aneddoti e fotografie per viaggiatori curiosi.* Supernova, 2021.

Per guiar-me en els paisatges exteriors sense comptar amb la presència humana vaig tenir la sort de trobar les fotografies que es van fer de Venècia durant el confinament:

Danielle i Luz Carton. *Venecia desierta*. Jonglez, 2020.

Per als interiors dels *palazzi* com el de l'illa de Santa Cristina i per guiar-me per la curiosa gastronomia local, em vaig servir de les imatges de:

Marie Pierre Morel. *Venice. The art of living*. Rizzoli International Publications, Inc, 2021.

En els llibres següents vaig trobar els llocs menys coneguts de la ciutat. Per a mi era essencial que l'Ítaca trobés en Venècia una ciutat que encaixés amb el seu món d'art i bellesa:

Anna Sardi. *The 500 Hidden Secrets of Venice*. Luster, 2019.
Servane Giol i Thomas Jonglez. *Soul of Venecia. Guia de las 30 mejores experiencias*. Jonglez, 2021.
Venecia ayer y hoy. Guía ilustrada con reconstrucciones históricas. Archeolibri, 2015.
Maravillas de Venecia. Iter Edizioni.
Venecia y el Véneto. DK Guías Visuales, 2021.
Venecia. Guías Clave. AA Media Limited, 2010.

Vaig tornar a recórrer al tresor bibliogràfic següent per documentar les falsificacions de l'Ítaca:

Frank Arnau. *3000 años de fraudes en el comercio de antigüedades*. Noguer, 1961.

Tota la documentació del Museu Guggenheim prové de les obres següents:

Leah Hayden. *Miss Guggenheim. Peggy Guggenheim, la galerista que cambió el mundo del arte*. Maeva Ediciones, 2022.

Judith Mackrell. *El palazzo inacabado. Arte, amor y vida en Venecia*. Col. «El Ojo del Tiempo», 2019.

En la meva recerca sempiterna de maneres poc conegudes de posar fi a la vida d'algun personatge, he acudit als meus clàssics:

Atlas ilustrado de alucinógenos, venenos y afrodisíacos. Susaeta Ediciones.

Atlas ilustrado de plantas medicinales y curativas. Susaeta Ediciones.

Per a la recerca d'escenaris d'Àlaba i Vitòria:

Javier Ortiz de Guinea. *Vitoria-Gasteiz en acuarela y verso*. Ayuntamiento de Vitoria-Gasteiz.

Aitor Ventureira San Miguel i Imanol Bueno Bernaola. *Araba, mitos, creencias y tradiciones*, 2014.

Santiago de Pablo i Virginia López de Maturana. *Álava insólita. Símbolos, mitos y lugares de memoria*. Fundación Vital Sancho el Sabio, 2018.